www.tredition.de

Heike Langschuh

Alltagsmarmelade

Eine Art Tagebuch

(Fortsetzung von Wartezimmerkonfitüre)

www.tredition.de

© 2018 Heike Langschuh

Verlag und Druck: tredition GmbH, Hamburg

ISBN
Paperback: 978-3-7469-6191-0
Hardcover: 978-3-7469-6192-7
e-Book: 978-3-7469-6193-4

Mein Leben ist relativ öde.

Job – Familie – Haushalt... Kennste ja. Wirklich aufregend wird es nur, wenn ich mal unter Menschen gehe...

Ich habe auch noch nie ein Tagebuch geführt! Ist mir viel zu zeitaufwendig...

Nach dem Krankenhaus, das Ding, war nur mein Versuch, das Erlebte zu vergessen! Hat aber nicht wirklich funktioniert!

Die Grütze quackert immer noch in meinem kleinen Hirn!

Es ist auch kein richtiges Tagebuch geworden! Ich hab einfach weiter gemacht...

Ist eben nur mein kleines, chaotisches, krankes Leben...

07.07.2017

Ich hab die letzte Spätschicht hinter mir. Hab ich wieder was geschwitzt! Das Duschen danach ist dann das Allerschönste!
Ich bin erst mal raus! Urlaub! Die Frühschicht-Woche schaffen die Kollegen auch ohne mich! Dann haben alle Betriebsferien! 3 Wochen! Bei uns wird umgebaut…

Unter der Brause versuche ich schon mal mein Hirn zu sortieren! Ich war doch gerade erst so ewig lange zu Hause.

Was mache ich alles in 4 Wochen Urlaub?

Eigentlich sind es vier ein halb Wochen. Dann geh ich 2 Tage arbeiten und mach noch mal 8 Tage frei… Ich kann nichts dafür! Der Urlaub will genommen werden! Muss ja auch jemand machen… Ich kann das!

Der Kurze hat Ferien. Mein Mann hat Nachtschicht! Wir hatten schon seit Jahren keinen gemeinsamen Urlaub mehr! Würde, glaub ich, auch nicht funktionieren. Wir sind inzwischen viel zu verschieden!
Er hat immer etwas im Garten zu werkeln und ich suche Impulse für mein kleines krankes Hirn. Draußen pieselt`s und windig ist es auch! Wie im Herbst! Hässlich! Da jagt man keinen Hund vor die Tür! Noch nicht mal die Vögel haben Bock auf fliegen und zwitschern! Garfield hat sich auch verpisst… Am liebsten gucke ich an solchen Tagen Werbung im Fernsehen! Da gibt`s so schräge Film-

chen…

Ich könnte mich jedes Mal wegschmeißen… Manchmal sehe ich Leute oder Dinge unterwegs, da schießen mir die Spots sofort durch den Schädel. Kopfkino! Ich lach mich schlapp! Ja! Ich bin grundalbern!!

Jetzt packe ich aber erst mal die verschwitzten, dreckigen Klamotten ein und fahr heim! Meine Waschmaschine wird sich wieder wölben und aufbäumen, wenn das Zeug darin Karussell fährt.

Im Radio läuft Party-Mucke! Das nervt mich total! Alle sind schon im Zauberwald und ich komme von der Arbeit!
Ich mag eh lieber richtigen Rock…   Handgemachtes… Alle Facetten…
Die Party – People beleben die ganze Stadt! Überall ist irgendwas los. Ich könnte hier nicht wohnen… Viel zu viel Trubel…

Zu Hause ist alles hell erleuchtet! Was ist denn da los? Macht der Kurze Pyjama-Party? Haben wir Besuch? Ich wüsste nicht, dass jemand kommen wollte!
Offene Fenster, Licht in allen Zimmern! Der Fernseher brüllt! Da kommt aber nur Schrott!
Nee!   Der Kurze liegt auf dem Bett und zockt!

„Alter!! Du hast ja schon viereckige Augen! Pack das Telefon weg! Ich platze gleich! Wie lange geht denn das hier schon?"
Es ist nachts – 1.40Uhr!

Er war dann auch ziemlich schnell „bettfertig"!
Der hat sich vielleicht mal erschrocken!

***

Samstag früh

Die Nacht war kurz. Digger hat Hunger und
schnurrt mich an. Keiner da, der mit ihm spielt.
Es ist aber auch erst halb 5! Viel zu früh…

„Menschen, ihr seid so fies! Kümmert euch gefälligst
mal um mich! Ihr habt mich doch lieb!" „Jaaaa, du
Süßer! Du bist die allerschönste Miez! Komm noch
bisschen zur Mutti… Schmusen…"

Nach dem Frühstück müssen wir zum Einkaufen,
für die kommende Woche! Das mag ich gar nicht!
Im Einkaufsladen wimmelt es von alten Leuten…
Das ist der Hass! Man kommt nirgends durch und
nicht voran… Die sollen unter Leute gehen!
Müssen die sich alle ausgerechnet hier treffen und
quatschen?
Zu Hause rödelt die lahme Waschmaschine und
wird nicht fertig!
Ich bin müde. Ich leg mich noch mal hin! Ich hab zu
nichts Lust! Ist eh nichts los am Wochenende! Toll!!!
Der erste freie Tag!!! Vergammelt!!!

Sonntag kommt Formel 1! Die ziehen wir uns immer rein! Danach grillen wir im Garten.

Das ist Entspannung. Ich kann nicht grillen! Nur essen! Mein Mann macht das richtig gut!

Wir sitzen noch stundenlang am Feuer und texten uns zu. Wir sehen uns nicht so oft. Da gibt`s immer was zu reden. Der Kurze langweilt sich und fährt nach Hause. Aber Fresschen für Digger macht er nicht. Der ekelt sich vor dem Futter! Der legt sich lieber mit der Taschenlampe auf die Lauer und verarscht die Miez! Der flitzt dem Licht hinterher… Da kommt das Plüschpferd voll auf seine Kosten!

Käfer hat der Kurze dieses Mal keine gesammelt… Dafür hat er zu spät raus geguckt…

***

Erste Urlaubswoche

Montag ging es wieder so träge los. Es ist immer noch herbstlich! Hoffentlich geht das nicht die ganzen vier Wochen so! Das würde mich wieder total entschleunigen!

Ich will meine Friseurin heute besuchen. War schon ziemlich lange nicht da. Meine Matte ist so dicht und warm! Wie eine Pelzmütze!! Das Ding muss runter!!

Im ersten Leben muss ich ein Schaf gewesen sein… Aber im Nächsten werde ich Schmetterling! Flattern kann ich schon!

Ich war beim Bäcker, bevor ich zur Friseurin bin! Frische, duftende Brötchen... Frischer Kaffee... Die Zeitung... Herrlicher Gedanke! Das ist Urlaub! Schön faul!! Das kann ich gut!!

Wir haben wieder richtig viel gequatscht! Kamen von einem Thema aufs Nächste... Sie kämpft dabei gegen den Wildwuchs und gewinnt... Guckst du? Ich kann mich wieder sehen...

Nach dem Frühstück hab ich gestrichen. Ja! Auch wenn man es nicht glauben will! Aber da bin ich eitel!

Montags jede Woche ist Sport! Ich hasse Sport! Aber wie ein Louis will ich auch nicht vor die Tür! Mit dem Färben hat es etwas länger gedauert. Ich war 5 Minuten zu spät! Die Kollegen hatten die Aufwärm-Runde schon hinter sich... Ok, nicht so schlimm... Jetzt bin ich ja da... Geht los... Und Dr. Sport macht uns wieder Oberschenkel wie Zentnersäcke!!! Der scheint da richtig Spaß dran zu haben! Ganz toll!!

Ich hab später noch ein bisschen an meinem 1.Buch gearbeitet. Mein Mann hat Spätschicht, der Kurze zockt und die Miez schläft... Was sollte ich denn machen? Mich bewegen? Fehlanzeige!

Dienstag hab ich „mein Buch" an einen Verlag geschickt. Danach war mir kotzübel!

Mir schießen tausend Fragen durch den Kopf!

Wird mich jemand verklagen??? Was sagt der Chef? Hab ja doch viel über die Arbeit geschrieben...

Was, wenn es dem Doc zu fies war? Dem hab ich eine Leseprobe geschickt. Aber einen Kommentar gab es nicht zurück. Was, wenn er deswegen zu Hause Ärger mit seiner Frau bekommen hat? Was, wenn es den Trainern nicht gepasst hat, was ich in meinen Rechner gemalt habe?

Ich muss montags immer da hin!

Ich sehe mich schon mit einem Veilchen nach Hause fahren...

Aber der 1.Trainer wollte ja unbedingt wissen, wie die „Geschichte" weiter geht! Das hat er nun davon...

Ich habe wieder mit den Mädels von der Reha geschrieben. Wir wollen uns am nächsten Wochenende treffen.

Bei dem Gedanken bin ich total aufgeregt...

Ich freu mich schon...

Die waren voll lustig und kultiviert.

Ich bin nur der Kasper vom Dorf. Passe ich da überhaupt rein? Aber die Mädels wollten ja, dass ich dabei bin... Wird schon schief gehen...

Unsere Schmale wohnt in Leipzig. Hab mich zum „Mitfahren" bei ihr angemeldet. Die Sekretärin kommt mit dem Zug aus Berlin. Die hat uns erzählt, dass sie zu Hause ab und an „richtige Stars" auf der Straße sieht... Aber sie traut sich nicht, die voll zu quatschen... Grins - Das wäre was für mich...

Wir treffen uns bei der pädagogischen Erzieherin, die bei Bad Schmiedeberg quasi um die Ecke lebt. Naja, vielleicht bekomme ich ja ein bisschen Erziehung...

Keule würde es freuen. Der hat immer noch Angst davor dabei zu sein, wenn ich mal nachts auf dem Parkplatz aufs Maul kriege…

***

Freitag war ich bei meinem Doc in der Praxis. Ich hab mir eine Kopie von dem Bericht von der Reha geholt. Die Neugier hat mich getrieben… Wer weiß, wie ich dort „verurteilt" wurde… Zu Hause hab ich mir den Wust von Papier angesehen und wieder direkt das Grinsen gekriegt! Der lustige Doc hat mich schon wieder geschrumpft! Noch 3 Zentimeter weg! Aber dafür hatte ich gleich 40!! Kilo mehr auf den Rippen! Der Witzbold! Ich hatte ein Bild im Kopf! Ich war noch nie auf 100 Kilo! Das musste dir mal geben! Jetzt hab ich 118! Alter!! Kein Wunder, dass ich immer so platt bin…

Es ist wieder Wochenende. Eine ganze Woche lang hab ich so gut wie nichts gemacht! Schön faul! Sonntag war mein Bruder da. Bei Muttern. Zum Käffchen. Mit seiner neuen Freundin…
Ich hatte ihm für seinen Arbeitsbereich auch eine Sparbüchse für das Sommerfest bei den Kindern gegeben. Wir sind in der gleichen Firma. Aber es funktioniert bei uns nicht so gut mit der Kommunikation. Durch die Wiedereingliederung waren die ersten 3 Wochen für mich nicht so lang. Ich hab also

kaum Zeit gefunden, mit allen zu reden! Ich sollte mir dann für nächstes Jahr mal Gedanken machen, wie wir es besser hin bekommen!

Das Sommerfest wird es aber auf jeden Fall weiter geben! Solange ich noch arbeiten gehe!

***

Zweite Urlaubswoche

Heute war wieder Sport! Mit Naomi! Das war recht angenehm. Keine Schlager! Bisschen auf den Matten rumliegen, Arme und Beine wackeln… Das kann ich! Ich hab zum ersten Mal keinen Muskelkater! Aber geschwitzt hat sie trotzdem! Ekelhaft!! Die Kollegen sind ganz in Ordnung. Die machen dieselben Geräusche wie ich. Die sind, glaub ich, auch nicht ganz freiwillig da. Aber!

Was der Doc sagt ist nun mal Gesetz!!

Vor meinen Augen lag eine tote Fliege! Hab ich wieder gefeiert! Mein Kopfkino ging sofort los! Hab ich die erschlagen?

Wir haben vor den Matten-Übungen die Luft umgerührt – mit Stöckchen…

Oder war die vorher schon da? Zum Sport?

Und hat die Strapazen nicht überlebt???

Man muss sich wirklich zwingen, was zu tun!! Gesund ist es aber nicht. Sicher…

Ich sehe immer noch, wie unserem „Auge" der

Muskel geplatzt ist. Der hatte böse Schmerzen!
Ich will das nicht!
Heute hab ich den 1. Trainer gesehen. Wir müssen ja
den Schlüssel für die Umkleide abgeben! Hab ihn
an geschmunzelt und gegrüßt, bin dann aber ganz
schnell abgehauen!
Wenn der seine Gedanken sortiert hat gibt`s sicher
aufs Maul!
Ich hab zu Hause nur Kinderschminke! Für das
Sommerfest… Ein Veilchen überdeckt das zwar
auch, aber ein Tigergesicht…   In meinem Alter…
Der Gedanke ist mir schon peinlich…
Man könnte auch Prinzessin oder Schmetterlings-
fee… Aber ich hab kein Kleid…

***

Heute ist schon Dienstag!   Ich hab immer noch
nichts gemacht!
Aber endlich sind unsere Bäckersleute aus dem Urlaub wieder da! Ich hatte 2 Wochen keine richtigen
Brötchen! Ich hab schon 2 Kilo abgenommen! Wo
soll denn das noch hin führen?

Heute hab ich vom Verlag eine Bestätigung bekomm-
men. Mein Manuskript ist da eingegangen!
Mir ist schon wieder kotzübel! Die tausend Fragen
sind auch wieder da und quirlen durcheinander!
Was ist, wenn…

Ich hab doch nur einen Knopf gedrückt... Man, ist mir schlecht! Ich bin doch nur ein Handwerker mit einem Hirn voll Grütze!
Jetzt wird eine Zeit lang geprüft, ob meine Schreiberei gesellschaftstauglich ist!
Wenn die wirklich eine Rubrik finden, in die das reinpasst, dann wird es tatsächlich verlegt... Mir ist so unglaublich schlecht!

In der Zeitung war ein großer Artikel über unseren Kulturverein im Dorf. Das macht mich ein bisschen stolz. Ich bin da Mitglied. Ich freu mich schon auf unseren nächsten Ausflug.
Der Weihnachtsmarkt in Weimar ist unser nächstes Reiseziel! In Weimar gibt`s die allerbesten Thüringer Bratwürste! Die besorgt mein Lieblingskollege manchmal, wenn wir uns am Bootshaus treffen! Der kommt von da. Seine Mutter lebt noch dort. Die Dinger sind so was von echt megalecker! Wenn ich den Laden finde, nehme ich auf jeden Fall welche mit! Der Nase nach, wird schon funktionieren!

***

Mittwoch

Mein Bruder war gerade wieder da. Er hat Muttern abgeholt. Er ist vor einiger Zeit umgezogen und muss jetzt mit der neuen Wohnung angeben! Unsere

Mutter ist unglaublich neugierig!

Am Sonntag, als er zum Käffchen da war, wollten seine Söhne nicht mitkommen... Keine Lust... Der Kurze hatte sich schon seit Tagen darauf gefreut. Der ist ein bisschen anders und hat nicht so viele Freunde... Tom und Erich... Dann hört`s schon auf...

Aber heute ist er mit eingestiegen. Bei seinem Onkel...(2009 bin ich mal mit meinem Bruder mitgefahren, kann es quasi verstehen!) Seine Cousins mag mein Junge gerne und die können auch mit ihm umgehen.... Manchmal ist er halt etwas schwierig...

Ich hab Freizeit! Herrlich! Und was mach ich jetzt? Ich werde Frau Hummel ein bisschen zu texten... Wir haben auch schon lange nicht mehr...

Sie hat inzwischen den neuen Vertrag als Schulbegleiterin für das neue Schuljahr unterschrieben. Da machen wir einen Plan... Egon...

Nach einer Stunde war der Kurze wieder zu Hause. Seine Cousins haben gezockt und er kam sich dazwischen blöd vor! Er hat extra sein Telefon nicht ausgepackt! Toll! Hat sich richtig gelohnt für ihn, so mutig zu sein...

Ich hab später nur noch ein bisschen geputzt... Muss ja auch jemand machen! Ob meine Helden das wirklich zu schätzen wissen? Ich sehe noch, wie es aussah, als ich von der Reha zurück kam...

***

Heute wird es mal ein bisschen aktiver. Hab mit dem Kurzen gestern den Wetterbericht gesehen... Wir fahren ins Freibad...
Sonne + Hitze = Optimal!
Früh hab ich meine Zeitung aus dem Briefkasten geholt und einen Zettel gefunden. Eine Einladung zum Klassentreffen! Im September! Wir sind seit 35 Jahren aus der Schule raus! Ich bin jetzt schon voller Aufregung und Vorfreude... Ich hab noch sehr viele schöne Erinnerungen. Für manche Klassenkameraden sind die vielleicht nicht so toll... Aber ich hatte oft Spaß! Das gibt wieder Impulse... Freu...
Bei uns sind Klassentreffen immer schön. Hab schon einige „mitgenommen". Hab mich auch gleich angemeldet! Dieses Mal geht`s in den letzten Glas-Bier-Laden in der näheren Umgebung.
Früher gab es bei uns im Dorf auch mal zwei Kneipen! Die sind aber nicht mehr gelaufen... Die Leute, die Kohle hatten, mussten arbeiten. Und die, die zu Hause waren hatten keine Kohle... Teufelskreis... Die kleine Kneipe ist jetzt ein Wohnhaus. Da wohnen fremde Leute drin!
Die andere, die Große, wurde abgerissen! Schade... Die hatte einen schönen Saal. Am Wochenende, ganz früher, wurde da Kino gemacht... Später sind wir zur Dorf-Disco hingegangen... Immer mitt-

wochs, bis um zehn... Da hat`s gekracht...

Doch, hier war früher auch immer mal was los... Da hab ich noch unendlich viele, schöne Erinnerungen dran...

Schulanfang, Jugendweihe, Hochzeit...

An der Stelle ist jetzt unser „Vereins-Dorfplatz"! Mit Pavillon und Bänken... Total idyllisch...

Da sind auch Erinnerungstafeln aufgestellt, für die Dörfer, die der Braunkohle zum Opfer gefallen sind! Manchmal kommen fremde Leute in unser Dorf, wegen diesen Informationen...

Einer von „unseren ehemaligen DJs" wohnt in der Kleinstadt. Den treffe ich ab und zu...

Hab ihn irgendwann mal gefragt, was er jetzt so macht... Der war immer cool...

Er macht jetzt unter anderem Kirchenführungen... Ich fragte: „Wie kommst du denn dazu?" Spricht er, er hat sowas mal studiert... Eh... Da hat man Leute im Dorf, die Party können und die sind auch noch gescheit!! Gibt es sowas heute auch noch? Sicher, denk ich mal! Aber eher selten...

***

Freibad ist toll.

Wir fahren da mit dem Auto hin! Fahrrad? Wäre mir viel zu anstrengend! 10 km!! Da ist man ja fix und fertig! Wir haben schließlich auch Gepäck dabei! Eine Decke, Handtücher, was zum Knabbern und Getränke... Wir haben einen schönen Liegeplatz auf der großen Wiese! Ich bin so weiß! Das nennt sich Kellerbräune! Davon kannste blind werden!

Das Wasser ist eiskalt! Nur 24 Grad! Boah... Es dauert ewig, bis ich darin versunken bin! Aber, wenn sie einmal liegt, dann geht`s! Ist ok so! Ich kann am besten sitzen und liegen! Bewegen ist nicht so wichtig... Muss ja auch nur der Schnorchel rausgucken... Die Hitze raubt einem die Luft zum Atmen! Im Wasser ist es besser...

Vom Kurzen kam später ein Schulkollege dazu. Mit seinem kleinen Bruder und ein paar Freunden! Der Nachmittag war gerettet! Hat der sich gefreut! Mir ist das Wasser beim zweiten Durchgang schon nach einer halben Stunde zu kalt! Ich hatte einen Krampf, verpiss mich lieber auf die Decke! Im Schatten ist es auch so kalt! Ich bin zu faul, die Decke in die Sonne zu ziehen! Da müsste ich um die Nachbarn rings rum! Das ist anstrengend! Ich will jetzt heim! Mir brummt von der Kälte so übel der Ast! Ich kann gar nicht so schnell zittern, wie ich friere Zum Glück macht der Schulkollege auch los! Der Kurze diskutiert nicht... Entspannter Rückzug!

***

Freitag

In der Nacht war schon wieder Gewitter! Digger war mutig! Der saß im Fenster und hat sich die Wetterleuchten angeguckt! Normaler Weise versteckt er sich ja immer unterm Schreibtisch! Aber es war noch relativ weit entfernt, das hat noch nicht geknallt!

Heute haben wir einen Termin mit einem Fensterbauer! Die Hausverwaltung ist da sehr fürsorglich! Es ist doch nicht normal, dass das Wasser bei Starkregen wie aus dem Wasserhahn durch die Fensterritzen läuft! Der hat sich die Fenster angesehen und erst mal die Scharniere nachgestellt! Spricht der zu mir: „Beobachten Sie das mal beim nächsten Regen! Wir werden da neue Gummis rein ziehen, dann müsste es wieder dicht sein! Wir bohren auch größere Ablauflöcher!" Ok!! Gucken kriege ich hin! Das ist nicht anstrengend!

Nachmittags hatte der Kurze Zahnarzt... Heute passt es aber nicht mit dem Wetter. Wir lassen die Badesachen lieber zu Hause... Wir wollen eh am Wochenende im Bergwitzsee abtauchen... Sparen wir uns halt jetzt schon mal die Kraft...
Auf dem Heimweg wollte mich der Kurze „zuklugscheißen". Der redet nicht sehr viel, aber wenn, dann meistens so... Fragt er mich: „Mutti, was passiert, wenn du Seife isst?" Sag ich: „Dann kann ich Seifenblasen rülpsen!" - KOPFKINO -

20

Nochmal Kopfkino!! Der Kurze hat seinen Text vergessen! Der Blick zu mir... Unbezahlbar!! Ich lach mich schlapp!! Aber der Junge muss auch lernen DAMIT klar zu kommen! Wir haben oft solche Situationen! Das macht immun...

Wer weiß denn, was ihm später noch für Menschen begegnen! Ich muss ihn ja irgendwie abhärten... Wir leben nicht ewig! Inzwischen ist er auch schon nicht mehr so lange sauer! Funktioniert! Am Straßenrand lag eine tote Katze! Von draußen drang ein ekelhafter, merkwürdiger Geruch ins Auto... Neue Impulse – Themawechsel - Alles im grünen Bereich!

Manchmal fürchte ich, dass seine Art von Autismus eine Art Abwehrreaktion ist! Auf mich!

Aber, ich kann nichts dafür... Ich weiß, dass ich schräg bin...

Ich pflanze meinem Kind auch Kopfkino ein! Scheint zu funktionieren... Der muss ja auch lernen Wortwitz zu verstehen... Hinterher versuche ich ihm die Lage zu erklären, zum Nachvollziehen... Ich glaube, er versteht`s!

Meistens....

Es wird immer wieder sonderbare Begegnungen geben, die man nicht analysieren und kontrollieren kann...

Ich hab das öfter... Dafür gibt`s keine Pillen!

***

Mein Mann hat gestern den „Großen" in die Werkstatt gebracht. Der musste zum TÜV. Heute bringe ich ihn dann mal zur Arbeit. Mit meinem Auto fahre ich selber!

Es ist erst halb 6! Ich bin noch total verklingelt! Ich bin todmüde! Die Miez hat sich aber gefreut... „Meine Menschen leben ja schon..." Ich möchte nicht wissen, was der gedacht hat, als wir beide zur Tür raus sind...

Hab mich dann nochmal ins Bett gepackt. Ausschlafen im Urlaub muss sein! Die Miez kam dazu. Der hat mich schön in den Schlaf geschnurrt. Um 8 sind wir beide hoch geschreckt! Die Gärtner waren da und haben Rasen gemäht! Das nervt! Der Kurze ist schon wieder am Zocken... Das nervt auch...

Vorgenommen haben wir uns für heute nichts! Ich muss nachher meinen Mann von der Arbeit abholen... Wir müssen noch einkaufen, für nächste Woche... Bei dem Gedanken kommt mir direkt wieder das Flattern... Die langsamen alten Leute... Da krieg ich die Motten...

Ich freu mich lieber schon mal auf morgen! Bergwitzsee! Die Mädels treffen! Das machen wir uns lustig! Der Kurze ist auch dabei. Der freut sich riesig auf den See!

Ich hab Zutaten für einen deftigen Nudelsalat besorgt... Jetzt geht das hier mal los!!! Salat geht schnell. Eine Stunde. Aber ich glaube, die Schüssel ist viel zu groß!

Ich mache Salat immer für 25 Leute. Wir sind doch nur vier Mädels! Und der Hausherr...
Ich muss noch ein paar Sachen zusammen packen... Aber nicht zu viel... Wer soll das denn schleppen? Wir fahren ja abends wieder heim!
Digger wirkt ein bisschen verstört! „Was machen meine Menschen da? Die packen Wechselfell ein? Verlassen die mich etwa? Ich schmuse mal mit dem Rucksack... Vielleicht hilft es mir...“
„Nee Miez! Lass es! Du bleibst da!“

***

Endlich! Heute ist mein schönster Urlaubstag! Ich bin total aufgeregt! Hab schon wieder die halbe Nacht nicht geschlafen! Heute treffen wir uns endlich wieder! Unsere Sachen sind seit gestern gepackt. Wir aktivieren noch schnell die Kühltasche und dann geht es ab! Nach Leipzig! Zu unserer Schmalen! Wir teilen uns die Strecke... Ist ja doch ein ganz schönes Ende zu fahren...

Die Kleine steht auch schon unten und erwartet uns. Sie ist genau so aufgeregt und voller Freude... Sie hat für uns einen Kuchen gebacken. Lecker! Wir vier passen zusammen, wie die Faust aufs Auge... Super Veilchen-Strauß!
Der Kurze ist auch aufgeregt. Für ihn ist es wieder

eine neue Erfahrung im normalen Umgang mit Fremden... Er hat mich zwar einmal in der Reha besucht, aber da waren wir unter uns. Ohne die Mädels.

Die Umgebung ist immer noch genau so schön. So viel Grün! So viel Wasser... Herrlich...

Unsere „Erzieherin" erwartet uns! Ihr Mann hält die Hunde zurück... Oh mein Gott... Mir kommt gleich ein Pfund! Die sind ja groß! Aber zum Glück waren sie wohl schon gefüttert! Die hatten kaum Interesse an den alten Knochen! Nur mal gucken! Nur mal kurz riechen!

Wir sind uns in die Arme gefallen, als hätten wir uns ewig nicht gesehen! War aber auch lange. Mir wächst gerade wieder das Dauergrinsen fest... Ich bin mega happy...

Wir haben uns sehr viel zu erzählen. Ich staune über den Kurzen! Keine Mucken! Keinen Aussetzer! Der ist zwar fremd, aber er hält es aus... Er hat sogar mit gegessen! Und die Biene hat so lecker gekocht... Es ist einfach nur schön.

Ich hab das Reha-Feeling wieder!

Es ist ein bisschen herbstlich. Windig, regnerisch, kaum Sonne... Aber egal! Wir haben uns so viel zu erzählen... Wir sind später mit dem „kleinen" Hund eine Runde gelaufen (bzw. er mit uns) zum See und zum Campingplatz... Und was gab ab? Die Sonne! Die hat uns endlich gefunden. Sie grinst, wie ich...

***

Wir haben wirklich viel zu quatschen. Hab gar
nicht gemerkt, wie schnell die Zeit vergangen ist...
Unsere Berlinerin muss nach dem Kaffeetrinken
bald los. Sie bekommt heute Abend noch Besuch.
Schade! Der Mann des Hauses hat inzwischen die
Fahrräder aktiviert. Ich hab das alte 26er genom-
men. Das sah „normal" aus. War ein bisschen wack-
lig. Aber, wenn ich meine Knie unter Kontrolle be-
halte, werde ich schon nicht im Kinn einrasten!
Wir fahren noch mal an den See!
Es ist so schön geworden!
Die Gegend um den See ist herrlich...
Das Wasser ist sauber und eiskalt...
Und wir gehen rein!! Schwimmen muss!
Ich hab es dem Kurzen versprochen! Das war der
Plan! Jetzt muss ich mal stark sein! Die Mädels
grinsen schon... Und der Kurze ist absolut happy!

Klar hab ich wieder ewig gebraucht! Und in dem
See sind Fische! Die schwimmen mir um die Beine!
Ich will sterben! Wäre mir nicht so kalt, würde ich
schwitzen vor Aufregung! Ich hab da ein Problem...
Geschafft! Schwimmen entspannt! Die Füße hab ich
weit oben! Das Wasser ist schön warm an der Ober-
fläche! Keine Fische mehr... Abends hat der Mann
für uns gegrillt! Herrlich! Ich hab schon wieder viel
zu viel gegessen!
Unsere Berlinerin hat uns von ihrer Heimfahrt ge-

schrieben… Berlin säuft ab!

Es schüttet wie aus Eimern… S-Bahnen verspäten sich oder fallen ganz aus… Überfüllung, wenn mal eine fährt… Greetings from India!

Sie hätte doch lieber bei uns bleiben sollen! Hier war es so schön!

Das war ein wunderbarer Tag! Wir haben schon eine „Fortsetzung" geplant! Das nächste Mal treffen wir uns vielleicht bei unserer Schmalen! Dann wird es wieder viel zu erzählen geben!

Gegen 9 sind wir heim gefahren. Aufgeputscht mit tollen Erinnerungen und voller Vorfreude aufs nächste Mal!

Das letzte Stück Weg, mit dem Kurzen bis heim war auch toll! Der hat mich die ganze Zeit zugetextet! Ohne Klugscheißerei… Für ihn war es ein aufregendes Erlebnis… 10 km vorm Ziel fing wieder ein Gewitter an! Riesige Blitze zuckten aus dem schwarzen Himmel! Der Regen schoss, wie aus einem C-Rohr, über die Bundesstraße… Bloß gut, dass wir ein „Dach" über dem Kopf hatten…

Zu Hause haben wir uns nicht gleich getraut auszusteigen! Es tröchte immer noch wie verrückt… Unsere Straße ist komplett geflutet… Der Sturm liegt im Kofferraum, unter den Jacken! Wir ha 15 Minuten mit uns gehadert und dann sind wir doch raus! Im Nu waren wir durch, bis auf die Knochen! Aber wir müssen hoch! Digger ist alleine oben! Der hat doch Angst…

***

Unsere Erzieherin hat mir ein Telefon mitgegeben! Ihre Tochter hat ein Neues und brauchte das Teil wohl nicht mehr!

Alter!!!   Ich hab Sonntag stundenlang damit „rumgespielt"! Jetzt sind alle meine Nummern weg! Ich hab keine Kontakte mehr! Wo sind meine Zettel? Ich hatte die wichtigen Sachen irgendwo aufgeschrieben! Die Zettel sind weg! Ich werd bekloppt! Ich bin so ein Honk!!!

Montag hatte ich aber einen Plan im Kopf! Hab eine Nacht darüber geschlafen!

Und dann hab ich wieder stundenlang „gespielt"! Heike, du bist doch nicht doof!

Mein Hirn hat sich sortiert!   Alles wieder gut! Alles wieder da!

Jetzt hab ich ein Telefon mit Internetz! Jetzt können wir gemeinsam whatsen…   Wenn ich es richtig gemacht habe…

Ich bin ein Grobmotoriker, ein technischer Embryo! Ich drücke einmal drauf und hab die ganze Zeile voll… mit einem Zeichen…   Ich hab doch von der Materie keine Ahnung!   Alter… Das kostet Nerven…   Und was das Ding alles von mir wissen will… Das ist ja wie Stasi!!!

Sport war heute auch wieder! Wieder mit Na ni!
Die macht das richtig gut!
Wir haben dieses Mal verschiedene Stationen d   h-
laufen... Von allem etwas... Am besten fan   ch
sitzen und liegen... Das kann ich... War zwar   ch
anstrengend, aber ich hab keinen Muskell   er!
Nächste Woche wird uns Dr. Sport wieder „quä   n"!
Der hatte jetzt Urlaub und wird sicher sehr e   olt
und voller schräger Ideen zurückkommen... Ich   ab
jetzt auch schon die zweite Woche Urlaub h   ter
mir. Hab ich gar nicht so gemerkt!
Ich sollte dann mal langsam anfangen, den K   en
„einzusingen" und vorzubereiten. Wir m   en
auch noch etliche Sachen fürs neue Schuljahr b   or-
gen... Und einen Plan machen...
Gott, wie mir schon wieder graust!
Nur noch zwei Wochen, dann sind die Ferien   or-
bei... und ich hab mit dem Telefon zu käm   en!
Jedes Mal sind da andere Bilder drauf! Ich s   be
schon ein, weil mein Bewegungsradius au   das
Touchscreen beschränkt ist... Alter!

***

Heute ist ein langweiliger Tag! Es ist schon v   der
so herbstlich! Am Horizont hängen dicke, bla   Regenwolken, wie Kartoffelsäcke!
Wenn das so runterkommt, wie es auss   t...

Na Gute Nacht!!

Mein Mann hat diese Woche Nachtschicht! Das bedeutet für uns Geräusche vermeiden! Heute war der Witz in der Zeitung mal wieder lustig! Das gibt es nicht sehr oft! Aber heute hatte ich wunderbares Kopfkino!

Der Kurze liegt auf dem Bett und zockt! Ich mache ein paar Rätsel! Am liebsten Sudoku. Da muss ich nicht viel denken... Draußen, in der alten Trauerweide, sitzt eine dicke Krähe und nervt mit ihrem Gekrächtze! Die war wohl zu spät an der Futterkrippe und beschwert sich jetzt! Dämliches Vieh! Digger hat sich auf dem Sofa eingerollt und macht ein Nickerchen! Der lag vorhin noch in seinem Körbchen. Er hat, glaub ich, eines seiner puscheligen Haare eingeatmet! Der hat geschnieft und geniest! Zum Schießen! Dabei macht er so dicke, runde Augen... Das ist voll lustig!

Ich war gerade am Briefkasten, ist ja nichts los hier... Vielleicht haben wir Post, die mich inspirieren könnte... Nee, haben wir nicht! Nur Werbung! Es ist sooo langweilig!

Garfield liegt vor der Haustür und quäkt alle an, die vorbei wollen! Der ist so fett! Der schafft es nicht einmal bis an die „Leckerchen" an seiner Rosette... Manchmal tut er mir schon ein bisschen leid! Aber ich will ihn auch nicht bei uns haben! Der ist so verlaust! Der ist ja immer draußen...

***

Es kam zum Glück nicht, wie die Wolken dro... n!
Aber der Dauerregen macht es nicht viel besse... Es
pieselt, frischlich und windig ist es auch! Rich... es
Depri - Wetter... Zum Heulen...
Ich hab doch Urlaub...
Aber dafür war es beim Bäcker kurz lustig! Ich... ar
erst alleine im Laden. Hab bisschen mit der Bäc... in
gequatscht. Ein Stammkunde aus dem Nachba... rf
kam rein. Der bringt immer seine „Fußhupe"... it.
Die hätte ich fast zerlatscht...
Hab ich gezuckt, als der auf einmal hinter mir st... d.
Ich guckte den an und sprach: „Alter, das kann... lu
doch nicht machen! Ich hab die langen Schuhe ... ."
Der Hund hat geguckt, als versteht der m... ...
Das Bild hatte ich noch stundenlang im Kopf!

Mein Mann hat ein „Erntekörbchen" für unsere... au
Hummel gepackt. Der Gute... Hab sie gerad... e-
sucht. Heute muss sie noch arbeiten, dann h... sie
auch endlich Urlaub.
Danach war ich schnell einkaufen! Ich hasse ei... au-
fen! Nur 5 Flaschen Klaren und schnell w... ler
weg...
Unsere Johannisbeeren sind reif! Die werde... ge-
schnäpst"! Das ist eine Delikatesse! Da fahr ic... oll
drauf ab! Das Zeug muss aber erst ein Jahr li... en!
Dann wird probiert und umgefüllt! Da ha... an
auch immer was zum Verschenken zur Hand!
                                        Aber ... ehr
mache ich heute nicht! Ich hab zu nichts ... st!

Nicht mal zum Telefon spielen...   Nur   zur
Ruhe komme ich nicht.   Das
Ding reizt mich!   Ich spiele doch nochmal!   Und
jetzt ist sie endlich drin!   Yeah!   Ich hab die
Whatsapp!   Ganz alleine gemacht!   Und die ersten
Kontakte zur Außenwelt... Ich hab die Mädels ge-
funden!   Freu!   Ich bin in der Gruppe...
Ich bin gerade ein bisschen stolz auf mich!
Aber es ist inzwischen auch schon halb zehn!
Zwei Stunden... Für drei Bilder... Ich geh kaputt...
Ich bin modern...   Und meine Kollegen sind auch
da... Noch eine Gruppe...   Der Matzl hat mich auf-
genommen... Freu   Jetzt guck ich noch Dr.
House zu Ende, dann geh ich ins Bett!   Ich bin fix
und fertig!

$$***$$

Unser Sommer scheint schon ein Herbst zu sein...
Kühl, grau, windig... Schön geht anders!

Frau Hummel hat mir gerade eine Nachricht geschickt. Ab heute hat sie auch endlich Urlaub!
Jetzt ist sie unterwegs... Die pilgert jedes Jahr
durchs Land, mit ihrer Freundin...
Ich war nur mal schnell bei der Post... Hab da, vor
der Tür, den 1. Trainer getroffen und bisschen mit
ihm gequatscht...   Fragt der mich, ob ich schon
wieder gefeiert habe?   Na klar... Hab ihn gesehen

und sofort schoss mir das Tigergesicht ins Hi…
Der weiß ja nicht, was in mir vorgeht…
Es scheint schon ein bisschen verwirrend zu w… n,
wenn mein Grinsen unterwegs urplötzlich v… i-
nem Ohr zum anderen reicht! Aber ich kann … ts
dafür… Ich bin immer so…
Zum Glück ist er ein lustiger Typ! Es gab nic… uf
die Esse! Wir haben uns ganz normal unterhalt…

Den Nachmittag hab ich mit sinnlosen Telefo… n
verbracht. Erst hab ich mit der Schwiemu vor… i-
ner Großen gequatscht. Dann rief die Dispor… n
von meinem Mann an. Wieso merkt die de… i-
gentlich nicht, dass ich das bin? Mein Mann s… t
doch ganz anders als ich! Jetzt hat der noch… e
Woche Nachtschicht! Er ist als Leihwerker d… r-
laubsvertretung! Das ärgert mich gerade ein… s-
chen! Ich geb ihm mal besser das Telefon! Ich … e
gleich… Wieder eine Woche lang Geräusch… r-
meiden… Und keiner weiß, wie das Wetter w…
Dann hab ich bei den Kindern in Stade angeru…
Wir brauchen einen Plan!
Unser kleiner Hosenscheißer wird ja nun auc… ld
ein Jahr alt. Die drei wollen heim kommen, … il
Schwiemu einen Tag vorher einen runden Ge… s-
tag feiert. Ist auch clever. Das Datum kann… n
sich leicht merken! Die Jahreszahl spielt dabei … e
große Rolle!

***

Mein Urlaub fühlt sich an wie eine Warteschleife!
Sommerpause!!

Im Dorf ist nichts los! Draußen ist Herbst!
Mein Mann versucht zu schlafen und ich hab keinen
Plan und zu nichts Lust...

Hier sind noch nicht mal ein paar Leute auf der
Straße, die ich sinnlos belasten kann...

Garfield liegt wie eine Leiche unterm Kriechwa-
cholder und bewegt sich nicht. Aber der schwam-
mige Organismus atmet noch... Das sieht man!

Der Busch ist lustig... Vor ein paar Jahren, zu Silvester, hat der Kurze einen Knaller darin versenkt...
Der Busch war ziemlich trocken! Der hat gebrannt
wie Zunder! Zwei Eimer Wasser haben aber gereicht
zum Löschen... Der Kurze hat sich furchtbar erschrocken und Angst bekommen, dass wir ihn „be-
strafen"!

Aber, der war ja noch klein... Wir waren selber
Schuld... Kann er doch nichts dafür!

Jetzt hat der Busch eine „Glatze"! Wir feiern jedes
Mal, wenn wir daran vorbei gehen...

Der halbe Tag ist schon vorbei! Ich hab nur ein bisschen Wäsche gewaschen und aufgeräumt!
Ich muss ja Geräusche vermeiden...

Wir wollen heute noch in die Stadt fahren! Bei dem
Gedanken werde ich schon ganz hibbelig! Das mag
ich gar nicht. Aber meine Cola ist aus und der Kühlschrank ist fast leer! Boah... Ich hasse einkaufen...
Aber wenigstens haben wir ein Schnäppchen ge-

macht! Dieses Jahr ist mein Budget für das Sommerfest nicht ganz so groß! Ich hatte keine Zeit! Es gab
Melonen, zum kleinen Preis! Hab gleich 4 eingepackt… Das war günstig! Die Kinder lieben Melonen! Jetzt muss ich nur noch Limo besorgen und
kleine Bratwürste zum Termin. Dann hab ich alles
zusammen!

Dieses Jahr steigt unser Fest am ersten Donnerstag
im August. Ron und seine Familie wollen mich dabei unterstützen! Mona ist im Urlaub, unterwegs…
Sie „ärgert sich" da schon ein bisschen!
Aber nächstes Jahr gibt es ja wieder eins! Nicht so
schlimm…

Hab auch mit Bo telefoniert… Der musste die Abteilung wechseln… Er ist bei uns Leihwerker. Den hab
ich im Betrieb nur einmal kurz gesehen… Keine
Zeit! Ich hätte ihn wirklich richtig gerne wieder mit
dabei… Bo ist der Ober – Grill – Meister! Mal sehen,
ob er von seiner Familie frei bekommt! Ist ja auch
ein bisschen sehr kurzfristig für ihn… Wir quatschen später noch einmal…

***

Jetzt ist schon wieder Wochenende! Aber endlich
darf ich Geräusche machen! Kochen, Waschen, Putzen… Ist das toll!?

Eben hab ich auch nochmal mit Bo telefoniert! Der
Gute! Er hat „Ausgang" bekommen und bringt sogar seine Freundin mit. Wir haben einen Plan ge-

macht! Jetzt kann nichts mehr schief gehen...
Die Kleine kann Gesichter schminken...
Ich freu mich total!
Bo hat als Kind selber mal eine Zeit lang in einem
Heim gelebt. Der weiß wie das ist. Der sagte, dass er
mir gerne hilft, wenn es um die Kinder geht. Ich bin
froh, dass ich ihn kenne... Ich wünschte, ich hätte
mehr solche Kollegen...

Unsere Schmale hat uns einen kleinen Text geschrieben. Sie ist im Krankenhaus! Ihr geht es nicht
gut! Mich überläuft schon wieder ein Schauer!
Das kann sie doch nicht bringen! Jetzt ist endlich
der Herbst aus Sachsen weg und sie macht Ge-
schichten! Die Bude ist voll mit weißen Männern...
Warum passiert so was immer Menschen, die ich
mag?
Letztes Wochenende war so schön...
Mal sehen, wie lange sie dort bleiben muss! Am
Donnerstag bin ich in der Nähe! Da lass ich mir
dann doch ein Tigergesicht aufmalen und besuche
sie...
Bei dem Gedanken bekomme ich schon schwitzige
Hände! Aber, ich will sie ja nur besuchen...
Lachen ist immer noch die beste Medizin!

***

Sonntag ist wirklich Sonnen – Tag! Die Hitze drückt! Man kann kaum atmen! 28 Grad in der Hütte! Mir brummt der Schädel! Da bahnt sich wohl auch wieder ein Gewitter an...

Hab für den Kurzen ein paar Blätter fürs neue Schuljahr ausgedruckt. Der muss jetzt dringend an die Materie zurück geführt werden! Nur noch eine Woche, dann geht es wieder los. Hab auch einen Plan zum Einkaufen gemacht... Montag geht es los!! Hefter, Blöcke, Stifte...
Wir haben genug vorzubereiten. Da ist die Nachtschicht – Woche egal...

Hab das erste Mal geskypt.
Ich hab davon keine Ahnung. Mein Schwieger – Ben hat das eingerichtet. Weihnachten hatte ich den Rechner mit, bei den Kindern. Der hat da irgendwas draufgespult! Ich hab es bis heute noch nicht ausprobiert! Jetzt ist es soweit und funktioniert nicht! Ich werd bekloppt! Ich hab doch davon keinen Schimmer!
Eigentlich hab ich es auch schon aufgegeben! Wir können ja noch normal telefonieren... Aber der Ben sagte: „Drücke mal dort und dann gibst du mal das ein und dann sagst du mir, was passiert!"
Der konnte auf einmal an meinem Rechner spielen! Ich hab gar nichts gemacht...

Teufelszeug... Moderne Technik... Aber es hat funktioniert... Wie von Geisterhand... Irre...

Der spielt auf meinem Desktop! Ich habe gar nichts angefasst!
Hab ihm die merkwürdigen Dinge vorgelesen und hörte ihn im Hintergrund nur jubeln! Dann konnte ich es auch sehen...   Wir sind wirklich drin!   Ist das verrückt! Ich sah die Tina und den kleinen Hosenscheißer... Und den Ben auf dem Sofa, der sich gerade kringelt... Ich bin immer noch total fasziniert! Hoffentlich funktioniert es beim nächsten Mal auch noch! Das ist schön! Kontakt zur Außenwelt ohne kilometerweit rum zu kutschen!

***

Heute ist wieder Sport! Und es ist wieder so unglaublich warm! Es ist gerade erst um zehn und das Quecksilber steht schon bei 27 Grad! Fürchterlich...

Dr. Sport ist wirklich sehr erholt aus dem Urlaub zurück! Er hat uns heute „Wackelstangen" in die Hand gedrückt! Die Dinger kann ich gar nicht leiden! Die wackeln total unkontrollierbar! Vorne, hinten, oben, unten und im Sitzen ist es auch nicht viel schöner! Mir brummt schon wieder der Ast! Ich hoffe, ich hab nur falsch angefasst! Ich könnte meinen Arm gerade wegschmeißen!

Hab mit unserer Schmalen auch einen „Termin" gemacht! Gott sei Dank! Sie ist erst mal aus dem

Krankenhaus raus! Ich besuche sie morgen zu Hause!

Ohne Tigergesicht!

Aber mit Gurken und Tomaten aus unserem Garten! Ich freu mich schon! Allerdings muss sie in ein paar Tagen wieder rein...

Morgen bringe ich die ersten Sachen zum Kinderheim! Obst, frisches Gemüse, Limo in allen Farben! Die Deko liegt mir zu Hause so langsam im Weg! Ich muss da endlich ein bisschen Platz schaffen! Seit Tagen räume ich die Kisten hin und her... Hab mich bei der Chefin vom Förderverein angemeldet... Die freut sich auch schon, glaub ich...

***

August 2017

Dienstag wird hart! Der Tag ist vollgepackt mit Aufgaben!

Nach dem Bäcker guck ich erst mal in unseren Garten! Da wird jetzt nach und nach alles reif! Hab einen kleinen Beutel dabei... Möhren? Sind gesund, packe ich ein! Zwiebeln? Sind auch gesund! Unsere Gegend war früher schon dafür berühmt! Da muss ja was dran sein! Die Tomaten? Fangen gerade erst an! Aber, wenn die ein paar Tage liegen, die werden auf jeden Fall reif! Die Pfirsiche? Brauchen auch noch ein paar Tage! Nehm ich eine kleine Kostprobe mit! Unsere Gurken kann man sogar mit der Schale essen! Keine Chemie! Richtig Bio! Rein damit… Kartoffeln sind auf jeden Fall gesund! Rein damit… Blumen? Kann man nicht essen! Die würden eh verwelken, bevor wir da sind! Ich mag es nicht abgeschnitten. Das Zeug bleibt da!

Hab das ganze Auto voll mit Kisten und Taschen. Die Limo beschwert die kleine Karre… Hoffentlich platzt mir unterwegs kein Reifen! Der Kurze sitzt ja mit drin! Wertvolle Fracht!

Unser erster Weg führt uns ins Kinderheim. Da ist immer ein Betrieb!
Wir parken direkt vor der Tür! Die anderen Parkplätze sind alle belegt! So ist es aber auch gut… Dieses Mal hat mir der Kurze sogar beim Ausladen geholfen! Ohne Worte! Das gibt es nicht sehr oft! Vielleicht will er aber auch einfach nur schnell wieder weg! Das kenn ich schon von ihm! Die Mädels vom Förderverein haben sich echt gefreut, dass wir dieses Jahr auch wieder da sind… Hab ich doch versprochen… Solange ich arbeiten gehe und die es uns erlauben, wird es ein Fest geben! Die freuen sich auch, dass der Ron mit seinen Mädels mit dabei ist… Auf den Bo freuen sie sich sowieso! Der ist der Ober – Grill – Meister!! Wir haben noch ein paar Worte gequatscht, dann mach ich aber los… Die Termine stehen… Alles ist geklärt, organisiert und besorgt… Hoffentlich wird es nicht zu heiß!

Dann sind wir zu unserer Schmalen gefahren. Ist nicht weit vom Heim aus... Die arme Socke!! Wir haben uns um eine dreiviertel Stunde verfrüht! Sie hat gerade versucht ein bisschen zu schlafen! Ihr geht es immer noch nicht gut! Wir haben ein paar Minuten geschnackt, dann ging es zurück! Wir können ja später noch whatsen!

Das Auto steht direkt in der Sonne! Da kocht dir das Wasser im Arsch, wenn du losfährst! Heute liegen wieder über 30 Grad an... Fürchterlich! Aber, wir haben einen Plan! Kurz heim, den Vattti wecken und dann schnell wieder weg! Bevor der uns mit irgendwelchen Aufgaben belastet! Grins!

Wir fahren ins Freibad! Natürlich mit dem Auto! Ich bin doch nicht Jeck!

Selbstverständlich hat das Versinken auch wieder gedauert! Aber heute war es nicht ganz so lange wie neulich! Nur 10 Minuten! Der Kurze grinst und nennt mich Weichei, Memme, Frostbeule... Der ist rotzfrech, wenn er sich in Sicherheit wiegt! Es ist unglaublich!
Aber ich bin gleich da! Nur noch kurz ! Warte! Boah! Ok! Glück gehabt! War doch bisschen länger! Ich bin ein Weichei! Na und...
Wir waren wieder bis kurz nach 6 dort. Herrlich! Bei Burgers haben die Mädels dann für uns „gekocht"! Der Tag war mal wieder richtig schön... Endlich war was los...

Jetzt, am Abend, zieht schon wieder ein Gewitter auf... Die Luft steht... Es ist fast unerträglich! Der Kurze liegt mit der Miez auf dem Sofa. Ich glaube, der ist geschafft... Ich hab vor zwei Stunden die Waschmaschine angeschmissen... Mit ein bisschen Glück wird das Ding bis morgen sogar fertig... Morgen haben wir auch ein kleines „Programm! Lange Weile ist doof.

***

Der Tag beginnt schon wieder trübe. Das Gewitter hat früh tierisch Krawall gemacht...
Digger versteckt sich vorsichtshalber unterm Schreibtisch.
Der Kurze bekommt heute sein „1. Mal"!
Der wird ja bald 14! (Ich bezahle es auch!)
Der will nicht mehr von mir frisiert werden!
Ich kann nur mit der Maschine...
Er hat zwar wieder ewig gebraucht, um in die Puschen zu kommen, aber dafür sieht er jetzt wie ein richtig normaler „Jugendlicher" aus! Mit Profi – Friese... Voll schick... Der hat ja sogar ein Gesicht! Ich hätte echt nicht geglaubt, dass unsere Wildwuchszucht gebändigt werden kann! Ich bin stolz auf das Kind!
Im Schreibwarenladen waren wir auch noch mal.
Hab einen neuen Zettel mit den Sachen gemacht, die wir neulich nicht auf dem Plan hatten. Meine Rech-

nung ist einen halben Meter lang! Unglaublich!
Jetzt müssen wir nur noch den Sportartikelladen
leer kaufen, dann kann es los gehen...
Wenn der Kurze was zu sagen hätte, wären die Feri-
en noch 4 Wochen länger! Der mault schon wieder!
Mir reicht es aber völlig aus, so wie es ist! Die Helden erwarten ja von ihren alten Leuten permanent
bespasst zu werden. Mein Ideen – Katalog hat nicht
so viele Seiten. Da ist man doch recht schnell
durch...

***

Sommerfest im Kinderheim

Es regnet Bindfäden! Was ist denn heute wieder los?
Die Luft steht, es ist schwül und furchtbar warm...
Hoffentlich bleibt das nicht den ganzen Tag so! Wir
(bzw. ich) haben doch was vor...
Der Kurze bleibt lieber zu Hause. Der hat Angst,
dass ich ihn vom Heim nicht wieder mitnehme...
Mittags hab ich die Brötchen und Würstchen abgeholt. Das kleine Auto ist schon wieder vollgepackt,
bis unters Dach...
Auf der Autobahn ist es ziemlich ruhig, sehr angenehm. In der Ferne sehe ich sogar die Sonne! Es
wird also doch noch schön.
Vorm Heim macht sich „unser Clown" für den Auf-
tritt fertig. Ich lach mich schlapp... Die gelbe Perü-

cke ist zum Schießen komisch... Wir haben uns kurz begrüßt und einander vorgestellt. Tolle Frau! Die ist schon lustig, bevor es los geht...
Ich fange dann mal an den Kofferraum auszuräumen. Meine Kollegen sind sicher gleich da.
Bo bringt seine Freundin mit und der Ron kommt mit seiner kleinen Schwester und seiner Mutsch. Die arbeiten allerdings noch, wird ein paar Minuten später...
Wir bringen unsere Sachen schon mal hinter, auf die Terrasse. Die ist geschmückt und vorbereitet... Alle sind schon total aufgeregt.
Die Kinder drücken sich an den Fensterscheiben die Nasen platt, winken und rufen ihren Clown... Das ist so putzig. Und jetzt geht es endlich los. Unser Clown hat ein Mitmach – Programm vorbereitet. „Zeigt mir doch mal eure Hände... Was hast denn du da im Gesicht..." Die Jungs sind sehr mutig. Die lassen sich zu Allem animieren... Die kleine Melli hat Angst und heult herzzerreißend... Diego ist auch da. Ihm geht es aber heute nicht so gut. Der Kleine ist wohl etwas wetterfühlig. Der hat Kopfschmerzen. Er sitzt lieber etwas abseits und „quält" sich... Er wurde später auch aufs Zimmer gebracht. Er braucht Ruhe! Schade! Aber ich komme ja bald wieder vorbei... Nach der Show gibt es für alle noch modellierte Luftballons. Die lieben die Kleinen. Inzwischen sind auch die Mädels da und fangen direkt an die Kinder zu schminken. Zu dritt geht es viel schneller! Die Mädels malen kleine Kunstwerke auf die Gesichter... Wie die Profis...

Ich kann sowas nicht. Das würde ausufern in eine verklagbare Körperverletzung… Bo und Ron haben auch schon den Grill angeheizt und die ersten Würstchen aufgelegt… Die Kinder sind total aus dem Häuschen. Ein paar von den mutigen Jungs helfen uns auch…

Es gibt wieder alles. Frisches Obst, Gemüse, Limo in allen Farben, Brötchen und Würstchen… Die Kleinen strahlen fast heller als die Sonne! Und diese Wuselei… Jeder findet jemanden zum Spielen! Besucht ihr uns bald wieder? Letztes Jahr wurden wir auch gefragt… Na klar kommen wir wieder! Hab ich doch versprochen!

Zum Feierabend ging es dann ziemlich schnell. Alle Kinder wurden in ihre Wohneinheiten gebracht, wir haben noch zusammen aufgeräumt… Nach 30 Minuten hat man von dem Fest nichts mehr gespürt. Es ist absolut still. Nicht wie zu Hause, wo die eigenen Kinder noch ein paar Minuten rauszuschlagen versuchen…

Ich bin echt froh mit solchen Kollegen arbeiten zu dürfen. Auf die kann ich mich verlassen…

Der Rest vom Wochenende ist zur allgemeinen Entspannung reserviert. Nichts machen! Keinen Plan haben! Nur auf dem Sofa oder im Garten rumliegen! Montag geht es ja schon wieder anders rum! Schulbeginn, neue Arbeitswoche!

Ja, ich auch! 2 Tage!!

Wir haben ein paar Sachen zum Grillen vorbereitet! Ich mag es, wenn mein Mann sich mal ums. Essen kümmert! Dann können wir uns den Titel „Neger vom Dienst" teilen!

***

Montag

Ist das aufregend! Der Ranzen steht fertig gepackt vorne an der Tür. Der Sportrucksack oben drauf...
Der Alltag hat uns wieder! Digger wirkt etwas verwirrt. „Was ist denn hier los? Hab ich was verpasst?" Der weicht uns nicht von der Seite!
Natürlich gibt`s unterwegs wieder „Wachhalten" mit AC/DC!! Darauf hat der Kurze schon gewartet!
Auf dem großen Parkplatz ist noch fast alles frei! Wie für uns gemacht...
Frau Hummel steht am Schultor bereit! Der Direktor gleich daneben... Jetzt geht das hier mal los! Endlich wieder Schule... Yeah...
Allerdings muss der Kurze heute Mittag auf mich warten! Montags ist Sport! Ich muss das machen. Der Trainer scheint etwas geschafft zu sein... Der schleppt sich wie ein Rentner durch die Hütte und gähnt! Da kann man echt Angst kriegen... Das ist für ihn aber noch lange kein Grund uns in Ruhe zu lassen! Wir hatten es gerade so schön gemütlich...
Geht los! Jeder bekommt ein Stöckchen und einen

großen Ball! Wir haben wieder die Luft umgerührt! Im Sitzen! Aber besser ist die davon auch nicht geworden! Im Gegenteil! Und als wir von den Bällen aufgestanden sind, haben die Hosen am Sitzfleisch geklebt! Eeeekelhaft!!! Das fühlte sich an wie eingepullert!

Der Kurze steht draußen vor der Tür und hat abgesattelt! Der traut sich nicht rein! Sein Ranzen ist übel schwer! Neues Schuljahr! Neue Bücher! Montags zu Beginn ist das eben so…

Die lass ich nachher einschlagen! Wir fahren erst mal heim! Es ist inzwischen auch wieder so furchtbar warm geworden… Essen fällt aus! Da hat man eh keinen Appetit!

Der Kurze wirft sich aufs Bett und zockt schnell eine Runde! OK!! „Aber wenn ich dann zurück bin, kommt das Telefon weg! Du musst sehen, wie deine Schulsachen dieses Jahr aussehen… Deine Arbeit mach ich nicht!" Und das hat wieder gedauert, bis alles erledigt war! Hier fehlt ein Umschlag, dort brauchen wir noch ein Trennblatt, da müssen andere Zettel rein… Der Tag ist viel zu kurz für die ganze Arbeit… „Ich rufe mal in der Pizzeria an! Die haben mehr Zeit, unser Abendessen zu machen…" Wir hatten bis halb 8 zu tun! Das ist so nervig! Aber wenigstens passen die neuen Deckblätter gleich beim ersten Einheften… und die Pizza ist ein absoluter Genuss!

***

Heute soll es wieder so heiß werden! „Wenn ich dich nachher abhole, gehen wir beim Italiener Eis essen!" Die Augen vom Kurzen leuchten! Gestern bin ich dort zweimal nur vorbei gelaufen... Ich hab so Appetit bekommen... Eis geht immer! Da gibt es sowieso das allerbeste... Nachmittags fahren wir ins Freibad! Das ist unser Plan! Herrlich... Der Schulkollege ist auch wieder da... Das passt, wie die Faust aufs Auge! Abtauchen dauert! Selbstverständlich! Heute ist es auch ein bisschen windig! Aber dann war es schön. Wir waren wieder bis um 6 dort. Heute haben wir das Abendessen schon zu Hause! Keine Burger! Keine Pizza!

Die erste Schulwoche ist bei uns immer etwas chaotisch. Bis wir den normalen Alltag im Blut haben dauert!
Der Stundenplan muss an die Wand, das Hausaufgabenheft muss fertig gemacht werden!
Wir haben eigentlich ausreichend Beschäftigung... Hausaufgaben sind auch noch da! Ich muss dann auch mal langsam meinen Rucksack für die Arbeit bestücken! Geht ja morgen schon los! Ich bin müde! Hatte ich überhaupt Urlaub? Ich weiß gar nicht mehr, was Urlaub ist! Ich bin total erledigt! Mir brummt schon wieder der Ast! Ich hab zu nichts Lust... Ich fühle mich genervt, gestresst und ge-

reizt... und schlafen kann ich seit Tagen auch kaum noch!

Wir fangen diese Woche etwas eher an! Unser lustiger Vorarbeiter hat Bescheid gesagt! Hab ich auch nicht anders erwartet! Nach 3 Wochen Stillstand muss sich ja alles erst mal langsam wieder einrollen...

**

Die Nacht war sehr kurz! Draußen knallt ein Gewitter lustig vor sich hin... und fupp war der Strom weg! Mein Wecker braucht aber Strömlinge! Dann schalt ich mal den anderen dazu...

Ausschlafen am ersten Tag kommt, glaub ich, nicht so gut...

Es ist dunkel und bis auf das Gewittergrollen absolut still! Die Miez hat Angst, weil keiner zum Spielen da ist. „He Alter, in der Nacht müssen deine Menschen die Augen zu machen!" Der gaugst und muggelt durch die Wohnung! Ich glaube, er fühlt sich allein! 3.20 Uhr darf ich „endlich" aufstehen! Frühstück, Witzeseite, ein Käffchen und los!

Das Wetter hat ganz schön gewütet! Unsere Straße ist wieder komplett geflutet! Überall liegen Zweige und Äste... Mülltonnen sind umgekippt... Eeekelhaft... Im Verkehrsfunk wird von Vollsperrungen gesprochen... Da hat man echt keinen Bock unterwegs zu sein!

Keule hat heute und morgen frei. Schade! Sein Junge ist letzte Woche in die Schule gekommen! Ich hab da mal was vorbereitet... Jetzt brauch ich einen neuen Plan! Aber, unser Matzl übernimmt... Auf den kann ich mich auch verlassen... In der Halle ist es früh schon wieder ziemlich miefig! Bei dem Regen bleiben die Luftluken zu! Nach einer halben Stunde bin ich total am Triefen... Es wird auch im Laufe der Schicht nicht besser! Es regnet ja die ganze Zeit! Die Fenster bleiben zu! Die Feuchtigkeit von draußen schadet den Karossen! Der Arbeitstag zehrt mich ganz schön aus! Das Duschen danach ist dann das Allerschönste! Die Kolleginnen in der Umkleide hab ich auch schon ewig nicht mehr gesehen... Wir quatschen uns entspannt in den Feierabend! Wir sehen uns ja morgen nochmal!

Samstag beginnt besser! Kein nächtliches Gewitter! Die Luft ist angereichert mit Sauerstoff... Es ist nicht schwül, nicht zu warm... Normaler Schichtbeginn! Es wurde gelüftet! Es ist relativ angenehm! Ich steh den ganzen Tag im Takt! Als Springer brauchst du die Routine... Ich kann es überhaupt nicht leiden, wenn ein „Fehler" passiert! Die Arbeit macht echt Spaß! Ich hab es so unglaublich vermisst! Aber zum Feierabend bin ich trotzdem total fertig! Gott sei Dank hab ich nächste Woche erst mal Urlaub! Einen Plan hab ich wieder nicht gemacht...

Meine Große rechnet mit meiner Freizeit, da muss ich mich nicht drum kümmern! Wir haben uns seit April nicht gesehen... Ich freu mich total!

***

Samstag – Feierabend
Heute kommen die Kinder aus Stade! Schwiemu hat morgen Geburtstag! Der soll richtig groß gefeiert werden! Wir sind auch eingeladen... Ein bisschen gruselt mich das schon! Ich kenn doch die Verwandtschaft gar nicht! Montag hat meine Große dann alle zu uns eingeladen! Der kleine Hosenscheißer wird ein Jahr alt! Das wird ein Kraftakt!

Sonntag
Es regnet wieder Bindfäden! Was ist das nur für ein kranker Sommer dieses Jahr!
Ich hab noch so viel Wäsche... Wir brauchen doch das Zeug morgen schon wieder! Die Wolken haben sich erst am frühen Nachmittag beruhigt! Bloß gut! Hat sie doch noch etwas geschafft...
Die Hausaufgaben sind gemacht! Der Ranzen steht, fertig gepackt, vorne an der Tür! Der Sportrucksack oben drauf! Und die Miez, das Faultier, liegt dekorativ auf dem Sofa rum!

Wir machen jetzt den Abflug! Party! Wir werden auch schon erwartet! Tinas Mann steht vor dem

Wirtshaus und dirigiert uns in Richtung Parkplätz-
chen! Mit ihrer rosa Bluse sieht das Geburtstags-
kind aus wie eine Prinzessin! Voll schick!
Ich bin kein Stadtmensch! Ich hab nur meine Jeans
an!! Aber wenigstens ist das T-Shirt nicht bekleckert
und die Schuhe sind sauber! Hat ja keiner verlangt,
dass wir uns einer Kleiderordnung beugen müssen!
Sind alles ganz normale Leute... Mein Schwieger-
Ben ist für die Technik zuständig! Der kann so was!
Jetzt hat der uns auch noch fotografiert! Das kann
ich gar nicht leiden!
Lucy macht die Bespaßung! Ja! Alte Leute brauchen auch manchmal Animation!
Sie hat mit ihrer Schwiemu „Reisebüro" gespielt,
um das Geschenk richtig anzukündigen und zu ver-
packen... Thüringer Dialekt ist so lustig! Da geh
ich kaputt... Es gibt einen Urlaub im Schwarz-
wald... Schade, dass ich noch Fahren und der Kurze morgen früh in die Schule muss! Wir können
nicht so lange bleiben! Es fängt gerade an gemütlich
zu werden... Tinas Familie ist echt cool... Wir machen uns gegen 8 wieder auf die Socken!

Die kleine Stadt wirkt sehr ruhig! Die schmalen
Straßen sind sauber und gepflegt! Die putzigen
Blumenbeete am Straßenrand sind liebevoll herge-
richtet! Die Abendsonne taucht das Dach der hohen
Kirche in goldene Farben. Das blendet schon ein
wenig! Da stehen auch ein paar Bänke unter der
Laterne! Das hat ein bisschen was von einem Park,
ist aber nur Straßenrand... Wir fahren über die
Hauptstraße, durch die Stadtmitte! Ich glaube, bei

uns gibt es so was nicht... Romantisch... Thüringen ist doch schon irgendwie Ausland... Dabei ist es gar nicht so weit! Wir sind nur 20 Minuten unterwegs! Zu Hause wartet Digger bereits sehnsüchtig, mit seinem irren Uhu-Blick! Der hat Hunger! Wir sind aber auch gemein! Schnell die Miez füttern und ab ins Bett! Morgen wird Hardcore! Unser Zwerg hat Geburtstag!

***

Kindergeburtstag

Wir sind noch müde! Der Ranzen ist heute zum Glück nicht ganz so schwer. Aber der Schultag wird wieder anstrengend! Und montags ist Sport! Ich hasse Sport!
Heute kam ich mir dabei wieder so blöd vor! Staubwischen! Wir mussten mit Tüchern wedeln und dabei einen Luftballon in der Luft halten... Wer bin ich? Wenn ja, wie viele? Was tu ich hier? Das ist doch kein Sport! Alter!!

Nach der „Bewegungseinheit" sind wir einkaufen gefahren! Ich hasse einkaufen, meine Große liebt es! Ich bin anders! Das kleine Auto ist wieder voll, bis ans Dach! Die Geschenke für den Zwerg sind zu Hause schon hergerichtet. Der liebt Luftballons! Hab eine ganze Packung am Bobby – Car festgemacht! Man kann es kaum noch sehen!

Wir machen die kleine Party im Garten. Wir grillen! Eigentlich wollte meine Große die ganze Gesellschaft von gestern mitbringen! Gott sei Dank ist aber Montag! Die Hälfte muss arbeiten! Wir sind „nur" zu acht! Reicht auch völlig aus!

Zu Hause machen wir schnell Salate! Nudeln, Gurken, Tomaten... Im Tiefkühler hab ich Erdbeeren, die nehm ich für die Bowle... Soll ja für jeden was dabei sein! Mein Schwieger – Ben macht wieder Fotos. Aber zum Glück nur vom Kleinen... Der sitzt auf seinem Auto, wie ein Alter! Als wäre er schon immer auf dem Teil unterwegs! Der ist so cool! Der grinst, da schmelze ich weg!
Mit dem Wetter hatten wir Glück! Es ist angenehm warm, die Sonne lacht! Die leichte Brise macht es erträglich! Wir saßen stundenlang draußen und haben den Kümmel aus dem Käse gequarkt... Aber wir müssen beizeiten aufhören! Der Kurze hat morgen Schule, der Zwerg ist müde und muss ins Bett und die Uroma ist blind, wenn das Tageslicht erlischt... War ja auch gestern erst Fete, da ist es halb so wild!
Digger steht schon wieder im Flur und eult uns an! Der weiß überhaupt nicht mehr, was hier los ist! Wir geben der Miez sein Abendessen und dann geht`s ins Bett!

***

Dienstag

Der Tag beginnt ein bisschen neblig! Es soll wieder heiß und schwül werden. Ist schon etwas nervig dieses Jahr! Ich hab aber trotzdem Wäsche… Die Waschmaschine regt mich auf! So ein Lahmarsch!

Der Kurze hat heute Solo – Tag in der Schule! Der muss lernen klar zu kommen! Irgendwann ist es vorbei mit der Begleitung!
Von den Großen hab ich noch nichts gehört, da scheint alles im Lot zu sein…
Ich hab den ganzen Vormittag für mich!

Ich hab für meine Kollegen ein Dankschreiben gemacht und Fotos ausgedruckt… Die interessiert ja auch, wie das Sommerfest gelaufen ist! Hat ganz schön gedauert, die richtigen Worte zu finden! Ich musste auch noch gucken, wie ich die Bilder vom Telefon in den Rechner bekomme! Hab ich zwar am Sonntag mal ausprobiert, da funktionierte es aber nicht… Heute ging es besser! Gleich beim ersten Versuch!
Ich hab 5 Aushänge bestückt. Unsere Firma ist ziemlich groß! Die Kollegen sind recht weit verstreut… Die sollen aber alle ihre Informationen haben…

Meine Große hat sich nun doch endlich gemeldet. Hab quasi schon darauf gewartet! Morgen wird mich der Hosenscheißer besuchen! Die Eltern wollen einen Ausflug alleine machen! Bin ja mal gespannt, ob der Zwerg mit mir zurechtkommt.
Ich hab schon ewig nicht mehr gewickelt und gefüttert… Die Krabbelbox ist auch noch nicht aufge-

stellt. Ich hab endlich mal was zu tun, das nicht Kochen oder Putzen heißt! Freu!!

***

Mittwoch

Regen! Gewitterstimmung! Es ist ein Jammer!

Der Kurze ist endlich in der Schule! Ich bin schnell beim Bäcker rein geschlüpft, Frühstück sichern...

Jetzt hab ich auch noch einen „Anschiss" kassiert! Hinter mir fuhr die Polizei... Der Fahrer hat gewendet und kam mir in den Laden nach...
„Das machen Sie aber nicht noch mal!"
„What?"
„Sie parken auf der falschen Seite!"
„What?"
„Sie stehen in der falschen Richtung!"
„What? Da ist doch aber der Parkplatz!"
„Sie sollten wohl besser noch mal in die Fahrschule gehen!"
So ein Klugscheißer!!!
Man wendet auch nicht einfach so im Kreuzungsbereich!
Dann sehen wir uns ja dort! Besserwisser!
Nützt dir auch nichts, wenn du dich hinter der Tür versteckst! Klugscheißer!

Ich muss die Wohnung für unseren Zwerg umgestalten! Sessel weg! Katzenspielzeug weg! Krabbelbox in die Mitte! Heute bin ich Oma! Ich bin so aufgeregt! Digger fühlt sich gerade etwas unwohl! „Was ist denn hier schon wieder los? Warum wird denn meine Wohnung zerstört?" Der kann es gar nicht fassen! Der läuft mir die ganze Zeit vor den Füßen rum und schnüffelt alles an! „Das hab ich ja noch nie gesehen!" Ist auch nicht für dich! Der kleine Hosenscheißer ist auch total aufgeregt. „Wo bin ich denn jetzt schon wieder?" „Wieso sieht denn die Lampe so anders aus?" „Wer hat denn die Miez mitgebracht?" „Tschüss Mutti! Hab keine Zeit für dich! Ist alles neu hier!" Der dreht und windet sich! Völlig Wurst, ob auf dem Arm oder auf dem Tisch, beim Wickeln! Hunger hat er auch schon! Ist klar! Ist ja schon Mittag! Schmeckt auch gut, was die Mutti gekocht hat! Möhrchen mit Kartoffeln! Bääh! Ekelhaft! Der kriegt noch Hasenohren! Wir sind doch keine Karnickel... Bei mir gibt's nachher Schnitzel! Nach dem Essen hat es nicht lange gedauert, da ist er eingeschlafen! Toll! Und wer spielt jetzt mit mir? Die Miez macht auch nichts! Das Faultier liegt schon länger!

Wir sind eine schöne Runde spazieren gegangen! Zuerst mit meiner neugierigen Mutter – quasi Uroma! Alle 50 Meter bleibt die stehen und quatscht die Leute voll! Eine Runde durchs Dorf dauert maximal 15 Minuten! Wir waren eine Stunde mit ihr unterwegs... Dann hab ich noch eine zügige Runde durch die Büsche dran gehangen. Der Wicht hat so schön geschlafen! Der hat gar nicht mitbekommen, wie die Zweige am Wagen gekratzt haben! Als er aufgewacht ist sind wir heim... Abendessen...

Dem Kurzen gefällt es Onkel zu sein. Der zieht die ganze Zeit Grimassen und macht merkwürdige Geräusche. Hat er richtig gut gemacht... Dem Kleinen gefällt es auch! Der lacht sich schlapp...
Heute sind die Hausaufgaben schon fertig! Da kann er sich gut auf den Schabernack konzentrieren!
Gegen sieben hat mein Schwieger-Ben den Kleinen wieder abgeholt.
Das war mein zweiter schönster Urlaubstag! Bis Freitag sind die Kinder noch da, dann müssen sie zurück! Urlaub ist schön! Wenn man nicht jede Minute verplant, hat man genug Zeit...

***

Donnerstag
Es geht wieder so neblig los! Warm ist es auch schon. Mal sehen, was wir heute machen! Ich hab keinen Plan... Meine Große gönnt mir nochmal Oma zu sein. Heute bleibt sie aber mit da. Sie will nachher einkaufen fahren... Der Kurze ist in der Schule. Das ist angenehm! Ich hab Zeit!
Unser Kleiner ist sehr entspannt. Der plärrt nicht,

obwohl er eigentlich fremd ist. Er ist ja quasi erst zum zweiten Mal bei uns!

Der ist neugierig! Seinen wachen Blicken entgeht nichts. Er würde gerne mal die Miez... Aber die haut immer ab! Der hat sich prächtig entwickelt, nach seinem holprigen Start ins Leben. In ein paar Monaten wird man nicht mehr merken, dass er drei Monate zu früh kam...

Ich hab noch einen Luftballon im Schrank gefunden. Der Kleine liebt Ballons. Digger hat Angst! Der tut so, als wär die große Katastrophe zu Hause... Der schleicht, flach weggeduckt, von einem Zimmer ins Nächste! Aber er lässt auch keinen Blick vom Hoserscheißer! Man könnte ja was verpassen, oder irgendwo zu kurz kommen... Der Kleine kommt mit zum Einkauf! Ich brauch nichts, wir waren ja erst! So hab ich auch mal Gelegenheit den Zwerg anzuspaßen! Meine Große kauft inzwischen jeden Laden leer, der auf dem Weg liegt! Ist auch entspannend! Hab sie eingeladen! Einkaufen macht erst Spaß, wenn man nicht immer rechnen und zählen muss! Ach, nehmen wir doch noch den Brummkreisel...

Später hat sie ein Date mit ihrer Freundin. Die ist gerade noch bei der Arbeit. Sie treffen sich nachher und gehen eine Runde spazieren! Sie gehen im Garten vorbei, frisches Gemüse holen! Absolut Bio! Dann noch zur Uroma, verabschieden! Morgen müssen sie zurück.

Schade! Aber beim nächsten Mal wird der Kleine schon laufen können! Da bin ich mir sicher!

Es ist ziemlich spät geworden! Gab wohl viel zu erzählen! Der Kleine hat Hunger und muss ins Bett! Die Fahrt nach Hause wird anstrengend!

***

Freitag
Die Tage haben echt Waschküchen-Charakter!

Der Kurze ist in der Schule! Ich richte die Wohnung wieder auf „Normalzustand" zurück... Meine Große hat geschrieben, dass sie jetzt alles eingepackt haben und auf dem Weg zurück sind... Bloß gut, dass es im Kombi genug Platz gibt! Die hat so viel eingekauft! Und die Geschenke vom Zwerg müssen auch noch mit... Heute soll es wieder gewittern! Hoffentlich nehmen die Drei nicht alles mit! Auf der Autobahn macht es dann keinen Spaß zu fahren! Die Fahrt ist unglaublich lang!
Bei uns hängen seit Mittag schon wieder dicke, blaue Regenwolken! Wie Kartoffelsäcke! Dabei hat die Wetter – App sowas gar nicht vorausgesagt! Es ist furchtbar schwül und ekelhaft!

Am Störmthaler See steigt dieses Wochenende das Highfield-Festival... Das ist ca. 13 km von uns entfernt... Wir hören die Bässe über die Luftlinie richtig deutlich...
Abends kam dann auch das große Gewitter! Das ist jedes Jahr so! Das Feld wurde vorsichtshalber ge-

räumt!! In den Nachrichten hat man von Vergleichen zu dem letzten Open Air in Westdeutschland gesprochen... Dort hat ein Blitz eingeschlagen ... Sowas will man bei uns nicht riskieren!! Es hat auch tierisch geknallt und getröcht...
Aber zum Glück hat es zu Hause nicht rein getropft! Der Fensterbauer hat gute Arbeit gemacht! Wir können die Handtücher im Schrank lassen!

Sonntag mach ich eine große Schüssel Tomatensalat! Unser Garten ist voll mit Tomaten und Gurken! Frische, selbst gezogene Zwiebeln sind ein Hammer! Mein Salat ist mega-groß! Da hab ich mir was vorgenommen! Wir wollen am Abend mal grillen... Hatten wir so lange nicht...
Schade, dass meine Helden keine Tomaten essen... Ich hab schon beim Angucken der Schüssel übel Bauchschmerzen!

Einen richtigen Plan haben wir fürs Wochenende nicht gemacht! Die Woche war anstrengend genug! Mein Urlaub ist jetzt auch erst mal vorbei! Den Nächsten hab ich dann erst wieder im Dezember! So wie alle Kollegen! Weihnachten! Abgesehen von den Montagen in der Frühschicht! Ich muss ja immer noch Sport machen...
Aber nächste Woche fällt erst mal aus! Keine Zeit! Die Kameraden werden das auf jeden Fall ohne mich schaffen! Haben sie ja geübt! Bin dieses Mal auch abgemeldet! Frühschicht! Gott sei Dank darf ich arbeiten gehen! Das macht mehr Spaß!

***

Endlich wieder Alltagseinerlei

Die Nacht war angenehm kühl. Es hat vormittags
ein bisschen geregnet. Später kam die Sonne raus,
aber all zu warm ist es nicht geworden! Ein kleines
Lüftchen weht uns um die Ohren... Sehr schön! So
stellt man sich Sommer vor!
In der Halle ist es morgens noch angenehm. Es ist
still! Die Kollegen sind müde und versuchen Stress
und Hektik zu vermeiden... Ich genieße diese erste
halbe Stunde immer! Ich stehe wieder im Takt, für
die Routine. Ich muss auch mal wieder den „Hel-
mut" machen... Heute hab ich die Aushänge vom
Sommerfest an die Teamboards gepinnt. Meine Kollegen haben sich auch gleich dran gestellt. Die freu-
en sich über die Informationen.
Zum Feierabend bin ich dann bei meinem Bruder in
der Abteilung angerückt... Der Vorarbeiter sah aus,
als hat er nichts zu tun!! Da kann ich Abhilfe schaffen! „Mach das mal in eurem Pausenraum an die
Wand!!"   Spricht der zu mir: „Wie so denn ich?"
Na aber Hallo!   „Du stehst nur rum! Du brauchst
Bewegung!" Der ist dann auch langsam losgetrabt!
Das Schlimmste an der Frühschicht ist der Verkehr
zum Feierabend!   Ich komme gerne etwas später
raus! Wenn alle los machen, gleicht es einer Völ-
kerwanderung! Wenn der große Pulk weg ist kann
man entspannt verschwinden! Aber auf der Auto-

bahn hab ich die anderen schnell eingeholt! An den Auf - und Abfahrten stellen sich manche so dämlich an... Das ist der Hammer! Stopp and Go... Du musst Augen haben, wie Drehrumbum... Kostet jedes Mal 20 Minuten extra und Nerven...

Zu Hause lag der Kurze schon wieder auf dem Bett und zockte! Bei der Frage, ob die Hausaufgaben fertig sind, guckt er mich an, als wüsste er von nichts! „Mach dich hoch! Das ist dein Job!"
Schade, dass er kaum einen Strich von alleine macht!
Mein Feierabend beginnt nach 2 Stunden Schulstress! Das ist der Hass!
Wir haben zum Abendessen lecker Spaghetti! Ich nutze es gerne, wenn mein Mann Spätschicht hat! Der mag Nudeln nicht!

Dienstag hab ich die Taktroutine wieder am Nachbarband geübt! Die Kollegen sind toll! Ich könnte mich jedes Mal wegschmeißen, wenn die ihre Bolzen raus hauen! Die sind so lustig!

Mittwoch ist mein freier Tag.
Früh bringe ich den Kurzen zur Schule! Dann gibt's entspanntes Frühstück zu Hause!
Am Wochenende haben wir uns die Werbeblätter genauer angesehen! Da waren Badezimmermöbel drin... Unsere sind schon so alt! Die ertragen meine Augen nicht mehr!
Wir sind losgefahren, natürlich mit dem Auto von meinem Mann! Der hat Ladefläche! In meine Einkaufstasche passt eher nur der Wannenstöpsel...

Wir hatten einen super Plan! Der endete allerdings an einer Baustelle! 150 Meter vor dem Einkaufsladen! Umleitung! Sowas kann ich nicht leiden! Das kostet jedes Mal so viel Zeit! Es stand zwar seit Tagen schon in der Zeitung... Aber mein Hirn hat es erfolgreich verdrängt...
Wir hatten trotzdem Glück! Es gab im Laden wirklich genau, was ich mir vorgestellt habe! Jetzt brauchen wir nur noch ein bisschen Zeit! Dann können wir die Sachen auch aufbauen!

Samstag war es dann soweit! Ich hatte Frühschicht! Zum Feierabend kam ich zur Tür zu Hause rein und hörte schon das Fluchen... Mein Mann wollte mir sicher eine Freude machen... So kenn ich ihn! Er hat alle drei Schränke aufgebaut! Die Türen hatten sich das allerdings anders vorgestellt... War das mal ein Gezeter! Die Wortwahl macht mir manchmal etwas Kopfzerbrechen... Aber bei „do it your self" ist das immer so! Besser er als ich!

***

Spätschicht
Es ist wieder schönstes Sommerwetter! Herrlich warm, kaum ein Lüftchen zur Erfrischung!
Ich muss zum Sport! Gruselig! Der einzige Parkplatz ist im vollen Sonnenschein! 28 Grad im Schatten... Ich geh krachen!

Der Trainer hatte ein angenehmes Wochenende. Bei ihm zu Hause war Stadtfest. Er hat uns davon erzählt! Schade, ich hätte so gerne länger zugehört... Er wollte aber unbedingt, dass wir uns bewegen! Es hätte so schön sein können! Wir mussten wieder mit dem Ball auf die Matte! Heute Bauchmuskeltraining! Ich lach mich tot! Dafür sollte man doch wenigstens Muskeln haben... Meine liegen gebügelt zu Hause im Schrank! Ich hatte drei Tage lang Bauchschmerzen! Ich hasse Sport!

Diese Woche mach ich wieder am Nachbarband! Wir haben da vier Takte, die müssen wie im Schlaf sitzen! Die Kollegen freuen sich auch, dass ich wieder dabei bin. Inzwischen hab ich aber gelernt und muss trotzdem fast die ganze Woche üben... (Du machst, bis du kotzt!!!)

Einen Termin bei Frau Quiese gab es am Dienstag ohne die große Riege! Wir müssen da hin, bis ich endlich wieder als Springer laufe!

Mein Meister hat vor dem Termin mit unseren Vorarbeitern gesprochen. Alleine!

Mir fehlen bei uns im Bereich noch zwei Takte... An der Tülle hat er mich mal beobachtet... Aber, wenn du ein Jahr raus bist, dauert es eben... Die Reling ist nach der Veränderung auch wieder verändert... Da muss ich auch noch ran... Das sitzt noch nicht!

Spricht er doch, dass er auf einmal Bauchschmerzen hat, bei dem Gedanken, dass ich der Springer bin... Will der mich verarschen, oder hab ich was verpasst? Warum sollte ich mir diesen Stress antun, wenn es nicht machbar ist? Ich bin total deprimiert aus dem Termin gegangen!

Jetzt hab ich nochmal Zeit bis Ende nächsten Monat, dann müssen wir zum hoffentlich letzten Termin antreten! Freitag durfte ich endlich wieder bei uns im Bereich... Ich sah aus wie ein Schwein und vollgeschmiert hat sie sich auch noch! Sehr unangenehm! Aber ich hab nichts vergessen! Läuft! Am Radhaus, am Tank sowie so und auch am Einfüllrohr! Die letzten drei Stunden stand ich direkt unter unserem Lautsprecher! Freitagnacht! Partytime! Das Radio brüllt einen Scheiß aus, das macht mich gerade zu aggressiv! Nur Bumbum!! Kein Text, der sich lohnt zuzuhören! Mich sollte in dieser Situation keiner vollquatschen! Mein Kollege hat das gut registriert! Der lässt mich in Ruhe! Meine Aggros haben sich nach zwei Stunden so halbwegs wieder normalisiert! Wir wollen dann entspannt ins Wochenende starten! Keule hat dieses Wochenende frei. Der ist mal richtig gechillt. Das hab ich bei ihm schon lange nicht mehr gesehen!

***

September 2017

Ich hab ein langes Wochenende vor mir! Montag ist Urlaub, Dienstag hab ich frei! Das wird sehr angenehm. Wir haben keine Pläne gemacht. Mein Mann geht Sonntag zur Nachtschicht, sinnlos! Wir waren endlich mal wieder einkaufen! Die alten Leute regen mich jedes Mal auf! Aber die müssen ja auch mal… Wir grillen heute Abend. Das Wetter ist so schön! Wir haben Zeit und Lust darauf… Später hab ich auch noch genug Gelegenheit in der Küche zu stehen!

Montag war ich selbstverständlich beim Sport. Ich kann ja die Kameraden nicht immer alleine lassen. Hat dieses Mal sogar ein bisschen Spaß gemacht. Wir haben mit den kleineren Bällen „gespielt". War nicht sonderlich anstrengend. Diese Worte wundern mich, den Antisportler, gerade! Bin ich etwa doch kein Sportmuffel? Ich hatte Spaß! Liegt aber sicher an den Kameraden. Die motivieren mich! Die sind auch unsportlich! Zumindest die meisten…

Mittags bin ich mit dem Kurzen und Frau Hummel auf ein Eis zum Italiener. Da könnte ich mich jedes Mal vergessen. Ich liebe dieses Eis. Haben wir uns auch verdient!
Der Rest der Woche verging wie im Flug. Kochen, waschen putzen, Hausaufgaben… Alles, wie immer. War auch wieder mal einkaufen. Der Kurze hat bald Geburtstag. Der bekommt dieses Jahr ein Notebook. Ich hab keine Ahnung von dem Zeugs… Mein Bruder wird es ihm einrichten, wenn er es selber nicht auf die Reihe bekommt! Aber, der lernt so was in der Schule. Wird schon laufen… Das ist nicht mehr wie zu meiner Zeit… Heute hat jeder sowas!

Mittwoch hab ich die Kinder im Heim kurz besucht. Hab ein paar tolle Bastelsachen im Netz und im Einkaufsladen gefunden... Hatte mich für den Tag auch angemeldet. Ich glaube, die Mädels hatten einen Neuzugang! Da war der Stress schon an der Eingangstür... Wir haben nur kurz geschnackt, dann bin ich wieder los! Ich bin froh, dass die Mädels mit „sowas" klar kommen. Das wär kein Job für mich! Ich bin viel zu emotional...

Heute ist Sonntag. Ich kann endlich ausschlafen. Ich bin todmüde. Mein Kollege hat eine Nachricht geschickt. Ich lach mich schlapp. Der Typ ist so krass! Das Programm ist dasselbe wie jedes Wochenende. Nichts Aufregendes. Heute gibt's Kassler mit Sauerkraut. Schön fettig! Das ist ein Genuss! Ich hab locker drei Stunden in der Küche verbracht! Digger langweilt sich ein bisschen. Der schnurrt mir um die Füße und versucht mich abzulenken. Miez ist aber auch was Feines. Der schafft es immer wieder. Wir spielen Fußball. Es ist unglaublich.
Dem Wetterbericht glaube ich ab sofort auch nicht mehr! Es ist so schön! Davon war keine Rede! Die lahme Waschmaschine rödelt schon seit halb sechs im Bad und nervt mich! Die macht aber auch einen Krach... Hab mit der vierten Ladung endlich die große Wäschekiste leer!! Gott sei Dank!

***

Montag war, wie jede Woche, Sport für alle, die vom Doc einen Befehl haben! Sagenhaft! Ich hab echt Spaß! Heute hat uns der Trainer durch die Bude gejagt... Wir sind 3km gelaufen... Kreuz und quer... Ich gehe voraus, die „alten Leute" sind so langsam! Ich hab keine Zeit! Muss nachher noch zur Spätschicht! Die Einheit war auch schnell vorbei...

Ich steh immer noch im Takt. Läuft auch ganz gut. Inzwischen. Die Routine muss passen. Wenn ich wieder als Springer los mache, kann ich nicht erst noch lange überlegen, was zu tun ist... Da muss jeder Handgriff sitzen!

Meine Kollegen sind klasse. Wir haben jede Menge zu Lachen... Da geht die Arbeit gut von der Hand! Ich werde zum Üben auch ab und zu auf die Takte gestellt, die noch nicht so flüssig laufen. Heute hat Keule das schwere Los mich auf den Massebändern zu sehen. Der ist diese Woche wieder in dem Bereich der Vorarbeiter... Hab ihn auch mal an geplärrt, weil es nicht so ging, wie ich wollte! Hat er Pech! Da muss er mal stark sein! Der ist ja schon groß!

Am Wochenende ist endlich wieder Vereinsnachmittag. Das hat mir schon ein bisschen gefehlt. Endlich ist was los im Dorf und ich kann dabei sein, weil ich frei habe.
Heute gab es die Fahrkarten für unseren Ausflug im Dezember. Weimar. Da freu ich mich drauf. Wir fahren alle drei mit. Wir lieben es, gemeinsam in die

Spur zu gehen. Passiert ja nicht so oft.

Weinverkostung war auch. Der Vertreter hat das wohl zum ersten Mal gemacht... Der hat sich vielleicht angestellt! Aber leckeren Stoff hatte er dabei. Der ist gut gelaufen. Hab mir eine Sorte ausgeguckt, nachdem ich so fünf, sechs probiert hatte. Der Typ meinte, wir sollten doch nicht mehr als vier probieren. Nicht durcheinander! Entweder rot oder weiß... Hallo!!! Du bist im Dorf!! Wir können das...

Die letzte Testflasche durfte ich dann auch behalten. Waren nur drei Pröbchen raus...

Hat für den Rest des Abends gereicht. Lecker!

Hab eine Bestellung gemacht. Jetzt freu ich mich schon, wenn die Lieferung kommt.

***

Montag hatte ich Frühschicht!

Das war nicht wirklich geplant. Eigentlich sollte ich ein langes Wochenende haben. Aber bei uns gab es wieder einen Ausfall, ich kann doch meine Kollegen nicht alleine lassen... Mein Meister hatte, glaub ich, auch ein schlechtes Gewissen, als er Freitagabend gefragt hat, ob ich rein kommen würde. Bei den Sportkameraden hatte ich mich „bis nächsten Montag" verabschiedet. Die wollen immer schon im Voraus wissen, wer dabei ist! Die werden nächste Woche wieder motzen, weil ich nicht da war! „Alles

müssen wir alleine machen!"
Ist mir doch wurscht! Dann dauert mein „Reha-Rezept" eben zwei Jahre, bis das abgearbeitet ist…
Mein Stundenkonto muss auch ins Plus Ich kann mich nicht zerteilen! Hab mich aber für die nächste Einheit schon vorbereitet! Dann hab ich „meine Muskeln" dabei! Hab im Netz ein lustiges T-Shirt gefunden! Da sind welche drauf! Das gab es auch gepolstert! Aber das wäre mir peinlich!

Heute kommt der Fensterbauer wieder zu uns nach Hause. Wir haben vergangene Woche telefoniert und den Termin gemacht. Heute werden die Ablauflöcher größer gebohrt und neue Gummis eingezogen. Jetzt wird alles wieder gut.
Beim letzten Starkregen hatten wir Glück und sind trocken geblieben.
Der Kurze hat Pech. Weil der Fensterbauer da ist, kann ich ihn nicht abholen. Er muss mit dem Bus heimkommen. Aber das muss er diese Woche eh!! Wir haben beide Frühschicht und die Oma hat kein Auto. Ist quasi halb so wild.

***

Mittwoch ist Geburtstag!

Jetzt ist der Kurze 14 Jahre alt. Der hat sich doch echt ein Gewehr gewünscht! Zum Farbkugeln schießen! Ich glaube, ich spinne! Sowas gibt's bei mir

nicht! Mit dem Minirechner kann er viel mehr...
Gestern war ich noch im Einkaufsladen! Luftballons
kaufen! Ich lach mich jetzt schon schlapp! Die werde ich draußen ans Geländer machen. Schön, wie
zum Kindergeburtstag! Und Girlanden hänge ich
auch auf! Soll ja schick sein, wenn er aus der Schule
kommt... Der wird mich dafür hassen...
Ist mir aber total egal! Er sieht`s ja erst später, wenn
er heim kommt! Er schläft diese Woche bei der
Oma. Der steht nicht von alleine auf, das Faultier!
Das muss abgesichert werden! Für seine Klassenkameraden hab ich ein paar Süßigkeiten gekauft. Da
kann er einen ausgeben.

Ich hatte heute meine Premiere als Springer! Wieder
ein Ausfall! Was ist bloß mit meinen Kollegen los?
Die kränkeln, da kann einem angst und bange werden! Die Mädchen!
Für mich ist es gut. So hab ich gleich einen Einstieg
als Hilfsspringer. Muss ja auch langsam mal an das
neue System herangeführt werden. Nicht mal das
Springen ist noch so, wie es mal war! Alles hat sich
verändert! Unsere Jung – Facharbeiterin hat mich
an die „Hand genommen". Die versucht mir gedul-
dig das neue System zu erklären.
Die Schicht war dann auch relativ schnell vorbei.
Ab morgen stehe ich wieder im Takt. Kein akutes
Personalproblem! Ich darf die Massebänder und die
Tüllen üben... Nach zwei Stunden hab ich mich an
den Materialwagen müde gefahren... Ich bin froh,
dass wir alle paar Stunden tauschen...

Samstag haben wir das schöne Wetter genutzt und für den Kurzen ein Geburtstagswürstchen gegrillt. Mittwoch ist ein doofer Tag zum Feiern. Man muss ja früh wieder raus! Inzwischen hat sich das große Kind mit dem Gedanken angefreundet, dass ein Notebook doch etwas Gescheites zu bieten hat. Er hat es sich nach Bedarf eingerichtet... Ich hab davon keine Ahnung und traue ihm auch nicht! Hab meinem Bruder eine Nachricht geschickt... Der muss sich das unbedingt noch ansehen!

Die Frühschichtwoche endet arbeitsreich... Es ist herbstlich am Sonntag! Es regnet und stürmt ein bisschen! Da hat man zu nichts Lust! Ich muss kochen, waschen und putzen, wie immer, wenn ich frei hab! Macht sich ja leider nicht von alleine!

***

Wieder eine Spätschichtwoche

Montag war hässlich! Nicht nur, weil der Tag neblig begann. Es war unangenehm. Die Temperaturen sagten Spätsommer, der Tagesverlauf meinte aber Frühherbst. Damit kommt mein Organismus nicht klar. Mir ist kalt, ich bin müde... Und ich muss zum Sport!
Der Trainer kann mich wirklich nicht leiden! Wir mussten heute „bohnern"! Ist klar! Vor drei Wochen haben wir Staub gewischt! Der Boden muss

ja auch gemacht werden! Als ich dem Trainer klar gemacht hab, was ich dafür an „Stundenlohn" verlange, war für einen Moment Ruhe! Dann grinst der uns an und spricht: „Das ist Sport!"   Alter! Als wir mit der Einheit fertig waren, spricht der doch echt, dass er mich aus unserer Omi-Gruppe rausnehmen will! Mir reicht das bisschen Hopsassa, was wir da machen, total aus! Ich muss doch dann noch zur Arbeit! Was hat der denn vor? Hab ihn einfach stehen lassen! Bei dem Gedanken an eine andere Gruppe fühle ich mich schon überstrapaziert! Bin ich etwa nicht schlaff genug?
Ich mag Sport nicht! Das wird auch nicht besser!

Mittwoch durften wir eine halbe Stunde eher gehen. Unser Pensum an Arbeit ist gut, wir lagen im Plusbereich. Da ist das manchmal so....
Donnerstag war wieder ein Termin bei Frau Quiese angesagt. Sie meinte, das ist gut für mich.
Der Wiedereingliederungsprozess dauert, bis ich wirklich wieder so weit bin...(??) Dieses Mal war auch wieder einer unserer Betriebsräte dabei... Hab mit ihm gesprochen, weil uns die Leute vom Kinderheim mal besuchen wollen. Da brauch ich einen gescheiten Plan! Wir sind in beiden Schichten alle dafür, dass die Kinder mal vorbei kommen. Aber das muss ordentlich organisiert werden. Die dürfen ja nicht einfach mal so... Da muss für Begleitung und Sicherheit gesorgt werden! Wir müssen auch arbeiten und ... Es gibt echt tausend Dinge, die

beachtet werden müssen! Aber, wir sind da dran! Wir kümmern uns!

Freitag war ich wieder Hilfsspringer. Das war toll! Ich hab soweit alle Takte aufgefrischt… Zwei kann sie nicht mehr machen… Da geht sie wieder kaputt! Bis auf „die Reling" läuft`s. Unser Matzl hat mich dieses Mal „an die Hand genommen"! Das neue System gefällt mir immer noch nicht. Aber, ich bin bereit!
Schade ist es für einen unserer Ersatzspringer, der bis jetzt meine Vertretung war. Für einen ist es nun vorbei. Ich werde ab heute wieder offiziell als Springer arbeiten. Ich hab`s geschafft!
Gott sei Dank!!

***

Klassentreffen

Es ist ein richtig schöner Herbsttag. Die Sonne scheint, es ist warm und gemütlich. Ein bisschen still ist es. Die Vögel starten seit einiger Zeit zu ihrem Flug Richtung Süden. Das merkt man. Die paar Piepser, die bei uns bleiben haben sich schon von ihren Freunden verabschiedet.

Wir müssen mal wieder zum Einkaufsladen! Aber heute wird es fix gehen! Nur das Nötigste und dann schnell wieder weg! Am Monatsletzten gibt`s Rente und Stütze, da sollte der Plan Flucht sein... Das hältst du sonst nicht aus! Im ersten Laden standen zwei Stinker an der Kasse! Direkt hinter uns! Ich war froh, dass ich meine große Jacke an hatte. Mir kam ein Würgegefühl, ekelhaft! Die Verkäuferin hat das mitgeschnitten. Die Perle! Die hat ein bisschen schneller gemacht als sonst... Die tut mir echt leid! Die hat sowas regelmäßig da stehen! Widerlich! Im zweiten Laden haben wir die Lücken zwischen den Rentnern genutzt! Da waren wir auch zügig durch! Zum Mittag gab es „tote Oma". Das geht schnell. Der Kurze mag es nicht! Der bekommt Pizza!

Heute Abend geh ich aus! Hab mich bei einer Schulkollegin zum Mitfahren angemeldet. Ich freu mich schon. Das gibt wieder Impulse!
Unser Jahrgang war im Dorf der Einzige, bei dem es zwei Klassen gab!! 65/66 war wohl super!! Gutes Material! Da wollten alle etwas abhaben...
Wir waren nicht viele, die zum Treffen kamen. Aber wir hatten jede Menge Spaß! Seit dem letzten Mal, vor fünf Jahren, hat sich auch Einiges getan... Es gab viel zu reden! Schade war, dass nur eine unserer ehemaligen Klassenlehrerinnen teilnehmen konnte. Die von der B-Klasse. Die haben wir alle geliebt. Unsere, von der A-Klasse, war im Urlaub. Die war auch lieb. Haben wir aber erst später mitgeschnitten... Naja, in fünf Jahren versuchen wir es noch mal. Wir waren früher mal 43 Kinder. Das hat sich mit der Zeit reduziert auf 22! Zum Treffen waren wir 17 Leute. Wir haben uns, bis auf ein paar

Kleinigkeiten, kaum verändert. Nur unser „Biene"
ist arg gewachsen! Aber endlich ist der jetzt auch
verheiratet. Hat lange gedauert... Andere haben es
in der Zeit schon zum zweiten Mal geschafft oder
sind geschieden... (grins) Wir haben lange gequatscht und rum geblödelt... wie früher... Bin
dann aber doch relativ früh mit den Mädels wieder
heim gefahren! Wenn schon mal ein Taxi da steht...
Wir waren satt, getrunken hatten wir ausreichend!
Ich war auch ziemlich müde!! Quasi, wie damals...
Wir haben noch Adressen und Telefonnummern
ausgetauscht. Dann wird das nächste Mal leichter zu
organisieren sein... Freu mich schon mal ein bisschen darauf! Wieder Impulse!
Sonntag hat das Stadtfest angefangen, in der Kleinstadt. Wenn wir es schaffen sind wir immer da.
Meine Helden lieben es mit den Fahrgeschäften rum
zu wirbeln. Auto-Scooter ist was für kleine Jungs...
Da dreht der Kurze alleine seine Runde... Das kleine Riesenrad ist ok. Nicht zu hoch, nicht zu
schnell... Da bin ich dabei. Dann ging es auf die
verrückte Schaukel! Eine Runde muss ich immer
mit! Der Schmetterling erwartet meine Helden
gleich danach! Mein Mann hatte schon zwei Chips
geholt... Der Kurze erfindet eine Ausrede! ICH
muss mit! Mir wird eigentlich schon vom Zugucken
schlecht! Aber das lassen die Beiden mir nicht
durchgehen! Danach konnteste mich wegschmeißen! War mir elend! Bier geht aber trotzdem!
(grins) Mir war ein bisschen kalt nach der zweiten
Runde Schaukel! In meinem Organismus hab ich

jeden einzelnen Knochen gespürt...
Jedes Jahr nehme ich mir vor nicht mehr mit zu fliegen... Bis jetzt hat es aber noch nicht funktioniert! Die Helden schaffen es immer wieder.... Ich bin ein Weichei... Kann einfach nicht nein sagen...

***

Oktober 2017

Heute ist richtig Herbst! Früh ging es los mit allerschönstem Sonnenschein. Dann kamen die Wolken, der Wind und der Regen! Bäääh!
Ich geh heute wieder zu meiner Friseurin. Noch vorm Frühstück! Ich muss mal wieder quatschen! Wir haben Brückentag. Urlaub! Frei!
Haben wir uns verdient!
Meine Friseurin weiß genau, was zu tun ist. Mit der großen Schere einmal quer durch und kurz gekämmt! Das Schaf hat wieder Augen... Mit ihr zu labern macht richtig Spaß! Da kommt man von einem Thema aufs Nächste... Ich glaube manchmal, dass wir Gemeinsamkeiten haben...
Als wir später zu Hause beim Frühstück saßen hat das Telefon genervt. Wer ruft denn früh halb neune schon bei uns an? Die Reha-Firma! Yeah! Der Trainer ist krank! Ich darf nicht zum Sport! Hab extra Urlaub genommen und nun... Hat sie frei... Yeah

Der Kurze ist später auch noch beim Haareschneider dran! Tut Not! Ich hab Zeit!

Wir fahren heute in die Schwimmhalle. Da war ich noch nie so wirklich drin.

Meine Kollegin (Spindnachbarin) hat ein Opfer gesucht. Der Kurze hat Ferien und ich hab frei. Letzte Woche haben wir den Plan gemacht. Ein bisschen freu ich mich ja schon. Im Wasser liegen kann ich… Das ist kein Sport! Wir kamen fast gleichzeitig auf dem Parkplatz am Einkaufsladen an. Große Freude! Ich glaube, der Kurze hat sich gerade ein bisschen in die freundliche Kollegin „verliebt"! Der traut sich kaum sie anzusehen! Wir waren eine Stunde am Schwimmen. War toll! Am Freitag werden wir es wiederholen. Dieses Mal bringen wir den Wasserball mit! Dafür, dass ich eher der Antisportler bin, hatte ich schon ein bisschen Spaß! Schwimmen stresst nicht, ins Schwitzen kommt man auch nicht… Ich liege und bewege mich nur langsam… Aber meine Schulter macht mir zu schaffen! Die blöde Schaukel, vom Stadtfest, hat mir wohl einen zu viel gegeben! Hab sogar zwei, drei blaue Flecken… Das klingelt ganz schön…

***

Heute hab ich Geburtstag

Ich mag Geburtstage feiern nicht! Ich bin immer froh, wenn ich an diesem Tag zur Arbeit gehen darf und die Kollegen es nicht wissen! Nächstes Jahr gibt`s ja wieder einen! Dieses Jahr fällt er in die Frühschicht - Woche! Gruselig! Meine Mutter hat mir mit Besuch gedroht! Ich bin müde und nicht vorbereitet! Wie jedes Jahr... Ich komme eh erst nach vier zu Hause an... Kaffee und Kuchen? Nö! Den Kuchen hab ich mit den Kollegen in der Pause vernichtet. Hab gestern den ganzen Nachmittag in der Küche gestanden! Unsere Wohnung riecht wie Bäcker...

Ich mag Kaffee am späten Nachmittag nicht! Dann kann ich nicht schlafen! Muss ja doch ziemlich früh raus!

Unsere Berliner sind da. Bei Muttern und dann auch bei mir. Bis Freitag wollen sie bleiben, haben ein paar Pläne... Hab eine Flasche Wein aufgemacht. Mein Onkel bekommt Käffchen. Der verträgt das. Wir haben eine gute Stunde gequatscht. So richtig schön, den Kümmel aus dem Käse gequarkt ... Morgen wollen wir weiter machen... Ich hab Früh-schicht, geh ins Bett!

Allerdings kommt es ganz anders als geplant!

Mein Onkel konnte auf dem Gästebett nicht schlafen und hatte tierisch Rücken... Tragische Geschichte...

Ein Sturmtief ist quer durchs Land gezogen und hat große Verwüstung angerichtet...
Die Verwandtschaft ist quasi schon abgereist...

Ich bin nach der Schicht auf die Autobahn – entgegen meiner eigentlichen Richtung! Die A14 zieht sich um den Leipziger Norden! Das geht schon mal! Ein Kollege erzählte beim Schichtwechsel von einem üblen Stau. Der Sturm hat einen LKW umgekippt. Da hatte ich keinen Bock drauf... Durch die Stadt ist nervig... Darauf hatte ich auch keinen Bock... Hätte ich mir aber sparen können! In der Gegenrichtung gab es das gleiche Problem! Ich stand zwei Stunden im Stau! Bin dann kurz vorm Ziel noch bei den Burgermädels rangefahren (7km extra)! Auf die halbe Stunde kam es nicht mehr an! War kurz nach sechs endlich zu Hause... Völlig fertig!

Morgen habe ich Zusatzschicht. Bin quasi gleich nach dem Essen ins Bett! War wirklich total fertig! Aber Freitag ging es wieder... War ein ganz normaler Tag, mit dem ganz normalen Wahnsinn...

Hab mich mit meiner Kollegin beim Schwimmbad verabredet. Dieses Mal mit dem Ball. Ich hätte nicht geglaubt, dass es dort so voll werden würde. Keine Chips für die Drehtür! Der Automat zischte: „Geh weg!" Die Bademeisterin musste noch Papierkram machen... Hat das gedauert! Wir waren erst halb sechs drin – bis halb sieben... Die Stunde war ziemlich schnell vorbei... Kurven schwimmen ist doof! Aber die Runde mit dem Ball war lustig... Mein Kurzer ist happy...
Mir steckt noch ein bisschen die Schicht in den Knochen!

Zum Abendessen hab ich Pizza bestellt. Gute Idee! Ist der Kurze nochmal happy!

Das Wochenende ist wie immer viel zu schnell vorbei... Kochen, Waschen, Putzen... Immer das Gleiche! Aber wenigstens können wir ausschlafen! Mein Arm hat sich einigermaßen erholt! Die Arbeit zieht mir schon ziemlich durchs Gebälk! Montag muss ich fit sein! Dann ist wieder Sport!
Ich hoffe, dass der Trainer vergessen hat, dass er mich aus unserer lustigen Oma-Gruppe nehmen wollte!

***

Alles im Lot!

Ich hatte zum Sport meine Muskeln an. Es fiel kein Wort, von wegen anderer Gruppe!
Heute haben wir uns mit Reisbeuteln beworfen. Haben wir gelacht! Ist das echt Sport? Das geht doch gar nicht! Ich kam mir vor wie ein Idiot! Und blöd anfühlen tut es sich auch ... Naja, wenigstens hatten wir Spaß! Schlapplachen ist auch wie Bauchmuskeltraining!
Diese Woche wird hart! Keule hat Urlaub!
Ich bin wieder einer der Springer! Gott sei Dank! Ich hab es geschafft! An das neue System muss ich mich allerdings noch gewöhnen! Meine Kollegen sind aber toll. Die lassen mich nicht im Regen ste-

hen! Unser „Auge" wird am Wochenende umziehen. Das ist im Moment das einzige, uns bewegende Thema... Da gibt es so viel zu organisieren, zu packen und zu machen...

Die Woche verging wie im Flug. Der Kurze genießt es, dass ich während seiner Ferien arbeiten gehe. Der sitzt den ganzen Tag am Rechner! Der schafft es noch nicht mal sich anzuziehen!

Hab mich auch wieder mit meiner Spind-Nachbarin für Montag beim Schwimmbad verabredet. Bin mal gespannt, ob sie es schafft. Sie hat das komplette Wochenende verplant und ist am Montag noch im Tochter-Stresschen!!

Meine andere Spind-Nachbarin hat mir ein „Erpelfell" bereitet! Als ich Freitagabend in die Umkleide kam, standen die Mädels gerade zusammen und haben sich Ultraschallbilder angesehen. Jetzt hat sich die Kleine aus der Schichtarbeit verabschiedet! Sie wird nochmal Mama und darf nur noch in Frühschicht... Wieder eine weg...

***

Montag hab ich einen Tag Urlaub! Wie immer, wenn es machbar ist in der Frühschicht-Woche! Ich muss zum Sport! Allerdings hab ich heute so überhaupt keine Lust! Ich bin müde, mein Arm macht mir seit Tagen zu schaffen... Ich will nicht!

Draußen scheint die Sonne so schön. Es ist super warm. Für Mitte Oktober fühlt sich das ein bisschen ungewöhnlich an! Ich würde viel lieber in der Eisdiele sitzen und das Wetter genießen... Die Sportkollegen sind lustig und versuchen mich zu motivieren. Heute haben wir Treppen steigen auf den Stepp-Brettern geübt. Meine Beine funktionieren... Muss ich das wirklich? Der Trainer ist von meiner Lustlosigkeit total genervt!
Lass mich doch einfach in Ruhe! Ich hab Ärmel! Ich will nicht!
Heute Abend geh ich noch mit dem Kurzen in die Schwimmhalle! Hoffentlich wird das dann besser!

Hab nach dem „Sport" auf ihn gewartet, vor der Schule und ihn gleich mit heim genommen... Der hat das Hausaufgabenheft voll und ist genauso lustlos wie ich! Kaum da, wirft er sich aufs Bett und zockt eine Runde... „Du machst aber dann gleich mit! Wir wollen nachher ins Schwimmbad!" Ich musste ihn nur zweimal rufen. Ich glaube, der hat sich wirklich in die freundliche Kollegin verliebt! Das ging ruck zuck! Er besteht sogar darauf, dass wir auf dem Parkplatz warten, bis sie da ist!

Heute war er kurz den Tränen nahe! Das arme Kind! Wir hatten so schön Spaß im Bad! Er war heute auch schneller fertig mit Umziehen, weil letzten Freitag die Zeit kurz überschritten war!
Heute hat er seinen Chip in der Umkleide liegen gelassen. Nun ist er weg! Oh weh!
„Tja, Kind! Dann bleibst du halt da! Ich muss los!

Hab morgen Frühschicht!   Gut machen..."
Der hat vielleicht geguckt...   Ihm fällt es zwar
schwer Emotionen zu zeigen, aber mit den Jahren
hab ich gelernt, seine Blicke zu verstehen!
Zum Glück hat ein ehrlicher Badegast den Chip
beim Bademeister abgegeben!   Hab ihn raus gerufen! Ich kann doch mein Kind nicht mit seinem Unglück alleine lassen...   Der hat den Kurzen aus der
Drehtür befreit...   Den Felsen hat man poltern gehört...   Das wird er so schnell nicht vergessen...
Fehler sind da, um gemacht zu werden!
Hat er wieder was fürs Leben gelernt!
Wir haben uns draußen noch für Freitag verabredet,
sind in den Einkaufsladen und dann heim...

***

Frühschicht

Für mich ist jetzt zum Glück wieder fast alles, wie es
mal war!   Bin auch wieder eine der Ersten in der
Schwenke...   Kaffee macht sich nicht von selbst!
Natürlich hab ich auch paar Kekse mitgebracht...
Kleiner Motivations-Schub...
Die Kollegen stehen ja stundenlang am Band!   Das
ist mühselig! Und Hunger macht böse!
Diese Woche wird wieder hart. Es gibt immer noch
ein paar Sachen, die ich wieder lernen muss. Ich
werde wohl nie wirklich fertig damit...

Mein freier Tag ist Freitag. Der ist komplett mit Aufgaben voll!! Abends geht`s noch zum Schwimmen... Freu...

Das werde ich so beibehalten! Ist auch für den Kurzen gut... Immer in der Frühschicht-Woche. Ich überlege immer noch, ob ich unserem Sportverein beitreten sollte! Vielleicht kann ich mich ja irgendwann dazu aufraffen! Mein „Rezept" hat noch ganz viele Zeilen zur Unterschrift frei ... Hab quasi noch ein bisschen Zeit!

Aber! Ich muss etwas tun! Ich will nicht wieder kaputt gehen! Unsere Frau Hummel macht ab November auch Reha-Sport! In einem anderen Verein in der Kleistadt. Vielleicht kann mich der Gedanke irgendwann motivieren! Vielleicht schafft es aber auch der Trainer! Obwohl der mich nicht leiden kann...

Freitag war ich mit dem Kurzen alleine zum Schwimmen. Meine Kollegin hatte ihr Auto in der Werkstatt! Das ist wichtig! Wir Provinzler sind auf Mobilität angewiesen! Schade! Der hat die ganze Zeit gewartet. Wir haben sie sehr vermisst. Den Wasserball hatten wir heute nicht mit drin. Das wäre langweilig geworden.

Samstag hab ich die Kleine in der Umkleide getroffen. Wir haben den Plan für die nächste Frühschicht-Woche gemacht. Freu!

***

Neue Woche – Spätschicht

Diese Woche wird aufregend! Mein Mann und ich haben gemeinsam Spätschicht! Die Oma kümmert sich um den Kurzen. Der freut sich immer darauf. „Also weißt du Mutti, du meckerst viel zu viel!" Toll! Der Kerl ist so ehrlich!

Montag muss ich zum Sport! Heute hab ich einen guten Tag erwischt! Wir haben heute wieder mit den großen Bällen „gespielt". Auf der Matte. War auch mal wieder ziemlich anstrengend. Mit meiner Matten-Nachbarin kann ich aber so herrlich rumkaspern... Eigentlich sind wir die ganze Zeit nur am Quatschen und Wiehern... Würde der Trainer nicht ab und zu daneben stehen, wir hätten gar keine Zeit... Das macht Spaß...

Dann muss ich zur Schicht!
Montage stressen mich schon bevor sie da sind! Ich hab Muskelmiez im Bauch und ein bisschen Ärmelschmerz... Meine Motivation ist gerade winkend an mir vorbei gezischt... Ich kämpfe die ganze Woche damit!
Ein Kollege aus der Zulieferer-Abteilung meinte: „Du bist still geworden. Du hast dich ganz schön verändert! Also, mir ist das so noch nicht aufgefallen! Ich muss aber zugeben, dass ich jetzt öfter nachdenke! Ich muss mich auch mehr konzentrieren! Arbeiten und quatschen konnte ich schon früher nicht... Ich hab den Kopf voll mit den Verände-

rungen und meinen Aufgaben. Damit muss ich ja klar kommen! Ich lerne nur langsam! Ich bin keine zwanzig mehr! Ich lass mich eigentlich jeden Tag aufs Neue überraschen, wohin die Reise geht! Neuerdings hab ich das Gefühl, dass meine Kollegen mit meiner Leistung unzufrieden sind. Immer, wenn ich dazu komme, hören die auf miteinander zu reden. Die beobachten mich, als wäre ich neu... Bahnt sich da etwas an oder hab ich was falsch gemacht? Mit mir reden tun sie nicht... Mal sehen, was das noch wird...

***

Es ist Samstag! Herbst! Es stürmt wie blöde! Das fühlt sich unangenehm an! Zeitweise tröpfelt der Regen, lästig! Dann peitschen die schnellen Tropfen wieder gegen die Fenster! Äste und Zweige fliegen rum! Hässlich! Ich glaube, das Wetter hat ein Problem damit, sich zu entscheiden, ob es lachen oder heulen soll! Das Sturmtief heißt Herwart! Ist auch blöd...

Wir haben ein schönes langes Wochenende vor uns! Alle! Samstag, Sonntag ist normal frei. Montag ist Brückentag, Dienstag ist Feiertag... Haben wir uns echt verdient! Meine Schichtgruppe hat Mittwoch und Donnerstag noch frei. Das heißt, die Frühschicht reduziert sich, diese Woche mal, auf nur zwei Arbeitstage! So etwas kenne ich nicht wirklich!

Am letzten Wochenende im Oktober ist bei uns im Verein Schlachtfest. Hab mich eigentlich schon die ganze Woche darauf gefreut. Wir waren vormittags im Einkaufsladen, haben unser Mittagessen auch direkt vom Dönermann machen lassen... Ich hab vorher die lahme Waschmaschine angeschmissen... Man, das Ding regt mich auf! Ich bin todmüde. Hab mich nach dem Essen hingelegt und kam danach nicht wieder in die Gänge... Der Sturm gibt mir den Rest! Ich hab das Schlachten verpasst... Verdammt!

Sonntag war dasselbe Schauspiel!
Waschmaschine läuft langsam, ich steh wie immer in der Küche und kümmere mich um die Futter-krippe... Tante Silke war kurz zu Besuch da. Die haben ihren Campingplatz winterfest gemacht... Jetzt bleibt die Verwandtschaft bis zum Frühling wieder im Dorf... Etwas später kam meine Mutter mit einem Schlachtpaket vorbei! Freu... Die Wurstsuppe duftet herrlich, da bekomm ich gleich Appetit auf Nudeln... Wird es am Abend auch geben!

Montag ist unser Brückentag. Die Schule hat auch zu! Ausschlafen! Herrlich!
Vormittags war ich beim Sport. Heute waren wir nur acht Leute. Hatten quasi genug Platz um die großen Reifen durch die Bude zu rollen und mit Bällen durchzuwerfen... War ganz lustig! Meine Matten-Nachbarin musste heute arbeiten. Schade!

Hat aber trotzdem Spaß gemacht.

Der Kurze hat nach dem Frühstück direkt angefangen zu zocken! Der regt mich auf! Heute freut er sich wieder aufs Schwimmbad. Meine Kollegin ist dabei und sie bringt dieses Mal auch ihre Freundin mit, die so gerne mit dem Ball spielt... Aber weil so viele Leute frei haben ist das Bad ziemlich voll! Viele Familien sind mit ihren Kindern da! Das wird nix! Wir schwimmen nur! Schade! Mal sehen, wie es dann am Freitag ist...

***

November 2017

Mittwoch geht wieder der normale Wahnsinn los. Draußen ist Herbst! Grau, kalt, windig, feuchte Luft und so soll es den ganzen Tag bleiben!

Digger hat sich in seinem Körbchen vor der Heizung eingerollt. Der hat keine Lust sich zu bewegen! Ich konnte heut Nacht wieder nicht schlafen! Mir ist kalt! Meine Augenringe drücken auch schon wieder... Nein, ich will nicht in den Spiegel sehen! Das Bild würde mich zu sehr erschrecken...

Ich hab das Gefühl, es geht wieder los in meinem Ärmel!

Aber der Doc hat ja gesagt, dass es nicht wirklich besser werden würde!!

Ist kaputt, bleibt kaputt! Brauchste nicht!

Alte Schnürsenkel reißen auch mit der Zeit...
Aber die kann man ersetzen und dann laufen die Latschen, wie neu!

Ich hab heute und morgen frei! Super! Fühlt sich schon wieder an wie Warteschleife! Wo bleibt das schöne Wetter? Hab ich es nicht verdient? Heute Mittag war Stromausfall in der Kleinstadt! Hab eine Nachricht bekommen von Frau Hummel: „Bitte Kind abholen! Schulschluss für heute!"
Seit Monaten ist auf der Hauptstraße durch die Stadt eine Riesen-Baustelle! Da hat einer das dicke Kabel beschädigt! Jetzt geht gar nichts mehr! Finster! Ampelstau! Stress! Ist wohl schwierig! Den Kurzen freut es ungemein. Yeah!! Feierabend. Der ist total motiviert.

Donnerstag beginnt besser! Ist zwar immer noch Herbst – aber wenigstens regnet es mal nicht! Mit der Wäsche war ich gestern schon fertig. Freizeit für mich!
Ich mache mir jetzt Wellness zu Hause! Heizung an, Badewasser einlassen... Herrlich! Das ist schön ruhig und warm... Da ist eine Stunde rum wie nix!

Freitag hatte ich endlich Frühschicht. Es ist schon langweilig, wenn man alleine zu Hause ist! Arbeiten ist da viel besser! Heute hatte ich wirklich meinen letzten Termin bei Frau Quiese! Jetzt ist mein Leben wieder sortiert! Ich hake den Scheiß jetzt komplett ab! Nie wieder!
Abends waren wir auch mit meiner Kollegin schwimmen... Eigentlich ist es schon nicht mehr

aufregend. Nein, es ist angenehm und ich freu mich darauf...

Samstag war wieder Frühschicht. Ich war todmüde. Die vielen LKWs auf der Autobahn sind so nervig. Die blenden in jeden Spiegel... Manchmal wünschte ich mir ein Maulwurf zu sein... Einfach natürlich blind!!
Auf dem Heimweg wollte ich die blöden Laster zählen... Die regen mich ein bisschen auf! Beim zwanzigsten hab ich aufgehört. Warum fahren die heute eigentlich so zahlreich? Sonst hat man samstags doch auch seine Ruhe vor denen! Muss ich nicht verstehen! Ist mir egal!

Hab meinen Männern einen Einkaufszettel auf den Tisch gelegt. Als ich zurück war, lag ein neuer dort! Hab dies und das vergessen... Musste selber nochmal los... Super!

Sonntag das Einheitsprogramm – Kochen, Waschen, Putzen, Hausaufgaben... Und es pieselt! Die Temperaturen sind unangenehm, wie warm... Aber der Wind pfeift durch die Ärmel, hässlich...

***

Montag ist Sport! Nichts Neues, nichts Aufregendes! Danach hab ich Spätschicht...
Ich bin immer noch müde. Mir brummt der Ast!

Mir ist kalt. Ich hab auch nicht wirklich Lust... Es gibt auch zum Glück nicht wirklich was Aufregendes! Wir machen nur ein bisschen Hopsassa und reden viel... Das reicht völlig aus!!
Dienstag und Mittwoch hab ich Urlaub. Der Kurze hat Termine, die sind wichtig. Die stehen auch schon ziemlich lange im Kalender!
Donnerstag und Freitag darf ich wieder als Springer... Die Woche war relativ ruhig. Quasi langweilig...

Die nächste Frühschichtwoche wird mir aber noch lange anhängen!
Montag hab ich mal wieder Urlaub. Auch wenn ich inzwischen Spaß beim Sport habe... Ich kann es nicht leiden! Ist wie damals in der Schule... Sport ist ein Arschloch! Mag ich nicht!
Abends das Schwimmen ist viel besser. Meine Kollegin ist eine Feine... Darauf freuen wir uns immer! Wir können super quatschen, der Kurze blüht auf... Die Stunde ist eigentlich jedes Mal viel zu schnell vorbei! Wir gehen danach meistens noch durch den Einkaufsladen. Parken ja auch da. Der Kurze mag das. Der liebt Chips. Ich stecke ihm, bevor wir losmachen, immer ein paar Mark in die Tasche. Find ich lustig, wie er dann heimlich zählt. Und den ersten isst er gleich vor der Tür... Der wartet immer darauf, dass meine Kollegin nach einem Probierhäppchen fragt. Das ist für ihn wohl eine Art Spiel. Alter... Der flirtet!

Mittwoch hab ich meine Kollegen furchtbar erschreckt!

Ich stehe wieder im Takt… Ich bekomme noch mal Zeit, um Taktsicherheit zu üben! Freu!
Früh hab ich allerdings einen Wesenszug eingepackt, den ich noch nie mit hatte im Betrieb!
Ich war auf der Reling eingeteilt. Alleine! Hab die ganze Nacht nicht geschlafen! Der letzte Takt, bei uns im Bereich, den ich noch nicht wieder drauf habe. Aber egal! Versuch es! Der Vorarbeiter steht mir zur Seite… Bummi ist ein Lieber! Der versucht mir die Aufregung zu nehmen… Das ist mir schon peinlich… Ich bin doch der Springer… Meine Kollegen beobachten mich… Und ich krieg es nicht hin! Hochkonzentriert und gespannt wie ein Flitzebogen! Nach einer Stunde bin ich implodiert! Der Schuss ging quasi nach hinten los… Ich hab mich so unglaublich über mein Unvermögen geärgert! Hab vor Wut angefangen zu heulen, wie ein Mädchen! Das musste raus!
Sogar Keule hat ein Problem mit meinem Benehmen! Der ist eigentlich kalt wie eine Hundeschnauze! Der versucht mich aufzuheitern! Alter! Ich vertrage jetzt keine Witze! Ich hoffe, der geht weg, bevor meine Aggros kommen!
Mein Hirn mutiert zu einer Achterbahn! Was ist denn mit mir los? Was soll denn das? Wie blöd bin ich denn? Ich werde doch wohl mal die drei Schrauben an fädeln können! Ich fühle mich alt, nutzlos und ungeschickt… Ich hab einen Wasserkopf auf dem Hals! Ohne Hahn… Ich krieg mich gar

nicht wieder ein!

Damit können meine Helden auch nicht wirklich umgehen! Am Band ist Ruhe! Jeder konzentriert sich auf seine Aufgaben und manche versuchen, nebenbei auch noch, hilfreich in meinen Prozess einzugreifen…

Das ist mir so unglaublich peinlich!

Bis auf unser Auge sind alle jünger als ich – zum Teil viel jünger! Die könnten meine Kinder sein… Und ich Dumpfbacke hab meine Aufgabe und mich nicht im Griff!

Nach der Pause bin ich auf einem anderen Takt! Gott sei Dank! Mein Hirn beruhigt sich trotzdem nicht! Was bin ich bloß für ein Springer? Das bisschen Arbeit! Morgen ist mein freier Tag! Da sollte ich wohl noch mal so richtig in mich gehen! Freitag und Samstag darf ich Springen! Bummi hat frei und ich schäme mich immer noch…

Unsere Kleine ist die Tage Vorarbeiter, sie steht mir auch wortlos zur Seite…

Ich ärgere mich das ganze Wochenende noch über den verkackten Mittwoch!

***

Am Sonntag hatte ich ein Date mit meinem besten Freund. Seine Mutsch zieht um. Klar helfen wir. Bin mit dem Kurzen in die Spur. Wir sind zu viert!

Wird schon gut gehen!
Erst sind wir mit Mutsch und ihren kleinen Heilig-
keiten zur neuen Wohnung gefahren. Ausladen,
hochtragen, aufstellen... Der Kurze muss mit dem
Schwager mitfahren! Das ist ihm echt unheimlich!
Hat er aber geschafft! Ich bin stolz auf meinen Jungen! Später haben wir die Küche abgebaut! Der
Schwager ist inzwischen heim... Der war für die
Aktion nicht mehr eingeplant! Man haben wir geschwitzt! Dabei ist es herbstlich, frischlich und windig... Wir haben alles in seine Einzelteile zerlegt
und in den Transporter gepackt. Jetzt fing es auch
noch an zu pieseln! Meine Turnschuhe sind nass!
Ich muss verdammt nochmal aufpassen, dass es
mich auf der Treppe nicht streckt... Die Haustür
fliegt andauernd zu. Schade, dass es keinen Pförtner
gibt! Dieses Wetter mag ich überhaupt nicht! Dunkel
wird es auch schon... Ekelhaft...
Wir sind mit der Küche zu uns nach Hause gefahren! In die Garage. Haben da auch alles abgestellt
bekommen... Falls mein Mann und ich dann doch
mal irgendwann gemeinsam Urlaub haben, werden
wir unsere Küche renovieren und neu einrichten.
Muttis Mobiliar ist erst ein Jahr alt! Wäre schade,
die Sachen nicht zu nutzen!
Bei uns im Verein ist ein Küchenverkäufer. Bei ihm
werde ich vielleicht noch ein paar Hängeschränke
ordern! Wir brauchen ein bisschen mehr Stauraum.

***

Die Spätschichtwoche ist dieses Mal in der Mitte geteilt. Wir Sachsen haben Feiertag. Das ist ein schöner Gedanke.

Eine Sportkollegin hatte diesen Montag ihren Sohnematz dabei... Das war schön. Der Kleine ist echt süß! Der hat so schöne blaue Augen und Lust auf Bewegung... Nein, wir haben nicht Zwergen werfen gemacht! Wir haben Kniebeuge auf der zusammengerollten Matte geübt! Bis zum Umfallen...

Zur Spätschicht bekomme ich nochmal Zeit zum Üben! Auf der Reling! Dieses Mal aber nicht alleine... Unser Miez ist der Erste, der die Rute auf dem Arsch hat! Ich kämpfe! Ich will das doch... Und ich muss zu einem Gespräch raus...

Meine Vorarbeiter wollten wissen, was los war! Jetzt geht das wieder los! Und ich muss es erklären! Am liebsten würde ich im Erdboden versinken! Das ist mir so unglaublich peinlich!

Die Kollegen haben das auch mitgeschnitten! Ich spüre die Blicke im Rücken – wie Messerstiche! Aber, ich weiß, dass sie mit meinem Verhalten nicht umgehen können! Das war nicht ich!

Ich hab zwei volle Tage auf der Reling geübt und gelernt! Jetzt geht es so einigermaßen!

Meine Kollegen sind toll! Die geben mir die richtigen Impulse und jeder hat einen Tipp, wie es einfacher, anders oder besser geht! Hat sie wieder was gelernt!

Mittwoch ist unser Feiertag!

Ich hab wieder ein Date mit meinem besten Freund! Dieses Mal hatte ich den Kurzen nicht mit. Wir wollten bisschen quatschen! So für Große! Mein Freund musste heute arbeiten, wir haben uns da verabredet...

Bei ihm hab ich den besten Cappuccino aller Zeiten bekommen. Der Milchschaum war so herrlich steif. Da hat sich noch nicht mal der Zucker getraut zu versinken. Wir haben fast zwei Stunden gelabert! Herrlich! Das hab ich total vermisst...

Donnerstag hab ich nochmal Zeit zum Üben bekommen! Und dieses Mal funktioniert`s! Aber ich kann nicht schon wieder drei Runden auf der Reing... Davon brummt mir immer noch das ganze Gebälk! Ich probiere in der letzten Runde unsere neuen Schrauber mal aus... Mache mir das Hirn ein bisschen frei...

Freitag durfte ich wieder mit Springen und mein kleines Erfolgserlebnis sacken lassen...

***

Das Wochenende ist auch wieder nur grau und langweilig! Einheitstrott! Öde! Ich bin todmüde. Die Wäschebox läuft über. Wir müssen zum Einkaufen... Ich glaube, ich hasse Wochenenden... Und der Kurze muss für die Hausaufgaben hundert Mal motiviert werden!

Montag hab ich Urlaub! Beim Sport war der Kleine, von der Sportkollegin, wieder mit dabei. Der wird ab sofort unser Chef! Der ist so cool! Der dreht im Sportraum voll auf! Da fällt es sogar dem Trainer schwer uns unter Kontrolle zu halten! Aber Sport im Liegen, auf der Matte, ist ok. Liegen können wir alle... Heute sollten wir die Wackelstangen benutzen! Der Trainer hat wohl in meinen Augen das Grausen erkannt und sprach: „Aber nur zum Halten! Nicht zum Wackeln." Gott sei Dank! Mir brummt so übel der Ast! Wir haben uns aber Mühe gegeben und angestrengt! Wir dürfen uns doch vor dem Kind nicht zum Larry machen! Was soll der denn von Erwachsenen denken...

Heute ist in der Schule vom Kurzen auch noch Weihnachtsbasar.
Klar, gehen wir dahin! Die Kinder geben sich jedes Jahr so viel Mühe... Für den Kurzen ist es unerträglich! Alles ist von Menschen überfüllt... Es ist laut, ein bisschen chaotisch... und überall riecht es nach Essen... Das kann er nicht ertragen... Ich bin neugierig, was die Kinder so alles auf die Beine gestellt haben. Ich guck mir das gerne an. Hab für meine Kollegen Plätzchen gekauft... Unsere Klasse hat in der zweiten Etage aufgebaut... Super. Da stehen Tischgruppen. Da kann man ein bisschen verweilen! Bei unseren Kindern gibt es Quarkbällchen! Da fahr

ich voll drauf ab! Hab mir fünf gekauft! Zum Mitnehmen! Ich kann mich da nicht beherrschen! Wir
wollen nachher noch in die Schwimmhalle…
Wenn ich mir jetzt den Bauch vollschlage geh ich
unter!
Meine Kollegin kann heute nicht mitkommen.
Die ist mit ihrer Tochter unterwegs. Die hat sich eine
Überraschung einfallen lassen. Egal! Ich brauch die
Bewegung! Der Kurze schmollt im Nichtschwimm-
erbecken vor sich hin… Der hat keinen Bock mit mir
um die Wette zu planschen!

Dienstag hab ich noch frei. Mein Mann hat diese
Woche Nachtschicht.
Ich hab mir einen Termin beim Frauenarzt reserviert. Muss ja auch sein! Der meckert immer, wenn
ich mal ein Jahr auslasse! Vielleicht zählt der auch
"seine Miezen", wie der Schäfer seine Schafe oder
macht er den jährlichen Frisuren-Abgleich? Egal…
hatte auch wieder direkt Kopfkino.
Er will jedes Jahr eine Stuhlprobe… Ekelhaft!
Ich glaube, für diesen Beruf muss man schon ein
bisschen hart gesotten sein! Sowas könnte ich nicht
machen! Ich sammle auch andere Sachen.

Mittwoch durfte ich endlich wieder arbeiten gehen.
Meine Tasche mit den Klamotten ist so schwer, ich
könnte unter der Last zusammenbrechen… Mir
brummt zwar immer noch der ganze Organismus!
Hab meine Aufgaben und mich aber wieder unter
Kontrolle! Morgen wird es wohl ähnlich laufen…
Die Einteilung macht mich zuversichtlich…

Ich springe wieder mit. Heute bin ich auch auf der Reling dran und hab das erste Mal nicht versagt! Ohne, dass meine Kollegen eingreifen müssen... Sie kann es noch... bzw. wieder! Ich bin so unglaublich froh... Jetzt geht es wieder Berg auf!

Freitag geh ich nach der Schicht wieder zum Schwimmen. Der Kurze schmollt noch, hat keinen Bock, will lieber zu Hause bleiben. Das ist aber ok... Er muss ja nun nicht auf Teufel komm raus jedes Mal dabei sein... Ich finde den Weg auch alleine! Meine Kollegin ist heute allerdings schon im Wasser.

Hab ich nicht registriert und warte vor der Tür. Nach etwa zehn Minuten hab ich mal rein geschaut und sie erkannt... Nun aber los! Schnell rein, umziehen und ab! Die Brühe ist so kalt... Ich bin kurz vorm erfrieren! Wenn das 28 Grad sind fress ich einen Besen! Wir haben ja nur unsere länglichen Badeschlüppies an! Nicht mal Socken... Selbst durch Bewegung wird es nicht besser! Ich hatte in den Beinen leichte Krämpfe und war froh, dass ihre Stunde eher vorbei war! Wir haben wieder herrlich geschnackt. Das hätte ich mal nie erwartet... Die bringt mich zum Reden... Ich friere zwar, hab mit ihr aber immer angenehme Gespräche.

***

Dezember 2017

Das Wochenende ist auf Sonntag reduziert. Ich wollte mich mit meinen Lieblingskollegen treffen! Zum Ente essen! Hab mit dem Kurzen schon tagelang die Vorbereitung gemacht...
Nach dem Frühstück sind wir direkt los! Von einer Autobahn auf die Nächste... Und dann haben wir uns verfahren! What a Desaster! Wir sind eine dreiviertel Stunde quasi „im Kreis" gefahren... Auf den Schildern standen ganz andere Dinge, wie auf unserem Zettel! Hab die Route vorher ausgedruckt... Unser Navi liegt zu Hause auf dem Schrank! Super!! Alles richtig gemacht! Und nun? Mir schwillt der Kamm, mir brummt der Ast! Ich hab jetzt keinen Bock mehr! Kein Parkplatz weit und breit, dass man sich wenigstens noch mal kurz sortieren kann! Schluss! Das nächste Schild zeigt uns den Weg Richtung Süden! Wir fahren heim! Mein Kollege hat inzwischen schon versucht anzurufen! Aber der Rucksack mit dem Telefon liegt im Kofferraum... Ich bin so ein Dödel! Hab auf dem ersten Rastplatz gestoppt und das Teil raus gekramt. Verdammte Axt! Ich muss ja wenigstens Bescheid sagen, dass wir zurück fahren! Bin dann mit dem Kurzen bei den Burger-Mädels ran. Im Kühlschrank war nichts vorbereitet! Wir hatten so einen schönen Plan... Naja, vorbei! Burger sind auch fein... Dann kann ich die Zeit zu Hause nutzen und waschen und putzen... Macht ja sonst keiner!

Nächste Woche hab ich schon wieder Urlaub!

Montags ist wie immer Sport... Mir ist heute so unglaublich kalt! Klar, es ist Winter! Es ist grau, feucht, die Temperaturen untersommern mich seit Tagen! Ich mach es mir an der Heizung gemütlich, wir haben ja noch ein paar Minuten...
Der Trainer ist wohl ein bisschen vergesslich! Fragt der doch schon wieder, ob ich mal Sport gemacht hätte! Alter! Die Klamotten hab ich gekauft, weil die in der Länge passen! An mir ist nichts normal! Ich bewege niemals etwas, was nicht muss! Die Sportkollegen singen mein Lied gleich mit...

Es ist extrem langweilig, wenn man alleine Urlaub hat. Der Kurze darf in die Schule. Mein Mann darf zur Spätschicht. Digger hat sich auf dem Sofa eingerollt und schläft. Ich mach mir den Rechner an und rödel da ein bisschen drin rum. Internetz ist fein. Was man da alles findet! Dinge, die ich nie gesucht habe, bekommen auf einmal meine Beachtung... Hab mir auch die Seite vom Kinderheim mal wieder angesehen. Da fällt mir doch ein, dass ich neulich die Kaugummis zu Hause vergessen habe. Da muss ich nächste Woche unbedingt nochmal hin. Freu! Jetzt hab ich wieder ein Ziel! Ich besorge noch ein paar Sachen zum Basteln für die Kleinen! Hat sie aber erst am Donnerstag geschafft!

Eigentlich passiert die ganze Woche nichts Aufregendes! Ich bin ja alleine zu Hause.
Meine freie Zeit vertrödel ich nur... Nicht mal auf Schwimmbad hab ich Lust! Der Kurze lässt mich hängen und meine Kollegin hat Spätschicht. Alleine

ist doof! Ist mir auch gerade viel zu kalt! Es regnet jeden Tag und wenn es mal nicht regnet, ist es grau und unangenehm windig! Mich zieht es quasi aufs Sofa, an die Heizung... zu Digger...

Freitag waren wir einkaufen. Auch nicht aufregend! Aber wir müssen... Morgen sind wir mit den Dorfkollegen unterwegs! Wir fahren nach Weimar! Der Ausflug ist schon so lange vorbereitet!

***

Samstag war es dann endlich soweit!

Nach dem Frühstück machen wir uns fertig. Heute ist es schon wieder ziemlich kalt und windig! Gestern hat der Wetterbericht mit Schnee und Glätte gedroht! Sieht bei uns aber nicht wirklich so aus! Auf dem Weg zum Bäckerladen treffen wir die Leute die mitfahren. Dort sammeln uns die Busse ein! Alle sind schon ein bisschen aufgeregt und freuen sich, dass was los ist... Da werden Erinnerungen an die letzten Ausflüge ausgegraben... Man macht sich auch schon Gedanken, ob das Essen gut wird! Dieses Mal gehen wir woanders hin, in ein Hotel! Da waren wir noch nie....

Unsere Busse kommen mit etwas Verspätung im Dorf an. Rein mit uns und los...

Im Nachbardorf holen wir noch eine Frau ab... und ab geht die Lucie!

Wir machen eine Rundfahrt, an der Lagunenstraße

entlang. Seit unser Tagebau weg ist war ich nie wieder da! Alles hat sich verändert! Es nennt sich jetzt Neuseenland! Wasser, soweit das Auge reicht... Miteinander verbundene Seen... Keine Spur deutet mehr auf die Zerstörungen hin, die der Kohleabbau angerichtet hat. So viele neue Häuser! Neue Wege! Es wirkt total fremd! Die alte Straße, über die Kippe, kennen wir! Das ist auch mein täglicher Arbeitsweg!

Wir fahren entspannt zur Autobahn! Heute ist wieder ziemlich viel Verkehr. Wir sitzen im zweiten Bus ganz hinten. Da schaukelt es so schön... Mir zieht es auch gleich die Lichter zu... Der Kurze zockt. Mein Mann guckt sich die Umgebung an. Auf der nächsten Autobahn ging Schneegestöber los! Sehr romantisch! Ich kann das aber trotzdem nicht leiden! Alles wird nass und kalt... Ja! Wir sind warm eingepackt! Na und!

Die Fahrt war schön. Ruhig und entspannend. Wir parken vor einem großen Einkaufsladen... Den werden wir ja wohl wieder finden, wenn wir uns alles angesehen haben! Wir machen uns in kleinen Gruppen los, in alle Richtungen... Stadt finde ich schrecklich! Nur Beton, Verkehr, Lärm und fremde Leute...

Weimar ist schon ziemlich groß! Bis wir den Marktplatz gefunden haben... Wir sind den fremden Leuten hinterher gegangen. Die wollten da aber gar nicht alle hin! Nee, wir haben uns nicht verlaufen! Wir sind nur rings rum gegangen. Wir haben ja Zeit!

Der Weihnachtsmarkt ist ein bisschen klein. Aber die Stände mit Futter und Getränken reichen für alle. Das ist fein. Wir haben die leckersten Bratwürste gefunden! Quasi immer der Nase nach und alles wird gut. Wir haben uns viele Dinge angeguckt... und jede Menge Wurst gegessen. Hab auch welche für zu Hause mitgenommen! Das war mein Plan! Später, als es ein bisschen dunkler war, haben wir merkwürdige Leute gesehen! Die hatten Musik in der Tasche und bewegten sich komisch! Irgendwie eigenartig, spirituell... Hab Einheimische gefragt, was das ist! Was die mit Weihnachten wohl zu tun hätten? Eine junge Frau meinte aber, dass ist Werbung! Für ein Atelier in der Stadt – merkwürdig! Ich hab echt gehofft etwas Neues zu lernen... Nee, verarscht! Nur Werbung!

Mit dem Bus ging es später weiter zum Abendessen. Ich bin noch so satt! Ich hab mir toten Vogel bestellt... Hunger hab ich aber nicht mehr! Der Kurze gruselt sich vor der Tischnachbarin! Die hat ihn angefasst! Das kann der gar nicht leiden! Jetzt hab ich schon wieder Stress mit dem Burschen! Der ist raus gelaufen, wollte sich verstecken! „Komm Kind! Du musst nicht neben der komischen Oma sitzen! Wir haben den ganzen Raum für unsere Gruppe! Such dir einen anderen Platz! Das Essen kommt gleich! Danach fahren wir heim!"
Ich finde es toll, wenn ich nicht selber kochen muss! Hatte zwar keinen Hunger, aber es war lecker und für „schönes Wetter" muss der Teller abgegessen werden!

Das war ein wunderbarer Ausflug! Wir hatten eine schöne Fahrt, haben wieder viele interessante Dinge gesehen und hatten jede Menge Spaß! Ich freu mich jetzt schon auf nächstes Jahr!

***

Montag und Dienstag hab ich frei! Mittwoch ist noch ein Tag Urlaub, ich kann mich ausruhen! Montag muss ich zum Sport! Heute ist unsere bayrische Kollegin das letzte Mal für dieses Jahr da. Die fährt für 4 Wochen in ihre Heimat, ihre Familie besuchen... Wir schnacken vorm Sport immer. Ich versteh die kaum! Ich glaub, mich versteht sie auch nicht... Ich muss immer alles dreimal sagen... Das nervt, da halt ich lieber die Gusche! Unser Kleiner ist heute nicht da. Der darf bei seiner Tagesmutter bleiben. Schade. Der ist so süß!
Heute Abend geht es wieder zur Schwimmhalle. Der Kurze hat keinen Bock mehr! Der lässt mich schon wieder im Stich! Meine Kollegin hat in dieser Woche Urlaub! Ich muss alleine gehen! Verdammt! Aber ich brauch die Bewegung!
Wir haben Frühschicht. Ich fange erst am Donnerstag an, bis Samstag zieht es sich ganz schön hin! Zum Glück gibt es aber keine Aufregungen. Eine ganz „normale" Woche...
Freitag wäre wieder schwimmen, aber ich war Montag schon alleine, das hat keinen Spaß gemacht! Ich

lass es heute ausfallen! Wir haben zu Hause ein paar Sachen für Weihnachten vorbereitet. Muss ja auch sein! Wir haben jetzt nur noch eine Woche Zeit... Ich muss ein paar Geschenke sortieren und einpacken! Das macht mich ein bisschen nervös. Ich hab immer noch keine Idee, was ich dem Kurzen schenken soll! Spricht der doch, er wünscht sich nichts! „Ach, Mutti! Da kannst du mal dein Geld sparen! Alles, was ich im Leben brauch hab ich doch zu Hause!" Der macht mich echt sprachlos! Meine Große ist da ganz anders! Ihr fällt immer etwas ein...

Für unseren kleinen Hosenscheißer hab ich einen Schaukelesel gekauft! Da fehlt mir aber ein passender Karton! So kann ich den nicht verschicken! Ich finde keine Kiste! Das macht mir etwas Stress! Hab einem Kollegen davon erzählt. Der hat mir eine Riesenkiste mitgebracht! Super! Allerdings muss die auf das richtige Maß gebracht werden! Die ist doppelt so groß wie nötig! Diese Woche hab ich keine Zeit zum Basteln... Aber Geschenke kommen bei meiner Großen auch nach Weihnachten noch gut... Ich lass mir Zeit!

Die Spätschicht – Woche ist die letzte für dieses Jahr. Wir bekommen den letzten Freitag schon frei... Bei uns im Team ist da so ein bisschen super Stimmung! Fühlt sich an, als hätten wir ewig lange Urlaub! Dabei sind es doch eigentlich auch nur 11 Tage! Egal! Tolles Gefühl!

Montag ist zum letzten Mal in diesen Jahr Sport! Klasse! Der Trainer hat auch ein gutes Herz und lässt uns nur so ein bisschen Hopsassa machen. Ball-spielen können wir inzwischen ein bisschen! Wir haben viel geschnackt und Spaß gehabt! Wir müssen zum Glück erst nächstes Jahr wieder…

Die 1. Runde fällt für mich aus! Ich hab Frühschicht! Super! Freitag hatte ich dann eine Idee! Der Kurze hat bald Jugendweihe… Der ist ja schon groß… Der bekommt zu Weihnachten ein Männer – Portemonnaie, mit Money drin. Das wird ihm gefallen! Mit einer Kette dran! Dann kann er das Teil an der Hose einhängen!

Die Woche war so schnell vorbei! Samstag hab ich mit meinem Mann Karton gebastelt und dieses unglaublich schwere Paket zum Post-Shop gebracht! Der Esel ist weg! Alles erledigt! Weihnachten kann kommen!

***

Weihnachten 2017

Wir sind dieses Jahr mal relativ entspannt und einig! Das ist nicht jedes Jahr so!

Mein Mann hat die Halleluja – Staude aus dem Keller geholt und aufgebaut. Die Lichter sind dran. Der Kurze hat die Kugeln dran gehangen und die Glasvögel drauf geknipst! Ich muss nur noch die Girlande drumwickeln. Fertig!

Wie jedes Jahr steh ich stundenlang in der Küche!

Ich hasse es... Man hat so lange zu tun und in ein paar Minuten sind die Töpfe leer gemampft! Es gibt schon wieder toten Vogel! Ich mag das! Meine Männer eher nicht. Ist mir aber egal! Die Arbeit bleibt eh an mir hängen... Strafe muss sein!

Es ist unglaublich, wie viel Nahrung ein menschlicher Organismus mit nur einer Mahlzeit aufnehmen kann...

Den zweiten Feiertag verbringen wir bei meiner Mutter!! Sind zum Essen eingeladen... Auf Deutsch: „Das große Fressen – Teil 2"! Die kocht immer noch gerne! Obwohl wir doch ihre Familie sind! Versteh ich nicht! Egal!

Mein Bruder ist da, mit den Jungs und seiner Freundin... Mutter hat einen Eimer Bowle gemacht! Yeah! „Wer von euch fährt nachher?" Mein Bruder opfert sich! Seit Jahren das erste Mal! Klasse! Wir Mädels greifen dann mal zur großen Kelle. Von der ewigen Fresserei ist man so voll und träge... Da kommt Bowle gut! Trinken geht noch! „He – Kleine, du hängst! Das Obst ist gesund... Hau rein..." Ich hab schon zwei Gläser Vorsprung... Wir haben wunderbar geschnackt! Das Mädel passt ganz gut in unsere Sippe! Und sie arbeitet beim Bäcker... Noch was Gutes... Nächstes Jahr ist Jugendweihe, da machen wir schon mal einen Plan... Nach dem Abendessen machen wir uns langsam auf den Heimweg. Schnell funktioniert nicht... Dafür gab es zu viel Futter! Ich glaube, ich hab schon wieder zugelegt! Meine Hose ist ein bisschen enger geworden! Nee... Ich wasche nur zu heiß... Ob es was bringt, wenn ICH im heißen Wasser liege? Grins!

Mittwoch bin ich mit meiner Kollegin verabredet. Wir wollen in die Schwimmhalle. Allerdings ist es heute nicht so einfach! Sie muss ihre Mutsch noch nach Hause bringen. Das wird eventuell etwas später. Mal sehen... Ich fahr los wie immer! Meinen Chip hab ich geholt und warte noch ein paar Minuten draußen. Mir wird aber schnell kalt. Ich geh dann schon mal rein! Kann ja nicht mehr so lange dauern! Was ich aber nicht wusste... Auf dem Weg gab es einen Unfall mit Vollsperrung... Meine Stunde war schon fast vorbei als die Kollegin endlich kam! Zum Glück hat sie ihre Freundin mitgebracht. Alleine schwimmen ist doof... Wir hatten noch knapp eine viertel Stunde zusammen... Wir versuchen es am Freitag nochmal! Wir haben ja die schlimmen Fresstage überlebt!
Freitag war dann besser...
Früh hab ich mein Auto in die Werkstatt gebracht. Das bekommt jetzt endlich neue Winterschuhe... Ich hab da vom letzten Jahr die Slicks noch drauf... Bei einer Kontrolle würden wir glatt durchrutschen! Ich fahr mit unserem „Großen". Mein Mann braucht den heute nicht mehr... Alles wird gut! Wir treffen uns heute pünktlich. Mittwoch hab ich mir gleich eine Zehnerkarte geholt, ich muss also auch nicht erst zum Automaten... Läuft! Wir haben in unserer Stunde schön geschnackt... Aber heute müssen wir wieder Kurven schwimmen, das nervt... So viele Leute... Wir sind auch nochmal in

den Einkaufsladen… Ich muss meine Schokoladen-
vorräte auffüllen! Da ist nicht mehr viel übrig! Das
macht mich ein bisschen nervös…

***

Silvester – endlich kann ich das Jahr abhaken!

Gestern hab ich meine Einkaufstasche wieder abgeholt. War nur blöd für mich, dass die Werkstatt so
weit weg ist! Ich laufe maximal bis zu meinem Auto… Heute - 15 km! Mir brennen die Füße, der Rücken ist platt… Ich hätte meinen Mann wecken
können! Bin quasi gleich nach dem Aufstehen los…
Schön doof, selber schuld!
Aber egal! Für den Kleinen kann ich das schon mal
machen… Sport ist ja ausgefallen!
Fährt sich gut mit neuen Latschen…

Der Tag beginnt recht entspannt! Im Radio läuft die
üblich lahme Mucke, nicht wirklich begeisternd…
Dann geht es daran, die Futterkrippe aufzustellen…
Gab ja lange nichts! Vorm Essen mach ich den ersten
Sekt auf!! Heute ist es ok…. Ich checke am Telefon
und am Rechner die Nachrichten und verewige
mich… Eigentlich wie jedes Jahr… Nichts Aufregendes!
Zum Mittag gibt es Karnickelbeine… Die hätte ich
gestern früh gebraucht! Mir tut immer noch alles
weh! Ein Eimer Erdbeerbowle dürfte bis morgen

reichen! Wir haben uns heute noch gar nicht gezofft! Das alte Jahr scheint ganz gut zu enden! Mal sehen, ob da noch was kommt!

Wir haben taschenweisen Böller gebunkert. Heute Nacht spielen wir „Krieg"!

Der Kurze, der Schlawiner, will Bier trinken! He – ein Glas! „Ach, so gut schmeckt das ja auch wieder nicht!" Ist das wirklich mein Junge? Ich trinke gerne Bier! Der hat bis früh nur ein halbes Gläschen geschafft! Feiner! Angestoßen hat er mit Cola. Ist ok! Der wird da noch früh genug dran kommen! Wir gehen ab um zehn jede Sunde einmal vor die Tür! Wir haben so viel Knallzeug... Das muss ja alles weg! Kurz nach zwölf hat es aber nochmal so richtig gerumst!! Wir haben oben ein bisschen Party – Musik, unsere Tischbomben... Gegen zwei sind wir ins Bett! Digger ist ganz froh, dass der Krieg vorbei war... Der muggelt flach durch die Wohnung... Arme Miez...

***

Januar 2018

Früh, so gegen elf, haben wir unsere Spuren beseitigt! Man, so ein Haufen Müll! Wir haben gut zwei Eimer Papier und Hülsen aufgelesen! Wunderkerzen sind wahre Reifenkiller! Die müssen auch alle aufgesammelt werden!

Appetit auf irgendwelche Speisen kommt nicht auf! Es gibt heute eh nur die Reste von gestern! Nachmittags bin ich in die Schwimmhalle... Alleine! Meine Helden sind langweilig! Die kommen nicht mit! War aber trotzdem schön im Bad! Es waren nur noch 5 andere Leute dabei. War quasi Platz genug! Keiner musste Kurven schwimmen! Draußen sah es heute komisch aus! Ich gucke, während dem Schwimmen, immer aus den großen Fenstern. Die Sonne blendet und der Horizont hängt voll dicke blaue Regenwolken! Es ist relativ warm! Nee, mit Winter hat das nichts mehr zu tun! Eher mit April!

Morgen muss ich wieder arbeiten. Der Gedanke macht mich leicht wehmütig. Ich war noch gar nicht fertig mit ausruhen...

Meine große Tasche mit den Arbeitsklamotten hängt, schon seit Tagen gepackt, vorne an der Tür! Morgen früh geht`s wieder los. Der Kurze hat noch einen Tag frei! Zeit genug um die Hausaufgaben, die es über die Ferien gab, zu machen! Der hat auch noch keine Lust!

Dienstag
Das neue Jahr fängt mit Spätschicht an! Wir freuen uns, endlich wieder da zu sein! Die Neujahrswünsche nehmen kaum ein Ende... Wir schwatzen uns entspannt an den Schichtbeginn! Hoffentlich hab ich nichts vergessen! War ja seit letztem Jahr schon nicht mehr hier... Grins... Keule hat eine Schmarre auf der Zwölf! Hab ihn

gefragt, ob es Silvester was gesetzt hat... Aber er meinte nur: „Nö! Das wird wohl ein Pickel!" Klasse! Der ist seit Jahren aus der Pubertät und kommt mir jetzt mit so einem Scheiß... Wer soll ihm das denn bitte schön glauben!

Wir haben heute eine Gemeinschaftspause. Extra! Das klingt gut! Die erste Schicht ist auch um eine halbe Stunde verkürzt! Das klingt nochmal gut! Uns geht die Arbeit relativ leicht von der Hand! Klar, es zwickt und zwackt immer noch überall! Aber die Arbeit macht Spaß! Unser Meister macht die ersten Urlaubspläne fest! Bloß gut! Ich hab vom letzten Jahr immer noch ein paar Tage übrig! Morgen nehm ich den ersten!

***

Urlaub ist schön!

Früh hab ich den Kurzen zur Schule gebracht und mich gleich auf dem großen Parkplatz erschrocken! Der Knochendoc kam da angelaufen! Bloß gut, dass ich noch was im Kofferraum zu wühlen hatte! Am liebsten wär ich da vor Schreck gleich rein gesprungen! Ich trau mich nicht, den zu grüßen... Die Wörter haben Angst! Der hat aber auch einen Blick drauf! Der kann mir doch sagen, wenn er sauer ist... Ich denke, meine Lauscher sind nicht so empfindlich!

Heute Nachmittag will ich ins Schwimmbad. Mein Junge will auch mal wieder mitkommen. Der hat wohl noch ein schlechtes Gewissen, weil ich vorgestern gemotzt hab. Abends hab ich dann zur Abwechslung mal eine Pizza bestellt! Man gönnt sich ja sonst nix!

Donnerstag und Freitag ist wieder Spätschicht. Unser Meister hat schon Frühjahrsputz im Büro gemacht! Der hat ein paar Sachen gefunden, von denen er nicht weiß, warum die in den Schränken verstauben! Klar unterstützen wir ihn! Manch einer hat da auch eine Idee, was das für Zeugs ist und warum das da liegt...
Keule ist genervt! Der hat Rücken! Mal wieder...
Tom ist lieb. Der versorgt die Kollegen mit Fleisch...
Im Pausenraum riecht es so sehr nach Essen, ich bin schon vom Schnüffeln satt geworden... Dann geht`s endlich ins erste Wochenende des Jahres. Herrlich! Die erste Woche ist geschafft, das Jahr ist so gut wie rum!

Das Wochenende ist auch schnell vorbei! Kochen, waschen, putzen... Wir haben unsere alte Halleluja-Staude abgeschmückt und alles wieder in die Kartons verpackt... Nichts erinnert mehr an Weihnachten! Haben wir dabei geschwitzt! Die Kisten sind aber auch klein... Digger hat ein bisschen Angst vor den Glöckchen. Die klingeln die ganze Zeit...

***

Montag geht es von vorne los! Wieder das Alltags-Einerlei... Schule, Arbeit, Schwimmbad für die Mutti... Aber kein Sport! Hab ja Frühschicht! Muss auch gemacht werden!

Bei uns wird jetzt schon wieder umgebaut! Wir bekommen neue und verbesserte Modelle! Es sind wieder etliche Takte, die verändert werden. Wieder neue Regale, wieder neue Arbeitsumfänge.... Wir bekommen auch zwei ganz neue Takte dazu. Bin ja mal gespannt... Am Nachbarband ändert sich auch etwas. Diese Umstellerei macht mich ein bisschen kirre! Ich hab doch gerade erst alles wieder gelernt... Wir sind jeden Tag aufs Neue mit Änderungen und Ausprobieren beschäftigt! Muss ja passen!

Diese Woche hab ich am Freitag frei! Samstag muss ich wieder arbeiten! Das fühlt sich schon ein bisschen doof an! Was macht man mit so einem freien Tag?

Es ist neblig, gleich früh! Heute soll es auch noch regnen! Supergeil! Ich hab frei! Das einzig Schöne an so einem Freitag ist, dass ich mit meiner Kollegin zum Schwimmen verabredet bin!
Es ist den ganzen Tag nicht wirklich hell geworden. Mein Mann hat die Männergrippe! Der liegt seit Tagen auf dem Sterbebett! Mittwoch hab ich ihn

zum Doc geschickt!

Wir saßen Freitag entspannt am Frühstückstisch, als es an der Tür klingelt! Ich hab doch gar nichts bestellt! Mein Mann ist so krank! Der steht noch lange nicht auf!

Ich öffne! Ich warte, bis der Bote oben ist! Das ist aber kein Bote! Das ist die eine Schwester vom Doc! Jetzt wird es hart! Oh mein Gott! Jetzt bekommt er die Bestätigung!

Herr Langschuh - Rufen sie bitte die Ärztin an! Irgendwas stimmt nicht mit ihren Blutwerten! Das erzählt die mir?

Ich kick die Türe zu und sage: „Hast du das gehört? Du wirst sterben! Ruf an! Hab das Telefon gezückt, durchgewählt und rüber gereicht... Ich will ja auch nicht, dass er sich gleich zu Tode anstrengt...

Und dann spricht er mit der Ärztin! Danach erzählt er mir, in seinen Worten... Er hätte doch ins Krankenhaus gemusst... Er hat sowas wie eine Blutvergiftung... Eine Lebensmittelvergiftung... Hää? Leck mich am Alfons! Was ist los? Naja, mach mal! Versteh ich nicht... Das Frühstück schmeckt doch... Das Ei auch...

Wir sind dann los, zum Einkaufsladen, den Kurzen von der Schule holen! Tag erledigt! Abends bin ich zur Schwimmhalle!

Man, ich versteh das nicht! Jetzt ist das Neue Jahr schon zwei Wochen alt und die vielen Leute haben immer noch ihre guten Vorsätze! Die Bude war wieder so voll! Das macht echt keinen Spaß! Obwohl wir zu zweit sind und schnacken können...

Zum Abendessen gab es heute keine Pizza! Ich hab einen Obst- und Gemüseteller fertig gemacht. Meine Männer brauchen auch gesundes Futter zum Fleisch! Den Stiefel zieh ich mir nicht an!

Samstag war dann wieder Frühschicht. Alles ganz normal, Umgestaltung, Taktänderung, Springen ohne Vorkommnisse…
Heute Abend ist Verein… Weihnachtsbaum – Verbrennung! Das ist schön. Wir sind eine tolle Dorfgemeinschaft, wie Familie. Du kannst wirklich mit jedem über alles reden… Haben wir auch gemacht! Auf dem großen Bildschirm wird Fußball übertragen, lecker Suppe und Roster gab es auch…

Ich mag es, wenn ich nach der Schicht keinen Aufwand habe mit dem Essen hab…

Sonntag dann das Wochenend – Programm! Morgen ist wieder Spätschicht! Der erste Tag in diesem Jahr mit Reha-Sport… Ein bisschen freu ich mich auch…

***

Montag = Sport

Der Trainer ist voll motiviert. Wenigstens einer…
Wir haben aber mitgemacht. Dafür sind wir ja da! Wir haben „gespielt"! Schiffe versenken für Große… Unglaublich, dass Kinderspiele nicht in Omas

und Opas Hirn passen. Die haben sich heute wieder angestellt... Zum Brüllen! Der Trainer weiß nicht so recht, wie er es erklären soll... War ein bisschen schwierig! Ich hoffe nur, dass wir jetzt nicht auf Hirnleistung getrimmt werden! Da hab ich keinen Bock drauf!

Diese Woche ist recht angenehm. Wir haben uns an die „neuen Veränderungen" schon gewöhnt und kommen ganz gut zurecht. Keule leidet! Der hat sich irgendetwas aufgesackt. Der hat eine Laune... Kein Wunder, dass der Single ist...

Samstag und Sonntag reichen meistens nicht wirklich aus zum Entspannen. Der Wäschekorb läuft fast über, der Kühlschrank ist leer und der Kurze hat das Hausaufgabenheft voll und keine Lust... Jedes Wochenende dasselbe Theater... Eigentlich hatten wir dieses Mal einen Plan! Modenschau zur Jugendweihe! Der Kurze ist bald dran! Aber meine Helden hatten keinen Bock! Wie immer! Alleine wollte ich auch nicht gehen, also mach ich mein übliches Programm! Ich kann mir ja die Trends auch im Netz reinziehen! Wenn ich will...

Die Frühschicht-Woche ist wieder etwas aufregender. Wir haben diese Woche die ersten „neuen" Sachen in unsere Autos eingebaut. Das ist so aufregend!

Montags hab ich mit der Kollegin wieder schön im Schwimmbad geschnackt. Das war so unglaublich voll... Ich hoffe immer noch, dass die vielen Leute ihre guten Vorsätze bald aufgeben!

Mittwoch hatte ich eine Zusatzschicht. Muss auch

mal sein! Wir haben bald 3 Wochen zu! Ich will auf Stunden zu Hause bleiben! Ich brauch da noch ein paar....

Meinen freien Donnerstag hab ich mit „leise sein" verbracht! Mein Mann hat Nachtschicht! Der muss schlafen! Aber leise kann ich...!

Die Samstags-Frühschicht war dieses Mal auch ganz angenehm! Keule zieht zwar immer noch sein „Mir geht`s gar nicht gut-Gesicht"! Aber ignorieren kann ich auch! Wir haben zu Hause eine Katze! Was allerdings ungewöhnlich für diesen Tag war, war mein nach Hause kommen!

Ich stelle die Einkaufstasche auf dem Parkplatz ab und sehe ein Auto, das da so noch nie stand! He!! Wir vom Dorf kennen unsere Leute! Und dieses Auto steht da sonst nie! Das Kennzeichen sah mir bekannt aus! Stade! Hab ich was verpasst?

Nee, vorgestern hab ich mit meiner Großen am Handy geschrieben, die hätte was gesagt! Ich hab eh keine Zeit... Nicht drüber nachdenken... Hoch; Waschmaschine; Einkaufszettel; Essen für Sonntag vorbereiten... Was soll`s! Ist immerhin schon kurz nach fünf! Aber im Treppenhaus hab ich dann doch gehört, dass wir Besuch hatten! Alter Verwalter! Da hatte einer Spaß! Ich bekam gleich das Grinsen! Unser Hosenscheißer hat sich schlapp gelacht, da geh ich krachen! Meine Große saß neben ihrem Vater auf dem Sofa und erklärte ihm sein Telefon. Der Kurze hat gezockt und der Kleine war auf Entdeckungstour.... Der kam auf allen Vieren angewetzt und hat mich begrüßt, mit einem total verschmitzten Grinsen. Da schmelze ich weg! Wir haben eine gute Stunde geschnackt und gekaspert, dann mussten wir aber in verschiedene Richtungen los.

Ich wollte zum Einkaufsladen, meine Große zu den Schwiegereltern. Der Kleine muss ja ins Bett... Morgen kommen sie nochmal rum.

Der Sonntag war dann auch relativ schnell ausgefüllt! Zeit zum Runterfahren war nicht. Aber dafür wurde ich mit dem Kleinen entschädigt! Der hat sich prächtig entwickelt! Der ist so süß!

Montag geht wieder eine Spätschichtwoche los...

Vormittags war ich zum Sport! Stellt der Trainer mich vor die Tür und spricht mein Rezept ist abgerechnet! „Ich schicke aber niemanden weg! Bringen Sie eine neue Verordnung mit!"

Wenn ich das vorher gewusst hätte... Alter! Ich war fertig und der lässt mich nicht gehen! Das hätte echt vorbei sein können! Nun muss ich ein neues Rezept besorgen! Naja, wenigstens sind die Leute lustig... Einmal geht das schon...

***

Februar 2018

Samstag war Vereinstag! Jahreshauptversammlung! Unser „Kulturverein" trifft sich jedes Jahr am ersten

Wochenende im Februar. Ich hatte es extra auf den Kalender geschrieben, aber das Blatt noch nicht gedreht... Verdammt!

Bin schon wieder auf dem Sofa eingeschlafen! Wo soll das noch hinführen! Ich verschlafe ständig Termine! Wovon bin ich nur immer so müde?

Diese Woche ist Frühschicht. Meine freien Tage sind am Mittwoch und Donnerstag! Ich verpasse schon wieder meine Einheit Reha-Sport, obwohl ich die neue Verordnung letzte Woche direkt abgegeben habe... Nicht so schlimm, ich überlebe es!

Meine Kollegen diskutieren noch den letzten Freitag aus! Wir hatten mal ein größeres Thema... Jeder hat im Netz irgendwas gefunden oder in den Nachrichten gehört... Jeder hat was zu erzählen!

Die Schicht ist verdammt schnell vorbei. Abends geh ich mit der Kollegin zum Schwimmen! Das ist auch wie Sport, nur in schön!

Keule hat sich krank gemeldet. Aber bevor der uns alle mit seinem Miesepeter infiziert... Ist schon besser so! Ich bereite mich auf meine freien Tage vor.

Mein Mann hat Spätschicht, da kann ich meine Freizeit für mich einteilen! Ok, der Kurze muss Hausaufgaben machen! Aber ich muss ihn nur dreimal dazu auffordern! Läuft!

Mittwochs kommt Dr. House im Fernsehen! Das zieh ich mir immer rein, wenn ich kann! Donnerstag hat der Kurze schon nach der vierten Stunde Schluss! Den schleif ich gleich zum Friseur! Der hat vielleicht geschluckt, als ich sagte: „Heute bitte mit Haare waschen."! Keine Ahnung, woran er da ge-

dacht hat! Jetzt sieht er aber wieder kultiviert aus!
Freitag gibt es Zeugnisse und ich hab Freitag und
Samstag Frühschicht!
Als ich Freitagabend heim kam saß der Kurze schon
seit Stunden am Rechner! Hab sein Zeugnis ausgegraben und ihn gleich „angeschissen"! „He, das ist
nicht dein Ernst! In Mathe eine 4? Alter!" Er hat nur
kurz hoch geguckt, eigentlich hat er gar nicht zugehört! Ist halt mein Kind! Kenn ich…!
Samstag war ich wieder, wie gestern, auf unserem
Prüf-Takt.
Das ist aber so gar nicht meine Vorstellung von
Bandarbeit! Ich kann unser Auge recht gut verstehen, wenn der die ganze Zeit jammert! Du belastest
quasi nur einen Arm! Warm wird dir dabei auch
nicht…
Das Wochenende ist ruck zuck vorbei! Kochen, waschen, putzen… Neuerdings stelle ich viele Sachen
in Frage! Ich denke echt ziemlich oft nach… Ist das
das Leben, wie ich es mir vorgestellt habe? Egal!
Keine Zeit!

***

Erste Ferienwoche

Der Kurze genießt es, dass wir arbeiten gehen! Endlich kann er hemmungslos zocken und keiner be-
klingelt ihn, weil es noch andere Dinge im Leben

gibt! Wir haben beide Spätschicht!

Montag war ich zum Sport. Der Trainer hat mir endlich gesagt, wieso meine Verordnung abgerechnet wurde! Verdammte Axt! Warum hab ich nicht mitgezählt? Das halbe Jahr war lange vorbei und ich Dödel geh immer noch freiwillig zur Bewegung! Aber die Leute motivieren mich. Ich glaube auch, dass die sich so ein bisschen freuen, wenn ich mal mit dabei bin... Zumindest wird bei uns in der Gruppe viel gelacht.

Die Woche ist arbeitstechnisch relativ ruhig. Bei uns wurden wieder einige Sachen umgestellt. Wir verbauen bald ein paar neue Dinge. Wir haben auf einer Bandseite die Hälfte verändert, um uns auf die neuen Prozesse vorzubereiten. Noch ist es recht angenehm... Wir haben auch wieder ein paar neue Kollegen dazu bekommen. Ich finde es immer wieder aufregend, wenn ich die mit ein paar Worten irritieren und erschrecken kann... Die glauben dann – Oh Gott, wo bin ich hier nur hin geraten? - Lustig! Bis die mich einschätzen können...

Die zweite Ferienwoche ist für den Kurzen auch wieder toll. Mutti hat Frühschicht und ist den ganzen Tag fort. Der Vati hat Nachtschicht und schläft... ZOCKEN... bis der Arzt kommt!

Diese Woche hab ich am Dienstag frei. Den hab ich schon länger mit Terminen voll, keine Zeit zum Ausruhen! Ich hab mich auch mal wieder bei meiner Friseurin angemeldet. Mit der Perücke kam ich schon vor zwei Wochen nicht mehr klar! Wurde quasi Zeit!

124

Zum Schwimmen geh ich diese Woche nicht! Meine Kollegin bedauert die Entscheidung ein bisschen. Aber meine Ausrede war auch nicht von schlechten Eltern! Ich hab die Watze! Keule und Matzl haben es geschafft mich zu infizieren! Ekelhaft! Ich friere wie ein Hund, kann kaum geradeaus gucken... Mir brummt der Ast und müde bin ich sowie so! Der Zustand hält die ganze Woche an! Unser Prüfer im Takt ist plötzlich krank geworden. Wir können uns nicht noch einen Ausfall leisten! Wenn ich niemanden anfasse wird es schon gehen...

***

Montag – Spätschicht – Sport

Diese Woche beginnt das zweite Schul-Halbjahr! Der Kurze war am Sonntag schon genervt! Den hab ich mit seinen Aufgaben belastet! Wie komme ich denn dazu ihm den Ranzen zu packen? Ich muss schon die Tests und Zeugnisse unterschreiben... Der hat tierisch abgebröckelt!

Beim Sport war es wieder ein bisschen aufregend. Der Trainer hat uns laufen lassen! Zum warm werden! Dann ist er mit uns in den Geräteraum gegangen. Der macht das scheinbar gerne... Aber da ist wenigstens keine nervige Musik... Wir haben ziemlich viel Zeit verquatscht. Der Trainer versucht uns ständig zu erklären, warum wir unsere Kadaver bewegen müssen... Der gibt uns auch Ernährungstipps. Ich probiere alles, was nicht eklig klingt, aus. Ich brauch nicht mehr wirklich meine Ibus! Die liegen nur noch zur Sicherheit da! Ich trau dem Frieden nicht...

Die Spätschicht danach fand ich recht anstrengend. Mir brummt der Ast. Ich glaube, ich zerstöre gerade die linke Seite in meinem alten Organismus! Mir tut alles weh! Ich mag die Gerätehalle nicht!

Dienstag war es dann soweit! Wir fangen heute an, die „neuen Sachen", auf die wir uns so lange vorbereitet haben, einzubauen! Zu Schichtbeginn kam alles noch wie gestern. Aber gegen halb elf ging es los! Die ersten neuen Karossen! Ist das aufregend! Haben wir geschwitzt! Sind wir gelaufen! Die Wuselei erinnert mich ein bisschen ans Kinderheim... Es hat etwa eine Stunde gedauert, dann hatten sich alle daran gewöhnt... Und es läuft!

Mittwoch war Tom endlich wieder da. Den hab ich schon richtig vermisst. Draußen ist eisiger Winter und wir müssen alles alleine machen...
Jetzt ist es schon die zweite Woche sibirisch kalt! Der Rotz gefriert direkt im Gehirn und wir haben Spätschicht! Wenn du dann geduscht raus auf den Parkplatz kommst und noch eine viertel Stunde das Auto frei machen musst, das ist schon belastend!

Der späte Winter macht sich aber in ganz Sachsen bemerkbar. Nicht nur bei uns! Überall ist Grippewelle, fallen reihenweise die Leute aus... Das ist nicht schön! Sogar in der Schule vom Kurzen geht es drunter und drüber! Die haben so viele kranke Lehrer! Das hab ich bis heute noch nie erlebt! Uns hat nur ein bisschen die Watze erwischt. Läuft…

***

März 2018

Diesen Monat arbeiten wir nach unserem „alten Springersystem". Wir haben die Umstellung gemacht und bereiten uns auf die erste Produktionsunterbrechung vor. Bei uns wird wieder umgebaut! Da müssen wir raus! Urlaub machen! Das gefällt uns allen richtig gut!
Die Kälte macht uns allerdings immer noch den Garaus! Unsere Zulieferer schließen die Tore beim Laden nicht gleich – man gefriert quasi direkt im Takt… Aber, da brüllt die Mutti! Meine Halsschlagader hat gepumpt, ich war Puter- rot! Die Kollegen hatten Freude daran! Aber so bin ich eben! Da kann sie das Maul nicht halten!

Freitag haben wir vor der Schicht noch mal die Umstellung ausgewertet. Wir müssen uns alle etwas mehr strecken. Aber es läuft! Ein paar Sachen müssen noch optimiert werden. Jeder hat irgendwo einen Vorschlag, Ideen… Wir sind alle hochkonzentriert! Die Arbeit geht recht flüssig von der Hand! Wir haben bis zum Feierabend sogar geschafft, mal wieder die Halle zu fegen.

Das Wochenende war sehr erholsam! Draußen ist Winter, wir haben die Heizung weit aufgedreht. Der Wind bläst ziemlich kräftig – da geht keiner freiwillig vor die Tür! Sibirien lässt grüßen! Ostwind! Eisig und trocken! Die 10 Grad Miese fühlen sich an wie 20! Schnee gibt`s aber nicht...

Frühschichtwoche

Montag und Dienstag hab ich noch frei. Zum Glück! Mir ist so unglaublich kalt! Das zieht durchs Gebälk! Ich hab zu nichts Lust! Früh bring ich den Kurzen in die Schule und krieche danach nochmal in mein warmes, weiches Bett! Frau Hummel hat wieder viele Informationen für mich. In der Schule ist der Teufel los! Jede Menge Ausfall.
Mittags fahr ich zum Sport! Das war aber nicht so anstrengend! Wir haben die großen Bälle an der Wand hoch und runter gerollt. Wir haben jede Menge Spaß dabei... Den Kurzen nehm ich dann gleich wieder mit nach Hause. Der hat Feierabend! Ich muss nicht lange warten...
Abends geht`s in die Schwimmhalle. Ich bin etwas gefrustet. Da waren so viele Leute drin... Die hätten auch das Wasser mal ein bisschen anwärmen können! Das war wieder so kalt! Am längsten dauert es immer da rein zu kommen! Alter! Mein Erpelfell steht zentimeterhoch! Nach einer viertel Stunde sind aber viele mit ihrer Einheit durch! Platz!

Ich kann mich voll entfalten!

Dienstag ist weniger los. Eigentlich Zeit zum Erholen. Nur ein bisschen Wäsche waschen, aufräumen und Hausaufgaben machen... Der Kurze hat noch einen Termin bei seiner Zahnärztin. Die ist so lieb... Da geht er gerne hin. Dort ist er auch immer ziemlich schnell fertig. Die kontrolliert, ob die Spange richtig sitzt und gibt ein paar Empfehlungen... Das strengt nicht an...

Mittwoch muss ich zur Frühschicht. Verdammt! Es hat das erste Mal geschneit! Im März! Was soll das denn jetzt? Ich will jetzt endlich Frühling!

Hab meine Einkauftasche von dem weißen Zeug befreit, gurke zur Arbeit und zwei Kilometer vorm Parkplatz fängt der Kleine an zu bocken! An der Ampel! Die Motorlampe blinkt! Leistungsabfall! He, Kleiner komm! Lass mich so kurz vorm Ziel nicht im Stich! Du schaffst das! Komm! Los geht`s!

Der Kleine hat gut zugehört. Der bringt mich ans Ziel und nachmittags auch sicher, ohne Vorkommnisse, nach Hause! Donnerstag läuft er gut durch und Freitag dann der große Schock! Der Weg zur Arbeit und zurück liefen gut. Abends bin ich in die Schwimmhalle, ohne meine Kollegin. Hatte relativ gut Platz, bin danach noch bei den Burgermädels rangefahren. Dort war eine Schlange... Hab schon überlegt abzudrehen. Aber zum Selbermachen war ich zu faul... Also stell ich mich an! 4 oder 5 Autos vor mir, ist einer in der Schlange aus- und nicht wieder angegangen! Der brauchte Starthilfe! Zum Piepen! Hat eine halbe Stunde gedauert! Endlich

war ich mit meiner Bestellung durch – Heimweg!
Und der Kleine zeigt mir wieder die Lampe! Zwei
Kilometer vorm Ziel! Verdammt! Dieses Mal leuch-
tet sie durch! Da ist was im Argen! Komm Kleiner!
Bis heim schaffen wir es noch! Haben wir auch!
Meine Männer erwarten mich schon. Hab direkt
beim Reinkommen meinen Mann gefragt: „Hast du
für morgen schon Pläne?" Der bereitet unseren Garten für die Jugendweihe vor. Der baut eine Sitzecke
aus... „Ja, morgen will ich..." - „Kannste vergessen! Du darfst morgen mit meinem Auto in die
Werkstatt fahren! Ich nehm den Großen!"
Da liegt gleich wieder Spannung in der Luft – grins!

Das mein Kleiner was hat, weiß ich eigentlich schon
länger! Vor etwa drei Jahren haben wir einen Fuchs
erlegt! Auf dem Weg zur Frühschicht! Das Vieh war
riesig! Ein Rüde! Aber überlebt hat er nicht! Selber
schuld! Der hätte ja auch warten können, bis die
Straße frei ist...

Samstag bin ich mit dem Großen los und mein
Mann mit dem Kleinen in die Werkstatt... Nützt ja
alles nix!

***

Die neue Spätschichtwoche beginnt mit Sport. Heute
ist ein Praktikant da. Sehr angenehm... Der kennt

uns nicht. Zuerst hat er uns gefragt, wo unsere Probleme liegen. Ich halte besser die Gusche. Ich will ja nicht, dass er gleich am ersten Tag heult... Wir durften entspannt auf den Matten liegen, die Beine auf dem großen Ball.... Sehr erholsam! Der hat den Sportkollegen die Beine lang gezogen! Meine sind lang genug! Ich will nicht, dass der mich anfasst, hab mich quasi zusammengerollt... „Mir tut nichts weh!" Die anstrengenden Sachen hab ich nicht so mitgemacht! Ich muss ja dann noch zur Schicht...

Abends hat mein Mann mir einen Zettel auf den Tisch gelegt: „Kat kaputt! Zündspule eventuell auch! Könnte um die tausend Euronen kosten!"
Yes! Ich hab es geahnt! Aber was ist mit der Kopfdichtung? Kein Wort davon! Der Kleine hat da oben gesifft! Hab ich mir doch erst angesehen! Naja! Einen „Kurzen" im Motorraum hat er auch. Darum die Fehler an der Zündung... Meine Einkaufstasche liegt auf dem Sterbebett! Heul! Dienstag hab ich dann mit dem Werkstattleiter telefoniert. Spricht der doch, dass mein Mann die Reparatur schon frei gegeben hat! (???) Naja, mach mal! Ich hab keine Zeit! Wir reden Donnerstag nochmal!
Bin dann am Donnerstag direkt in die Werkstatt gefahren. Ich mag es lieber, die Leute im Gespräch zu sehen! Telefon ist doof! Ich verwirre lieber persönlich...
Freitag hat die Olle Holle Frühjahrsputz gemacht! Das hat den ganzen Tag geschneit! Ich will jetzt keinen Schnee mehr! Keiner will das!! Nächste Woche ist Frühlingsanfang! Wir wollen Sonne!

Freitag war ich nochmal da! Der arme Werkstattmann! Hab ich was gemault! Der wusste nicht wirklich, wie er mir seine und die Entscheidung von meinem Mann erklären soll! War auch schwachsinnig! Man saniert doch auch ein Haus von oben nach unten! Der wollte mir erklären, dass die Kopfdichtung im Eimer ist, dass er schon eine neue geordert hat... Alter! Was soll das denn? Ich brauch ein anderes Auto! Ok! Hab auch gleich etwas mit einem Verkäufer klar gemacht... Was soll ich noch mit einem Fass ohne Boden? Guck doch mal, was der auf der Uhr stehen hat...

Das Wochenende war gelaufen!

Montag hatte ich Urlaub. Ich wollte ja zum Sport! Im Anschluss gab es noch ein paar Sachen, wegen dem neuen Auto, zu regulieren! Das heißt, ich muss nochmal zum Autohaus. War ich auch... Hab mich quasi vom Kleinen verabschiedet und meine Sachen ausgeräumt! Nachmittags mach ich mit dem Kurzen zur „richtigen Zahnärztin"! Die ist auch lieb. Die mag er auch... Mittwoch hatte ich einen Anruf vom Autohaus. Bin nach der Schicht direkt hin... Ich hab keine Mühe mit einem neuen fahrbaren Untersatz. Die Leute kümmern sich gut... Morgen, nach der Schicht kann ich meinen „Neuen" abholen!
Gott sei Dank...
Freitag und Samstag hab ich meine freien Tage diese Woche! Bloß gut! Ich bin mit Terminen voll! Früh den Kurzen zur Schule bringen, dann der Termin bei der Versicherung, danach noch in die Garage...

Die alten Sommerräder passen dem Neuen nicht, die können sie in den Alten packen... Abends bin ich mit meiner Kollegin endlich wieder schwimmen! Montag konnte ich nicht, wir waren zu spät dran! Dafür hat sich mein Organismus auch mit Schmerzen revanchiert! Ganz böse!

***

Jetzt haben wir drei lange Wochen Urlaub!

Samstag fahren wir erst mal zum Einkaufsladen. Mein Mann hat sich beruhigt... Aber ich merke schon, dass es ihn ärgert, dass ich schon wieder ein besseres Auto habe als er! In dem Kleinen ist aber auch wirklich alles drin... Nützt ja nix... Dafür hat er dann Frühlingswetter im Garten!
Abends bin ich mit Frau Hummel verabredet. Unsere Schule hat eine Theater-AG, die haben wieder ein Musical einstudiert. Heute ist Premiere. Die Kinder machen das so schön... Das zieh ich mir jedes Jahr rein. Sowas mag ich gerne. Kostüme, Kulissen, die Texte, Lieder und Choreografien... Die Mühen für die Aufführung... Unbezahlbar! Das Meiste machen die Kinder und Lehrer selber! Da steckt viel Herzblut drin! Ich finde das so schön... Ich bin da auch immer sehr emotional geladen... Zum Schluss laufen mir die Augen aus... Jedes Mal!

Montag war mein erster Urlaubstag. Früh wird eine Tagesanalyse mit Frau Hummel gemacht, mittags geht es zum Sport! Heute hat der Trainer unserer Omi-Gruppe eine Liebeserklärung gemacht! Er war ein bisschen enttäuscht, dass wir nur zu fünft da waren... Aber er meinte, er liebt diese Gruppe! Wir reden mit ihm. Wir haben immer Spaß und arbeiten mit... Dafür sind wir doch da!

Später hab ich mein kleines „Buchproblem" einem Profi an die Backe genagelt. Ich hab inzwischen einige Verlage angeschrieben. Ich hab doch keine Ahnung von moderner Technik! Der durfte mir einen Buchsatz machen! Jetzt kommt meine erste Geschichte doch auf Papier! Das macht mich schon ein bisschen stolz! Ich hätte es auch eher haben können, aber gleich einen Verlag zu kaufen war nicht mein Ziel! Dafür bin ich zu geizig!

Abends hab ich mich mit meiner Kollegin an der Schwimmhalle getroffen. Heute hat sie wieder ihre Freundin und noch eine andere Frau dabei. Die sind auch lieb... Und die Halle ist so voll! Zum Piepen! Wir konnten uns gar nicht richtig müde schwimmen! War aber trotzdem schön. Endlich Bewegung... Das Wasser könnte ein paar Grad mehr Temperatur vertragen! Das war wieder so kalt! Ich brauch immer ewig, bis ich da drin bin! Die Mädels sind schon zwei Runden voraus und grinsen!

Mein Mann hat diese Woche Frühschicht. Ich kann die Tage wunderbar sinnlos verbummeln. Ich hab keine Pläne, der Kurze muss noch in die Schule... Herrlich!

Donnerstag hat der Kurze seinen ersten Osterferientag. Der bummelt auch gerne. Wir sitzen beide am Rechner oder liegen auf dem Sofa rum. Faul ist schön! Morgen wird es vielleicht ein bisschen anders! Karfreitag! Feiertag! Voriges Jahr war ich zu Ostern nicht zu Hause, hab ich auch nicht vermisst! Manchmal versuche ich, mich zu erinnern, wie es im letzten Jahr war! Im März war hier tatsächlich schon Frühling! Es war schon warm, die ersten Frühlingsblüten haben geduftet... Dieses Jahr kann man damit nicht vergleichen! Dieses Jahr ist es kalt und nass und windig! Richtig bääh... Ostern soll auch eklig werden! Hoffentlich wird es bis zur Jugendweihe besser! Wir wollen doch in unseren Garten! Ich hab mir gestern das Video von der Jugendweihe von meiner Großen reingezogen... Das ist jetzt schon 18 Jahre her...

Hab ich wieder was geheult... Die Zeit vergeht so unglaublich schnell, wenn man Kinder hat! Der Kurze ist doch gerade erst in die Schule gekommen! Jetzt wird der „groß"! Äääh, ich werde alt! Äääh, ich bin alt... Nur noch ein paar Jahre, dann geh ich in Rente... Alter!

***

April 2018

Ostern war wirklich ekelhaft. Trübe, frischlich, richtig unangenehm. Samstag war ich mit meiner Kollegin schwimmen. Das Wasser war wieder so kalt... Aber wir hatten mehr Platz. Wir machen jetzt immer merkwürdige Bewegungen beim Schwimmen... Ist aber gut für meinen Organismus... Wir wollen nächstes Mal am Dienstag zusammen gehen. Sie hat geplant am Montag ihre Familie zu besuchen.

Den Kurzen hab ich Sonntag raus getrieben! Der musste sich anziehen! Aber, das musste auch sein! Der Osterhase war im Garten. Der hat keinen Bock auf zu Hause. Ich glaube, es ist tatsächlich vorbei. Der Kurze will keine Ostereier mehr suchen. Es schien ihm schon ein bisschen unangenehm zu sein. Der hat die ganze Zeit geguckt, ob er von Gartennachbarn beobachtet wird... Aber, es waren keine da... War ein ekliger Tag! Wir waren alleine draußen.

Ostermontag ist draußen Frühling!   Endlich! Die Sonne scheint, endlich ist es warm. Unsere Störche sind seit ein paar Tagen wieder hier. Die haben so laut geklappert... Die haben wohl Hunger! Ich hab dieses Jahr noch kein Froschkonzert gehört...

Ich fahre heute noch in die Schwimmhalle. Das ist mein Plan! Mein Organismus will bewegt werden! Morgen ist die Kollegin dabei, dann geh ich nochmal....

Das Beste an Feiertagen ist, finde ich, dass die vielen

Leute, die sonst das Wasserbecken belagern, nicht da sind! Platz! Ich kann mich ausbreiten... Das tut gut...

Diese Woche hat der Kurze Ferien. Der lungert, so wie ich, den ganzen Tag nur rum... Dienstag hab ich mich mit der Kollegin getroffen. Aber heute sind auch die fürchterlich vielen Leute wieder da... Obwohl es draußen so schön ist! Können die nicht einfach spazieren gehen? Man, war das wieder voll im Bad! Und kalt!

Freitag soll auch schön werden. Endlich ist Frühling! Man kann es noch nicht riechen. Die Flora ist wohl auch ein Morgenmuffel! Die lässt sich Zeit! Aber es wird. Endlich!

Mittwoch musste der Kurze mit mir zum Einkaufen! Der soll ja nicht wie ein Eumel zur Jugendweihe gehen! Wir mussten echt in drei Läden! Im ersten haben wir nur Oberteile gefunden! Der Kerl ist zu lang und zu dürr für die Hosen... Im zweiten war es nicht viel besser! Die Auswahl beschränkt sich auf zwei Hosen... Haben wir auch mitgenommen... Dann braucht er auch noch Schuhe... Man, hat der Latschen... In der Länge hat er mich schon fast eingeholt! Wir haben „Einmal-Schuhe" mitgenommen! Die zieht der freiwillig eh nie wieder an... Kenn ich von mir auch so...

Freitag passiert hier nicht so viel! Ja, es ist warm geworden. Die ersten hellgrünen Blätter gehen auf, ein paar Krokusse haben sich auch raus getraut...

Aber es duftet immer noch nicht...
Das Wochenende wird zur Vorbereitung auf die neue Schul- und Arbeitswoche genutzt. Waschen, putzen, Hausaufgaben... Ich hab tagelang nicht geguckt, ob noch was auf ist... Jetzt haben wir straff zu tun! Bloß gut, dass ich noch eine Woche Urlaub hab!

***

Diese Woche fängt gleich wieder mit Sport an. Schon wieder Ball spielen... Naja, egal, muss auch gemacht werden. Ich fühle mich relativ fit. Werde nicht gleich daran sterben. Heute Nachmittag will ich mit der Kollegin zum Schwimmen. Das fehlt mir schon ein bisschen. Mir brummt so übel der Ast! Aber dann fällt mir ein, dass ich noch die Eintrittskarten zur Jugendweihe holen muss. Für unsere Gäste. Verdammt... ich hab mich da total verplant! Bin kurz vor vier los und kurz vor fünf, völlig gestresst, wieder zurück! Ich musste so lange warten! Das hat mich absolut genervt! Hab der Kollegin abgesagt! Sitze mit dem Kurzen über den Hausaufgaben und bin weiter genervt! Wir gehen lieber morgen schwimmen. Sie hat auch noch etwas vor. Das hat quasi gepasst... Mein schlechtes Gewissen ist wieder aufgeräumt.

Bin nach den Hausaufgaben nochmal runter gegangen. Innerhalb von 3 Tagen ist bei uns die Natur explodiert! Das ist so schön! Es grünt, es blüht und es duftet… Herrlich! Ich habe es so vermisst!

Die Woche verlief ganz angenehm. Ich hab wenig Termindruck. Hab auch schon angefangen zu Hause ein bisschen vorzubereiten. Die Großen wollen von Stade heimkommen. Ist ja auch ein schöner Anlass! Ich freu mich auf unseren Kleinen. Bin gespannt, wie er sich so entwickelt hat. Wir haben ihn ja ziemlich lange nicht dagehabt. Meine Große schickt uns zwar immer mal ein paar Bilder und Videos, aber live ist echt… Ich mag es, wenn ich anfassen kann, was ich sehe…

Die Frühschichtwoche ist dann schnell ran. Meine Sporteinheit mache ich am Band. Kann ja nicht jedes Mal Urlaub nehmen. Das muss der Trainer verstehen! Sport hat nichts mit Urlaub zu tun. Auch wenn die Kollegen lustig sind! Meine freien Tage sind am Mittwoch und Donnerstag. Die hab ich bitter nötig. Die Tage sind nicht besonders angenehm. Es ist wieder kalt geworden. Es regnet, es stürmt… Ekelhaft! Ich muss früh sogar die Scheiben frei kratzen… Das kann ich gar nicht leiden! Am Samstag wurde unsere Schicht um eine Stunde verkürzt. Gott sei Dank. Dann bleibt etwas mehr Zeit zum Wochenende…

Ich überlege mir manchmal, wie es wäre, einen Butler zu haben… Ja, ich weiß, dass ich nichts Besonderes bin. Wäre aber trotzdem sehr nützlich und lustig… Vor meinem inneren Auge seh ich gerade, in meiner Küche, so einen Pinguin stehen. Und dann kann der Vogel nicht mal kochen! Rutsche! Egal! Ich schaff das auch selber!

Die Spätschichtwoche ist etwas angenehmer. Es regnet zwar auch noch. Aber die Temperaturen fahren sich wieder hoch. Montag ist der Trainer mit uns spazieren gegangen... Ist das auch Sport? Boah, die langsamen alten Leute... Ich krieg schon wieder die Motten... Ich hab doch keine Zeit! Mädels! Kommt endlich! Ich muss zur Spätschicht! Nicht rumtrödeln! Das könnt ihr nachher noch, beim Kaffee-Kränzchen...

In der Halle steht der dicke Horst und lässt mich schon beim Reinkommen erschaudern. Es ist sagenhaft, wie schnell es geht, dass die Räume sich aufheizen... Im Winter funktioniert das nicht...

Mittwoch hat mein Meister mich ins Büro zitiert! In mir arbeitet das schlechte Gewissen...

Hab ich was vergessen? Hab ich einen Fehler gemacht? Warum ich?

Er platziert mich und beginnt mit einer Ansprache, die mir die Schamesröte ins Gesicht treibt... Jetzt wird mir das schon wieder peinlich! Er hat mir gesagt, dass er froh ist, dass ich meinen Job wieder mache, dass wir nicht nach einer anderen Stelle suchen mussten, dass ich mit meiner Arbeit wieder ganz gut klar komme... Auch wenn es länger gedauert und einige Rückschläge gegeben hat! Und dann drückt er mir einen Massage-Gutschein in die Hand! Ich soll mich bei Katarina mal durchwurschteln lassen... Gott, ist mir das peinlich! Da muss ich, glaube ich, noch eine Weile drüber nachdenken... Ist doch nichts Besonderes! Die Kollegen machen doch auch ihren Job!

Bin danach, froh, dass mein Kopf noch drauf ist, wieder ans Band zurück... Ich versinke schon wieder in merkwürdigen Gedanken... Nee, ich will jetzt nicht darüber nachdenken! Ich war so froh, dass die Physio vorbei war. Ich musste da so oft hin. Ich mag es doch nicht, wenn Fremde mich anfassen! Aber aus der Nummer komm ich nicht raus...

***

Mai 2018

Diese Woche habe ich nur einen einzigen Arbeitstag! Montag! Dienstag ist Feiertag! Mittwoch, Donnerstag sind wieder meine freien Tage, Freitag und Samstag hab ich Urlaub, wegen der Jugendweihe... Schöner Gedanke!

Ich muss allerdings noch viele Sachen vorbereiten! Ich fühle mich ein bisschen gestresst! Planung macht mir nicht wirklich Spaß. An was man alles denken muss...
Essen, Trinken, Übernachtung, Fahrservice, Einladungen... Aber eigentlich hab ich alles. Die Anzieh-Sachen sind vorbereitet. Ich hab Essen bestellt. Wir

werden später mit dem Besuch im Garten grillen... Ich freu mich jetzt erst mal aufs Schwimmbad! Hab mit meiner Kollegin Glück. Die ist sehr diszipliniert...

Mittwoch hat der Kurze Stellprobe! Nach dem Unterricht und den Hausaufgaben!

Spricht der zu mir. „Ich muss aber heute noch nicht diese neuen Sachen anziehen, oder...?"

„Nee, keine Sorge! Heute ist nur Übung!"

Freitag wollte ich zum Schwimmen! Ich hatte aber noch so viel zu tun... Hab meiner Kollegin abgesagt. Meine Kinder kommen heute, von Stade. Unser Kleiner sollte bei uns schlafen. Hat er aber nicht gewollt. Der hat die ganze Nacht Terror gemacht! Der war noch so aufgeregt... Früh, so gegen 4, ich war völlig fertig, hab ich den Hosenscheißer mit zu mir ins Bett genommen! Und siehe da... Ruhe! Eh! Der schnarcht sogar! Der konnte mir doch gleich sagen, dass er zu mir wollte...

Ach nee! Mit dem Reden hat er`s ja noch gar nicht...

***

Samstag war Jugendweihe / 05.05.2018

Wir sind erst 14 Uhr dran! Wir frühstücken, alle zusammen, relativ entspannt! Mittags fahren wir zum Essen ins Lokal. Mein Schwieger-Ben hat seine Eltern dazu geholt. Die sind cool! Nach dem Essen haben die den Zwerg mit zu sich genommen... Mittagsschlaf! Der hatte ja von gestern noch Stress genug... Wir müssen uns jetzt auch vorbereiten!

Zu Hause hängt die schicke „Ausgeh-Uniform" für alle an den Schränken! Draußen!   Fürchterlich...

Wir verkleiden uns fix und los geht`s...

Der Kurze ist ein bisschen aufgeregt! Dem wackeln die Hände... Ich will zwar nicht sagen, dass er winkt... Wir sind alle sehr freundliche Leute... Aber, ich sah das schon... Seine Klassenkameraden sind auch ein bisschen nervös... Und chic sehen die alle aus...

Dann ging es rein!

Zuerst gab es ein Programm...   Im Anschluss die Reden! Die Feierlinge sitzen wie die Deckchen in den ersten Reihen! Man könnte glatt meinen, die hören wirklich zu... Mir brummt der Ast, das Sitzfleisch glüht! Die erste Stunde ist gleich um... Das zieht sich...

Endlich wurden die Kinder, gruppenweise, aufgerufen!

Meine Große fängt tierisch an zu schluchzen...

„He... Was ist denn los?"

„Ach, Mensch, Mutti... Mein kleiner Bruder..."

„Ja und...? Der ist einen halben Kopf größer, als du..."

„Jetzt wird der erwachsen..."

„Na und... Wird doch Zeit!"

„Mensch, Mutti!"

„Ja...?"

Stille! Geht doch!

Der hat sich gut gehalten! Stand, mit seinen Kollegen, wie eine Eins, auf der Bühne! Hat sich gratulieren und beschenken lassen…

Die Ober-Bürgermeisterin hat er würdevoll angehimmelt…

Diese, fast 2 Stunden, hat er voll konzentriert gemeistert! Ich bin total stolz auf ihn!

Draußen stand der Fotograf! Da müssen wir auch noch hin! Ist ja ein einmaliges Erlebnis! Zwei Fotos sind gut gelaufen… Dann war es bei ihm aber vorbei… Der hat sich nur noch gequält… Hat er trotzdem gut gemacht…

„Super Großer…! Ist ok! Wir fahren jetzt heim!"

Zu Hause stürzt er in sein Zimmer… Türe knallt… Stille… Er hat sich ganz schnell umgezogen… Ist ok, bequem ist wichtig!

Dann sehe ich ihn an seinem Schreibtisch sitzen…

„Hallo! Du willst jetzt aber nicht zocken? Wir wollen in den Garten! Du hast Besuch…"

Er dreht sich wortlos, grinsend in meine Richtung, ohne dabei wirklich hoch zu gucken… Alter! Der Kerl hat Dollar-Zeichen in den Augen! Der sortiert seine Post und die Geschenke… und jubelt still in sich hinein… Der strahlt wie eine Elsterglanz-polierte Alufelge… Alter! What a day…

Er kam dann auch, fast ohne zu murren, mit in den Garten. Er hatte ja schließlich Gäste, die da auf ihn

gewartet haben! ER war der Star des Tages! Er hat auch alles, ziemlich unknurrig, über sich ergehen lassen... Gratulationen, Geschenke, Anfassen und vollquatschen... Hat er gut gemacht!
Wenn ich an seinen Schulanfang zurück denke... Der war eher eine Katastrophe...

Wir waren lange draußen! Wir haben gegrillt, angestoßen und den Kümmel aus dem Käse gequarkt... Wir waren ein ganzer Haufen lustige, feierwillige Leute. Unsere Frau Hummel und ihr Mann waren auch dabei. Die gehören schließlich mit zur Familie!

Nachts, irgendwann gegen zwölf, sind wir alle heim...

***

Sonntag dann ein ähnliches Bild! Unser Mittagessen haben wir im Lokal nicht ganz geschafft! Die Leute waren super freundlich! Die haben uns den Rest eingepackt! Ich musste also nicht kochen! Herrlich!

Der Kurze sitzt an seinem Schreibtisch und ahlt sich in seinen Geschenken. Der ist total fasziniert, wie viele Leute ihn kennen und mögen. Wer ihm so alles was geschenkt hat... Ja, der ist echt überwältigt!

Unsere Großen haben schon gepackt! Die müssen nach Stade zurück! Schade…
Wir haben den Tag ruhig auslaufen lassen… Montag ist ja wieder normaler Alltag!

Die Woche läuft auch relativ ruhig durch. Dienstag hab ich die Bilder beim Fotografen angesehen und eine Bestellung gemacht. Bin danach zu unserem TV-Sender und hab das Video dazu geordert. Donnerstag war Himmelfahrt. Wir hatten noch ein paar Sachen zum Grillen im Kühlschrank. Sitzen schön gemütlich rum und machen uns den faulen Lenz… Da geht das Gartentor auf und Frau Hummel war da! Mit ihrer Freundin! Eine Überraschung… Klasse! Die Beiden haben eine Fahrrad-Tour um unseren Tagebau-See gemacht. Jetzt hatten sie Durst… Die Freundin ist auch eine lustige Frau! Die passt in unsere Runde…
So haben wir es dann auch geschafft, den Kühlschrank leer zu machen. Den Rest muss Frau Hummel mitnehmen! Ihr Mann hat ja sicher auch Hunger!

Am folgenden Wochenende, Pfingsten, war mein Lieblings-Kollege mit seiner Familie da. Wir haben uns schon vor einiger Zeit verabredet. Seine Große hat nächstes Wochenende auch Jugendweihe. Mein Mann hat beim Garten-Nachbarn Bisonfleisch bestellt. Er hat auch ein Grill-Rezept dazu bekommen! Man, war das ein Leckerchen!

In der Spätschicht-Woche lief es auch recht ruhig. Ich konnte jetzt sogar schon unsere Fotos und das

Video abholen. Alles schon fertig. Dabei war doch erst Himmelfahrt und Pfingsten. Die Meisten haben da doch Urlaub und Brückentage? Klasse!! Ich bin überrascht! Ich kann schon alles mit Dankschreiben verteilen!

***

Juni 2018

Bei uns steigt das Dorffest! Freu! Ich hab Freitag und Samstag noch Frühschicht, komme erst spät heim! Freitag ist eh für die Jugend reserviert. Die müssen sich auch mal austoben! Samstag gehen wir hin, nach der Schicht...
Ich hab mich zum Eintritt kassieren einteilen lassen. Wie immer... Heute mit Sabrina... Mit der kann man auch herrlich labern! Die ist erst vor ein paar Jahren her gezogen. Sie kannte hier niemanden, hat sich etwas fremd gefühlt. Ok, man hat sie auch nicht sooft im Dorf gesehen. Die geht ja arbeiten! Seit es unseren Verein gibt, ist das alles anders!! Da werden die Leute neugierig gemacht, vorbei zu kommen... Wer daran Interesse hat, kommt auch und wird integriert. Sabrina ist eine Feine... Dieses Jahr sitzen wir nicht vorne an der Kirche. Alles ist ein bisschen kleiner gehalten! Muss ja alles bezahlbar bleiben! Aber es ist so lustig... Und dieses Jahr ist unser cooler DJ wieder dabei! Freu! Wir haben jeden, der ran

kam, vollgequatscht! „Wer bist du denn? Wo kommst du denn her?" War doch allerhand los... Halb Neun wurden wir abgelöst. Ich hab mir erst mal Futter besorgt! Schnitzel und Kartoffel-Salat! Herrlich! Für den Kurzen war es schon vorbei! Der war mit meinem Mann schon zwei Stunden da. Der wollte nach Hause... Ist ok! Mein erstes leckeres Bier-Getränk hab ich am Tisch bei unseren ehemaligen Nachbarn getrunken. Wir haben die alten Geschichten aufgewärmt, als wir noch zusammen im Haus wohnten. Haben wir gelacht...

Dann war Zeit die Hufe zu schwingen... Unser DJ hat aber dieses Jahr `ne komische Mucke! Haben sich die Trends geändert? Naja, egal! Party! Die Laser-Show gab es auch wieder! Space auf der Dorfwiese! Unsere Störche sind da! Die wollen wir nicht erschrecken!

Wir haben bis gegen zwölf durchgehalten! Morgen muss ich mich aber um unseren Haushalt kümmern...

***

Mein Mann hat einen Arzt-Termin! Darmspiegelung! Mit Vollnarkose!

Nach meiner Sport-Einheit hab ich ihn dahin gebracht. Hab heute extra mal einen Tag Urlaub! Der ist ein bisschen nervös! Ich wäre vor Aufregung vielleicht schon tot... Aber er... ist nur ein bisschen nervös…

Die Frau dort am Tresen meinte, ich soll meine Telefon-Nummer da lassen und heim fahren… Das dauert eine ganze Weile. Sie ruft dann an, wenn er abholbereit ist! „Ok, dann bin ich mal weg…"

Hat auch bis nachmittags halb 4 gedauert!
Ich fahr also wieder da hin!
Gehe hoch…   Kein Mann da!!
„Wo finde ich denn meinen Mann?"
„Welchen wollen sie denn?"
„Oh… Darf ich mir was aussuchen? Dann nehm ich einen jungen, hübschen… mit Kohle…"
Ihrem Blick entnahm ich, dass sie mich nicht verstand!
„Ok, dann geben sie mir eben meinen alten wieder…"
„Sie müssen aber noch mit ins Arzt-Zimmer! Der erklärt ihnen, was sie danach zu tun haben!"
„Ok…"
Wir waren zusammen im Arzt-Zimmer! Mein Mann war noch total verbimmelt… „Nee, danke, wenn ich mich jetzt hinsetze, komm ich nicht wieder hoch…"
Der Arzt war lustig! Der hat geguckt, wie ein Schuljunge! Der hat so ein bisschen verschmitzt geschmunzelt… Konnte der mir ins Hirn gucken?
Der hat uns die Prozedere erklärt, was die da gemacht haben… Eeekelhaft!!
Dann durften wir nach Hause!
Eigentlich hätte er nicht rausgehen, sich noch hinlegen sollen… Aber er hat Hummeln im Arsch! Der

hält das nicht aus! Er ist eine Runde spazieren und in seinen Garten gegangen, hat wohl versucht, sich wieder einzukriegen!

Dienstag hab ich mein erstes Buch frei gegeben! Mir ist gerade wieder so schlecht... Ich bin doch nur ein Handwerker! Was ist, wenn... Man!!!

Es war ein ruhiger Monat! Der Kurze hat seine „Schätze" auf sein Sparbuch gepackt! Der bekommt immer noch Post. Auch von meiner Schwester. „Wer ist denn das?" Meine Schwester kommt nicht mehr ins Dorf! Seit es unseren Vater und unsere Oma nicht mehr gibt, hat sie kein Verlangen... Sie ist ein richtiger Stadtmensch geworden. So... mit der feinen Aussprache, immer chic angezogen und geschminkt... Das Dorf ist ihr zu klein... Ja, wir haben ab und zu Kontakt... Wir sind Geschwister...
Als der Kurze geboren wurde, Weihnachten, war sie mal bei uns! Wir haben Fotos gemacht! Hab ich dem Kurzen gezeigt...
„Nee, die kenne ich nicht..."
„Wieso kennst du deine Tante nicht? Guck mal, die hat dich doch auf dem Arm..."
„Nee, da war ich noch ein Baby!"

Gott! Milch ist wirklich gefährlicher als Alkohol! Der kann sich an nichts erinnern!

***

Neue Spätschicht-Woche

Montag ist Sport und es ist so unglaublich warm!
Schon seit Wochen... Heute meint es der Trainer gut
mit uns! „Wir machen heute mal Entspannung!"
Klasse! Wir gehen in den Nebenraum. Der ist gemütlich! Wir pflanzen uns auf die Matten und „er-
den" uns! Der Trainer hat leise Musik am Laufen
und liest uns eine Geschichte vor... Das ist schön...
Ich hab meine langen Schuhe ausgezogen und gucke, ob die Kollegen gleich einschlafen. (grins)
Wir haben uns richtig gut runter gefahren...
Dann ist die Geschichte zu Ende und wir kommen
kaum noch hoch! Verdammt!
Ich muss doch zur Schicht! Ich bin völlig verklingelt
raus... Das hat gedauert, bis ich wieder in die Gänge kam... Warum hab ich keinen Urlaub, heute? Ich
könnte es gerade so gut gebrauchen!

An der Autobahn, auf dem Messegelände, steigt ein
Festival. Da wird seit Tagen aufgebaut. Am Freitag
soll es losgehen. Da müssen wir auch noch eher ein-
fliegen. Im Verkehrsfunk wird vor Staus gewarnt.
Wir fahren eine halbe Stunde eher los... War aber
kein Stau! Na toll! Und jetzt? Ich nutze die Zeit und
schnipse zu Katarina hoch, unsere Physio-Frau. Die
hat goldene Hände! Ich war letztes Jahr sooft da.
Konnte mich noch erinnern, wie gut es mir danach
immer ging. Hab einen Termin gemacht. Ich muss ja
den Gutschein einlösen! Die hat sich an mich erinnert... Hab ihr eins von meinen Büchern mitge-

bracht. Die hat sich vielleicht mal gefreut. Aber, die war auch lieb! Mit ihr konnte ich ein bisschen schnacken. Das hat auch gut getan…

In der Frühschicht-Woche fällt Sport aus! Ich muss arbeiten, hab diese Woche nur am Freitag frei. Ich hab nichts weiter geplant. Sitze nur ein bisschen vorm Rechner. Muss ja auch gemacht werden! Unser Postbote hat in der letzten Frühschicht-Woche mein Paket, mit meinen ersten Büchern, gebracht… Man, ich war total von der Rolle! Hab ich gleich gepostet! Jetzt guck ich mir die Kommentare an. Der Kurze hat seine letzte Schulwoche. Nächste Woche gehen die Ferien los…
Ich bin auf sein Zeugnis gespannt! Naja, so ein bisschen! Ich weiß ja, was er für Zensuren hat! Wir müssen diese Woche noch seine Bücher kontrollieren. Die muss er abgeben. Bleistift-Schrift und eingelegte Zettel müssen raus, die Umschläge ab… Da haben wir allerhand zu tun.

Samstag hat mein Bruder Geburtstag. Ich hab Frühschicht. Ich bin viel zu müde. Hab ihm nur kurz am Telefon gratuliert…

***

Juli 2018

Heute ist die Sport-Einheit auch erträglich! Der Trainer macht ein paar Geräte-Übungen mit uns und Entspannung. Für mehr ist es viel zu warm! Jetzt geht das schon seit Wochen so... Es regnet nicht mehr! Der Planet prasselt, alles verbrennt... In der Halle ist es eklig! Kaum ein Hauch! Und wenn man nach der Schicht ins Auto kommt, gibt`s gleich den nächsten Dumpfen!
Unsere Kinder genießen ihre Ferien! Vor allem meins! Die Alten sind auf Schicht und der kann hemmungslos zocken! Unsere Schwimmhalle hat jetzt auch gerade zu! Grundreinigung und so... Immer in den Sommerferien... Für Freibad finde ich es nachts aber noch zu kalt! Mal sehen, wie sich die Tage so entwickeln. Hab mit meiner Kollegin einen Plan gemacht. Wir wollen es mal ausprobieren. Am Freitag... Montag war ich mit Terminen voll... Mittwoch und Donnerstag waren nicht viel besser! Da hatte ich frei und keine Zeit! Mittwoch war mein Katarina-Termin... Donnerstag einkaufen... Aber Freitag wollen wir mutig sein! Und das war so arschkalt! 23 Grad Wasser-Temperatur... Verdammte Axt! Ich zittere mir einen ab... Aber, Bewegung muss! Unsere Handtücher liegen in der Sonne und heizen sich auf... Gott sei Dank... Warm! Ich hab noch Stunden später eisige Hände!

Am Sonntag haben wir ein Date mit meinem besten Freund! Wir helfen ihm, einen Umzug zu fahren... Er muss das Zimmer seiner Mutsch ausräumen...

Sehr traurige Geschichte. Aber es hat alles gut funktioniert. Er hatte noch einen Kumpel dabei. Wir waren nach gut vier Stunden fertig.
Abends haben wir im Garten gesessen und ein Würstchen gebraten...

Die neue Spätschicht-Woche ist auch nicht weiter aufregend! Alles läuft, wie am Schnürchen. Meine Kollegen freuen sich über die kleinen Bücher... Jeder, glaub ich, der da mit drin steht, hat eins bekommen... Es ist nicht perfekt. Weiß ich selber... Ist auch nur meine kleine Geschichte... Aber die sind ein Teil davon...

Nächste Woche haben wir alle Urlaub! Produktions-Pause! Hier wird wieder umgebaut! Der Gedanke beflügelt uns ein bisschen... Ist zwar nur eine Woche, aber bei der Hitze...   Das ist schön...

Ich denke schon wieder ans letzte Jahr zurück! Letztes Jahr hab ich den letzten Eintrag in meinem „Tagebuch" gemacht... Nichts hat sich verändert! Alles beim Alten... Immer noch!
Ok, ja, meine Kollegen haben mich zurück genommen...   So, wie ich bin...   Mit denen hab ich wirklich Glück! Manchmal verstehen die mich sogar... Ich hab auch wieder die große Gusche... Wie früher...   Aber sonst... Ich lass mich auf jeden Fall überraschen, was hier noch so auf mich zukommt...

***

Zwei Veränderungen gibt es doch!

Dieses Jahr haben die Kinder ihr Sommerfest von einem anderen Betrieb bekommen! Durch meine Schreiberei hatte ich keine Zeit...
Steht alles im Netz!
Ich bereite jetzt ein Herbstfest vor! Die Kleinen sind ja im Herbst auch noch da... Hab einen Aushang für meine Kollegen fertig gemacht... Die Sparbüchse steht bereit... Da muss ich mal endlich in die Puschen kommen! Die Kinder freuen sich immer auf Besuch... Und wir machen das gern... Die sind ja nicht freiwillig dort...
Montag geht`s los!
Kannste dir dann im Netz angucken... Später...
Unter Tabaluga Leipzig...

Die zweite Sache ist das Treffen mit den Mädels! Wir finden einfach keinen passenden Termin! Verdammt! Aber wir sind immer noch in Kontakt! Wir wollen uns so gerne wieder sehen! Wir wälzen

unsere Termin-Kalender... Das wird schon noch...
Mit meinen Lieblingskollegen treffe ich mich dieses
Jahr auch wieder! Da ist es etwas einfacher...

***

Pearson's Canal Companion
SOUTH MIDLANDS

Published by Central Waterways Supplies of Rugby, Warwickshire.
Tel/fax: 01788 546692 email:sales@centralwaterways.co.uk

Seventh edition 2004. ISBN 0 9545383 8 2

Printed in Italy by STIGE of Torino

C000045664

tillerman

During a year in which my guide book researches were taking me to South-west Scotland, Norfolk's Broads and Fens, the West Country, the Pennines and the Brecon Beacons, it came as some relief to essay a parochial return to the Seventh Edition of *Pearson's Canal Companion to the South Midlands and Warwickshire Ring*.

Cycling the towpath one hot September afternoon, dodging the dragonflies, my mind went back over twenty years to the work we did for the first edition in 1983. What a quaint and callow affair it was: 48 pages, two colour maps, black and white photographs, and a text suffused with an air of innocent enthusiasm based on the assumption that leafy Warwickshire would remain inviolate for ever.

That first edition covered solely the Warwickshire Ring with the bucolically lockless Ashby Canal thrown in as a bonus. This brave new seventh edition guides you additionally to such far flung locations on the canal map as Nottingham, Stoke Bruerne and Alvechurch besides. Evidence, you'll appreciate, that Pearsons echo that old affirmative policy of 'continual improvement' beloved of highway authorities and the manufacturers of washing powder.

Proof that Warwickshire continues to be verdant is vouchsafed by the pictures within. The canals are busier and more appreciated than ever. This guide set out to justify that popularity. It was not an onerous task.

Michael Pearson

The WARWICKSHIRE Ring

THE most significant structures on this section of the Coventry Canal are the Tame Aqueduct and Glascote Locks. The aqueduct (protected from invading hordes by a lugubrious pillbox) is not a glamorous affair, being neither high, wide nor handsome. But there is always an aesthetic satisfaction to be gained from water crossing water. Like a piggy bank, the two locks at Glascote are slow to fill and fast to empty. The short intermediate pound runs low with monotonous

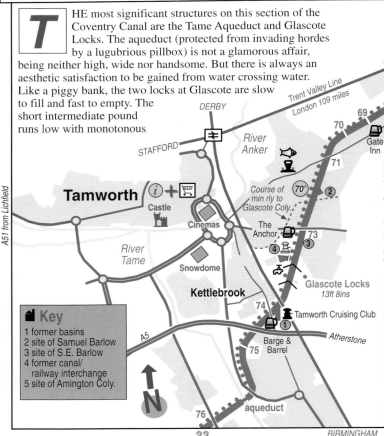

Key
1 former basins
2 site of Samuel Barlow
3 site of S.E. Barlow
4 former canal/railway interchange
5 site of Amington Coly.

frequency, but with a seven mile pound to play with above, you can always run some water down if you are stuck on the bottom. Above the upper chamber the towpath rises to cross over an arm extending into the precincts of a former canal/railway interchange basin now used by a firm of boatbuilders. Sadly, the Reliant car factory which once overlooked Glascote Locks has been demolished.

Tamworth may have been the capital of medieval Mercia, but come the 18th century it apparently held little attraction for the promoters of the Coventry Canal which passes a goodly distance from the town centre, climbing through a pair of locks at Glascote, out of the valley of the River Tame into that of the Anker. The canal was built to carry coal, and this was formerly an area riddled with mine workings. Now, though, the canal's character is predominantly suburban and, travelling eastwards, one is grateful to break out into open countryside beyond Amington. In any case, the past seems more interesting than the present on this stretch of canal. Glascote was the location for two famous canal carriers - Samuel Barlow and S.E. Barlow; the former (who also had a depot at Braunston) concerned largely with long distance traffics, the latter specialising in short-haul work between the Warwickshire coalfield and the industrial centres of Birmingham and Coventry. In *Narrow Boat* L.T.C. Rolt describes meeting 'pitmen trudging home along the towpath, faces so blackened by coal dust and sweat that they grinned like coons at a seaside concert party.' That was east of Amington in 1939. Sixty, more politically correct, years later the land alongside the canal is occupied by a golf course populated by sportsmen in brightly coloured clothing the miners would probably have considered 'sissy'. Evidence of the canal's role in serving the collieries remains, such as the loading basin at Alvecote now incorporated into a busy marina boasting a new pub called, appropriately enough, The Samuel Barlow.

Alvecote Colliery was opened in 1873 on a strip of land between the canal and the railway, its output being despatched by both modes of transport. In the early 1950s it was merged with the pits at Amington and Pooley Hall, but the shafts at Alvecote were abandoned soon afterwards. Years of mining provoked subsidence in the vicinity and permanent 'lakes'

were formed by floodwater from the Anker. These expanses of water, known now as Alvecote Pools, form the basis of an attractive nature reserve. A shale track, once used by miners to reach the pit head, winds between tree-fringed pools where the cries of wildfowl are broken only by the sudden whoosh of a train on the neighbouring railway.

Set the dial on your time machine a little further back and you can recapture another era of history in the simple remains of Alvecote Priory, a Benedictine establishment dating from 1159 when it was built as an outpost to the priory at Great Malvern, Worcestershire. You can moor here and lie in the ruins, soaking up centuries of residual warmth from the stonework.

Tamworth

Between the eighth and tenth centuries Tamworth was the capital of the Kingdom of Mercia. King Offa lived here, then later Alfred the Great's daughter, whilst later still it became the residence of Athelstan. In the Middle Ages it belonged to the Marmion family made famous by Sir Walter Scott's eponymous novel. Nowadays Tamworth is perhaps best known for its Snowdome, a giant indoor ski slope with 'real', albeit man made snow. Elsewhere, the castle, the imposing parish church, and the delightful 18th century town hall (where Dickens once gave a public reading of his work) all combine to create an interesting core of dignity to the town.

PASTICHE BISTRO - Silver Street. Tel: 01827 319955. Well appointed modern restaurant.
JALALI INTERNATIONAL - Aldergate. Tel: 01827 316786. Stylish Indian.
THE ALBERT - Albert Road (near the railway station). Cosy, CAMRA recommended Banks's pub offering food and accommodation. Tel: 01827 64694.
BARGE & BARREL - canalside Bridge 74. Tel: 01827 284725.

Tame Aqueduct

THE ANCHOR - canalside Bridge 73. Tel: 01827 63480.
GATE INN - canalside Bridge 69. Tel: 01827 63189.
The town centre is quarter of an hour's walk from the canal. The large indoor shopping mall known as the Ankerside dates from 1980. All services plus markets on Tuesdays and Saturdays.
(i) TOURIST INFORMATION - Market Street. Tel: 01827 709581. www.tamworth.gov.uk
TAMWORTH CASTLE & MUSEUM - Riverside, town centre. Open daily, admission charge.

Probably the original stronghold of Ethelfleda, daughter of Alfred the Great, but what remains is largely Norman outside and Jacobean in. Regular re-enactments. Tel: 01827 709626.
SNOWDOME - River Drive. Tel: 0870 00 00 11. Real snow on an indoor ski slope. Great fun. Equipment hire and lessons for beginners.
BUSES - Services operate along the canal corridors to/from Nuneaton, Birmingham and Lichfield. Tel: 0870 608 2 608
TRAINS - through trains to/from London, Birmingham and the North of England. Tel: 08457 484950.

Amington

Formerly a coal mining and quarrying community, now part of suburban Tamworth. Fish & chips near Bridge 67. Useful range of shops including: Co-op 'late shop', greengrocer, chemist and off licence. Canal crafts from little shop by Bridge 68.

Alvecote

SAMUEL BARLOW - canalside Bridge 59. Purpose-built adjunct to massive marina named after former working boat fleet operator. Tel: 01827 898175.

Chiaroscuro on the Atherstone Flight

FOR much of this length the Coventry Canal has a solitary quality about it. A mood of introspection falls upon you, barely interrupted by the fleshpots of Polesworth. From time to time the river draws close beside the canal, only to go wandering off across the meadows again like a child out for a walk with an elderly adult. A small rounded hillock bears a monument recalling the existence of a chapel demolished in 1538 during Henry VIII's suppression of the monastries. Another monument, on the opposite side of Polesworth, is a memorial to the men of Pooley Hall Colliery who fell in the Great War. Pooley Hall itself dates from 1509, and is possibly the oldest occupied building in Warwickshire. In recent years it has notable as the first mine in the country to be provided with baths under the auspices of the Miner's Welfare Commission. The Duke of York (later George VI) opened these facilities in 1924 - presumably they used coal tar soap. For many years the site became a wasteland until the creation of the admirable Pooley Fields Heritage Centre which celebrates the area's coal mining past whilst championing the use of sustainable energy in the future.

Polesworth was renowned in working boat days for the boatyard of Messrs Lees & Atkins. The yard gained a reputation for the distinctive styling of its 'Roses & Castles' and was particularly favoured with the construction and repair of the boats of 'Number Ones', canalspeak for owner/operators.

Passing under the West Coast Main Line, now largely the preserve of sleek silvered Virgin 'Pendolinos', the canal skirts Stiper's Hill, scarred by a motor cycle dirt track. On the opposite bank of the canal a rickety small holding brings to mind the old Kinks song *Animal Farm.*

Some interesting former working boats are to be seen at the old wharf adjoining Bridge 49.

Bradley Green marks the foot of the Atherstone flight of eleven locks which have a total rise of eighty feet. In typical Coventry fashion the chambers fill slowly yet empty quickly. Two hours is considered 'par' for passage up or down the flight, but you should not be over conscious of the clock, for this is surely one of the most enjoyable sections of the Coventry Canal.

been the home of a well known soul artist!

The old basin where boats loaded coal from Pooley Hall pit stands close to the M42 in the shadow of a now green spoil tip. David Blagrove described the loading procedure here vividly in his book of working boat reminiscences *Bread Upon The Waters.* The colliery closed in 1965, being

Map labels:

Polesworth

Stiper's Hill

Heritage Centre

sewage works

River Anker

monument

Hoo Hill

Abbey

site of Lees & Atkins boatyard

monument

Pooley Hall

Birmingham 19 miles

B5000

Bradley Green

River Anker

Atherstone Locks

Trent Valley Line

56 55 51 52 53 54 50 49 48 47 46 45 11 10 9 8

70'

3 COVENTRY CANAL

AT eleven locks, the Atherstone flight is neither too long to overstay its welcome, nor too short to fail to make an impression; both on your mind and on your muscles. Furthermore, the mix of rural and urban settings adds to its character, ensuring that the chambers have a variety of backdrops which don't become repetitively monotonous. Look out for the Gothic silhouette of Merevale Hall up on the wooded bluff to the south-west, and the former entrance to Baddesley Basin by Lock 7; now a busy boatyard but once the despatch point for a considerable amount of coal traffic. Atherstone's strategic role in present day transport is emphasised by the huge warehouses and road distribution depots in the vicinity of the canal. Locks 4 and 5 are particularly attractive in their setting, whilst the adjoining woodland hides the site of a Second World War POW camp, the inmates of which built a huge grain silo beside the canal, for many years a landmark to rail, road and canal travellers alike, but demolished in 1988.

An extensive basin located above the top lock and overlooked by some handsome Georgian warehouses was infilled and built over with estate housing in 1979. But, by way of compensation, Rothern's coal yard, with its 'Victorian' office makes a picturesque addition to the canalscape here.

Wilson & Stafford's hat factory by Bridge 41 closed in 1998, the last surviving firm of a proud tradition of hat makers associated with the town. Atherstone's suburbs are soon left astern and the canal curves pleasantly around Rawn Hill, a dome-shaped 'laccolith' in geological terms. Between Atherstone and Hartshill lies the old Roman settlement of Mancetter, which many historians believe to have been the scene of Boadicea's (or Boudicca's) last battle with the Romans in AD60. Despite being considerably outnumbered, the Roman Legions, with the advantage of strict military training, overcame and slaughtered the wild, disorganised British hordes. The Roman chronicler, Tacitus, records that 80,000 Britons were killed. Boadicea poisoned herself rather than be taken prisoner, though her burial place has never been discovered.

Waterway maintenance yards are invariably charming affairs and Hartshill is no exception. At the back of the yard stands a dignified, redbrick manager's house, but the best building of all is the arched dock of mostly blue brick, topped by an elegant clock-tower. Behind the yard towers a huge spoil tip from the local quartzite quarry. Waste sludge discharged into the canal turns it to the colour of oxtail soup. The now abandoned quarries hereabouts once provided considerable trade for the canal. Cargoes of roadstone were carried in the summer months when demand for coal was comparatively low.

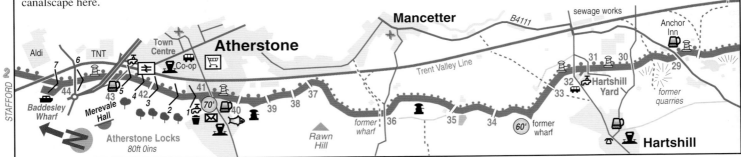

Polesworth *(Map 2)*

An ancient settlement on the banks of the River Anker, Polesworth devoted itself to mining for many years, but is unsullied again now that the local pits have closed. Indeed, unlike most erstwhile mining communities, it's a bright and attractive place that welcomes canal-borne visitors with open arms. A fine ten arch bridge dated 1776 spans the river and brings you to the narrow main street. A right turn at the top takes you past the Tudor-style Nethercote School and, a hundred yards beyond, another right leads beneath the 15th century Abbey gateway to the imposing, and largely Norman, parish church whose history is traceable back to AD827.

FOSTERS YARD HOTEL (Tel: 01827 899313) by Bridge 53 is a popular Balti house; other options include fish & chips, two Chinese takeaways and several pubs.

Shops across the river include Spar (with cash machine), chemist, butcher, gift shop and newsagent. CHESTER'S excellent antiquarian bookshop occupies premises close to Bridge 53, whilst HAMBRY'S fishing tackle emporium is just down from Bridge 54.

POOLEY FIELDS HERITAGE CENTRE - Tel: 01827 897438. Fascinating displays of coal mining heritage thoughtfully twinned with concepts of sustainable energy. Light refreshments available.

BUSES to/from Tamworth, Nuneaton etc. Tel: 0870 608 2 608

TRAINS - local services along Trent Valley line, presently (and perhaps permanently!) operated by buses. Tel: 08457 484950

Atherstone *(Map 3)*

Atherstone lies a hundred miles up the Watling Street from London. In coaching days it must have been a stop travellers looked forward to. All along the main street are dignified, redbrick Georgian edifice's backed by a maze of alleyways and courtyards, whilst the market place is immensely appealing as well.

CHURCH'S CAFE BISTRO - Market Place. Tel: 01827 713518.

HERBS & SPICE - Balti restaurant/take-away at the north end of Long Street near the handsome railway station. Tel: 01827 713753.

KINGS HEAD - canalside Bridge 43. Tel: 01827 717945.

MARKET TAVERN - Market Place. CAMRA recommended pub dispensing Warwickshire ales.

The market is held on Tuesdays and Fridays, whilst there is some early closing on Thursdays. Large Co-op food store up by the station, but there are also numerous small retailers such as CURDS & WHEY, a nice little deli on Church Street.

BUSES - regular service to/from Coventry via Hartshill and Nuneaton - useful for towpath walkers. Tel: 0870 608 2 608.

TRAINS - infrequent local service along Trent Valley line currently supplied by *buses*. Tel: 08457 484950.

Hartshill *(Map 3)*

Suburbanised hilltop village whose claim to fame is that Michael Drayton, the 17th century Poet Laureate, was born here. The bus shelter, 'opened' by another Poet Laureate, Sir John Betjeman, commemorates Drayton, best known for his lengthy topographical poem "Polyolbion". The village centre is best approached on foot via the lane leading from Bridge 31 as opposed to Bridge 32, for the road has no pavement and is very busy. In any case the quieter road makes for a delightful walk in its own right, especially when the verges are brimful with bluebells in spring.

THE ANCHOR - canalside Bridge 29. Former boatmen's pub offering a wide range of meals, water point for boating customers and a children's playground grandiosely styled a 'Fun Park'. Tel: 024 7639 8839.

STAG & PHEASANT - village centre. Convivial alternative to The Anchor overlooking small green Tel: 024 7639 3173.

SPAR general store - useful if you're caught without supplies between Atherstone and Nuneaton.

BUSES - Services heading to/from Atherstone and Nuneaton stop near Bridge 32. Tel: 0870 6082608.

Nuneaton *(Map 4)*

Oddly nebulous town of some size which holds itself at arm's length from the canal. Nice fountain in the middle of a roundabout on the ring road.

RED RUBY - canalside Bridge 23. Chinese restaurant. Tel: 02476 383988.

CROSSED KHUKRIS (Tel: 02476 344488) on Abbey Street. Nepalese cuisine.

ASDA and Sainsburys supermarkets in the town centre. Local shops near bridges 21 and 23. Vibrant market held on Wednesdays and Saturdays.

TOURIST INFORMATION - The Library, Church Street. Tel: 02476 347006.

CHILVERS COTON CRAFT CENTRE - Avenue Road. A range of craft outlets best reached from Bridge 19. Tel: 024 7637 6490.

BUSES - services throughout the area. Links with Hinckley and Stoke Golding for Ashby Canal towpath walkers. Tel: 0870 608 2 608.

TRAINS - good services to/from London, the North, East Anglia and Birmingham from station on eastern edge of town. Tel: 08457 484950.

4 COVENTRY CANAL

HERE is a riddle for you. Why is the Coventry Canal like the River Nile? Answer: because it passes the pyramids. Well, alright, they may have materialised more by accident than design, and they don't, as far as we know, contain the fabulous tombs of pharaohs. But, come sunset, they look almost as romantic, these quarry spoil tips pointing skywards from the North Warks plain, and for every towering protrusion there is a deep infusion out of which the quarrymen have been extracting their rich red rock down the years.

There was a time when the canal played its part in carrying much of this rock, but it was not a cargo the boat captains enjoyed handling, for it was unwieldy and tended to do much damage to the holds of their craft. Occasionally you might spot a tell-tale raised bank in the undergrowth where loading would have taken place, such as Boon's Wharf, but nowadays the canal winds almost idyllically between Nuneaton and Atherstone like someone long ago retired from the burden of manual labour.

At the edge of Spring Wood, by Bridge 27, the sharp eyed might spot a tiny stone milepost indicating that it is 13 miles northwards to somewhere and 14 miles southwards to somewhere else. No prizes

for working out where these distances refer to, but treat that little stone with respect, it is probably over two hundred years since some 18th century stonemason carved those rough figures on its face. Almost opposite is Valley Cruises' Springwood Haven boating centre.

NUNEATON brings an altogether different aspect to the canal as the countryside gives way to allotments and the quarries to housing. The town centre lies the best part of a mile from the canal. Non-leaguers Nuneaton Borough occupy a little football stadium by Bridge 21.

George Eliot spent much of her youthful years in Chilvers Coton and it appears under the guise of 'Shepperton' in her first novel *The Sad Fortunes of the Rev. Amos Barton*. She would be sad to see suburbanisation of what was once a country parish. Griff Hollows was the inspiration for 'Red Deeps' in *Mill on the Floss*. A footpath runs through the hollows from Bridge 18, following, as well, the course of the Griff Colliery Company's Canal, a six furlong branch running to an isolated basin linked to the pit head by a mineral railway.

Nuneaton's towpath is in exceptionally good condition. One trusts that it will remain so. Often in the past towpath improvements have been allowed to return to nature. Environmentally friendly bank piling is a feature of the canal in the vicinity of bridges 17 and 18.

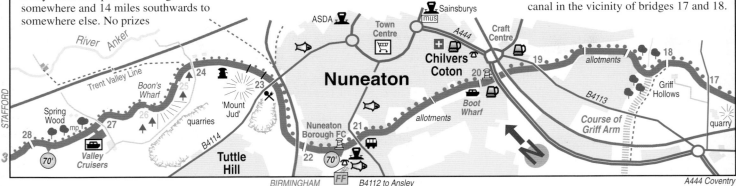

Ceci n'est pas une pipe - surrealism on the Coventry Canal

T would be difficult to imagine two more contrasting canal junctions than Marston and Hawkesbury. The former marks the beginning of the lockless Ashby Canal's 22 mile journey to nowhere in particular, and is itself an isolated spot despite being bordered by estates of former colliery housing. On the other hand, Hawkesbury - known to generations of canal users as "Sutton Stop" - is spick and span, a conservation area no less, and popular with sightseers. Here the Oxford Canal meets the Coventry and the pair are separated by a shallow stop lock of the sort long ago removed from Marston. Boaters passing between the two canals are faced with the most acute bend imaginable, graced by a dignified cast iron roving bridge forged at the Britannia Foundry in Derby in 1837.

Between the junctions, the Coventry Canal skirts the old mining town of Bedworth, running at one point through a deep, verdant cutting which manages to disguise the proximity of more housing estates. At intervals the course of old arms which formerly served colliery basins can be discerned. The middle and most fascinating of these long ago linked the main canal with the estate of Arbury Hall, the seat of Sir Roger Newdigate (1719-1806) who built a small, yet quite complex, system of canals on his land which included a unique '3 way lock'. This 'Canal of Communication' was constructed primarily to transport coal from shafts in the grounds of

Arbury Hall, though there is some evidence to suggest that it was also used for decoration and pleasure.

South of Hawkesbury, the Oxford Canal fairly ranges the compass as it makes its way through a region of past mine-workings now 'motorwayed' and 'suburbanised'. Southbound rural Warwickshire awaits you; northbound even the West Midlands conurbation has its attractions when viewed from the perspective of the canal. The long, straight cuttings between bridges 4 and 9 date from the shortenings of the 1830s.

Sowe Common

Warks Ring

Original course of Oxford Canal

MARSTON JUNCTION

Warks Ring

site of Wyken Colliery

school

Charity Dock

Course of Arbury Canal

pipe

Bedworth

Town Centre

Newdigate Arm

engine house

HAWKESBURY JUNCTION

site of power station

Tusses Bridge

NUNEATON

Longford

B4113

M6 Northbound   COVENTRY   5A

See Map 5A for enlargement of Hawkesbury Junction

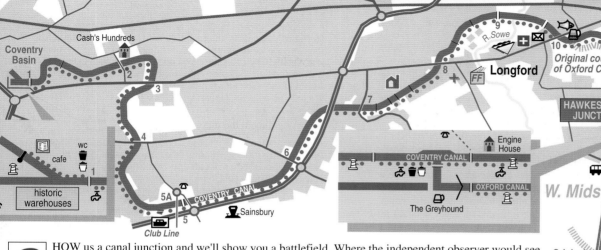

SHOW us a canal junction and we'll show you a battlefield. Where the independent observer would see opportunities for mutually beneficial trade, zealous canal companies would bicker over water supplies, gauge and tolls. When the Oxford and Coventry canals first met in 1777, the junction was made at Longford, the two canals pursuing a ludicrously parallel course only a few yards apart for the best part of a mile. This peculiarity was brought about by the Coventry company insisting that the meeting point of the two canals was made as far south along their line as possible so that they could derive maximum revenue from tolls charged to craft using their route. Twenty-five years elapsed before the more sensible junction was forged at Hawkesbury.

Down the years HAWKESBURY JUNCTION (aka "Sutton Stop") became a rendezvous for the boat people. Here they would congregate at the edge of the Warwickshire Coalfield, awaiting orders to load at the local pits, grateful for a fleeting opportunity to socialise with far-flung kith and kin.

Southwards from Hawkesbury, the Oxford Canal commences its lengthy, roundabout journey to the Thames. Old loops provide evidence that the route was originally even more convoluted. The M6 motorway keeps company with the canal for a mile or two before you cross into Warwickshire and a more rural England takes over.

The Coventry Arm

'Arm' is a misnomer, of course, for the route between Hawkesbury and Coventry belongs very much to the main line of the Coventry Canal. But these days many boaters eschew the largely urban and industrial (though increasingly less so) voyage to the imposing and redeveloped terminal basin at the edge of the city centre. This is a shame because, though admittedly lacking in picture postcard views, the journey is full of interest.

Leaving Hawkesbury astern, the canal passes beneath the M6 to reach Longford, beyond which the River Sowe, a tributary of the Avon, is crossed. Nearby, on the opposite side from the towpath, is clear evidence of the wharf where boats loaded coal from Keresley Colliery, the last working mine in the area. Whilst some boats took coal away from the colliery wharf, others would arrive from more distant pits with coal for Foleshill gas works. Hereabouts the first sod was cut in the construction of the canal in April 1768. A fresh edition to the landscape is the Coventry Arena, the new home for Coventry City FC.

Between bridges 7 and 8 the canal enters the precincts of an acetate works. The old 'loop line' railway has been converted into a new road running parallel to the canal for the next mile or so. Stoke Heath basin is occupied by a hire fleet which provides this end of the canal with a welcome turnover in boat traffic. The basin once belonged to the Co-op Dairy who operated their own fleet of working narrowboats. By Bridge 2 stand 'Cash's Hundreds'. These are three-storey workers' terraced cottages which provided housing for Joseph Cash's workforce on the ground and first floors, and space for the individual weaver's looms on the top. A steam engine powered the looms via a network of overhead pulleys. Significant sites from other industrial eras line the canal on its approach to the terminus: the location of Daimler's early motor car works and the premises of Coventry Climax to mention but two.

Bridge 1 acts as an entrance arch into the twin terminal arms of Coventry Basin. For security reasons the towpath didn't pass beneath the bridge. Redeveloped in harmony with the original warehouses which still line its eastern side, the basin serves as an oasis of calm at the city's edge. It represents a worthwhile goal for boaters who have taken the trouble to cruise down from Hawkesbury. On arrival, they are entitled to collect a boaters information pack from the Ranger's office (or, in his absence, the newsagents next door) which contains useful contact details together with a disposal bag for their dog's droppings.

In spite of its history - Lady Godiva, the Blitz of 14th November 1940, its new Cathedral, opened in 1962, Coventry somehow lacks definition and identity. In other words, no one gets excited at the prospect of being sent to Coventry. But by boat it's a different matter, and now that the terminal basin is salubrious and secure, a two hour detour down the arm can be recommended. From the basin, the city centre is reached by way of a footbridge over the Ringway, followed by a four minute stroll down Bishop Street and The Burges. Soon you are within sight of Lady Godiva's equestrian statue and the amusing clock on the side of Broadgate House which, on the hour, opens to reveal Godiva making her ride watched by Peeping Tom. And whilst the bulk of architecture is post war, here and there are echoes of medieval Coventry: Bayley Lane and Spon Street being perhaps the best examples. With newly realised public open spaces like Millennium Place and University Square, one senses that Coventry is a city presently benefiting from an upwards trajectory.

COUNTRY CRUST - Canal Basin. Tel: 024 7663 3477. Cosy canalside cafe offering baguettes, salads and jacket potatoes.
BROWNS - Earl Street. Tel: 024 7622 1100. All day cafe/restaurant.
NANDO'S - Trinity Street. Tel: 024 7663 4992. Portuguese.

An excellent centre for shopping. Key areas include West Orchards, Cathedral Lanes and the long established precinct. Crafts and antiques on medieval Spon Street. Nearest supermarket to canal is Sainsburys by Bridge 5.

TOURIST INFORMATION - Priory Row. Tel: 024 7622 7264.
CATHEDRAL - Priory Street. The ruins of Coventry's medieval cathedral, largely destroyed in 1940, stand hauntingly alongside its 1962 replacement which has become a Worldwide Centre for Reconciliation. Admission charge to Visitor Centre located in the Undercroft. Tel: 024 76 227597.
COVENTRY TRANSPORT MUSEUM - Hales Street less than 10 minutes walk from canal basin. Shop and cafe. Open daily. Tel: 024 7683 2465. Recently re-opened following a multi-million pound refurbishment. Cars. motorbikes, buses.
ART GALLERY & MUSEUM - Jordan Well. Tel: 024 7683 2381.
BUSES - Tel: 024 76 559 559.
TRAINS - Tel: 08457 484950.

THE Oxford Canal slices through the grain of the countryside like someone cutting an appetising slice of fruit pie. But instead of oozing blackberry and apple filling, a rural landscape of shallow valleys and modest rises is exposed.

Canal and railway share an embankment near Brinklow, scene of many well known photographs and paintings depicting narrowboats and steam trains in quaint juxtaposition; tortoise and hare of 19th century transport. This, however, was not the original course of the canal. Reference to the map will indicate just how tortuous that once was. The embankments and cuttings that characterise the northern section of

the Oxford now date from 'shortenings', undertaken between 1829 and 1834, which eliminated no less than fifteen miles between Hawkesbury and Braunston. As surveyed, Brindley's original route stretched the fifteen crow miles between Coventry and Napton into a staggering forty-three miles of convoluted canal. Brindley didn't care. He felt that the more places his canal visited, the more influence and commerce one might accrue. No-one expected canal transport to be fast. Its benefits lay in convenience and reliability. Even after the improvements old sections remained in use serving businesses and wharves already established on their banks.

STRETTON STOP was formerly a point at which tolls were taken. The scene here today is invariably busy and colourful. The old arm to Stretton Wharf is used for private moorings. Boaters should take care not to collide with the foot swing-bridge which links the towpath side with the boatbuilding sheds on the opposite bank. Fosse Way crosses the canal at Bridge 30.

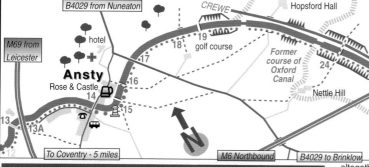

PROBABLY at its prettiest, the 'Northern Oxford' moves languidly from bridge-hole to bridge-hole in no apparent rush to get to Rugby, or anywhere else for that matter. And herein lies perhaps the greatest secret of canal travel: by removing the 'aims' and 'targets' with which we are apt to litter our highly stressed lives, a calmer, stress-free existence emerges, enabling all us inland waterway Houdinis to escape our self-imposed chains and bounds more effectively than those slaves to sun tans on Spanish beaches.

Bridge 32 carries the 'modernised', mid-nineteenth century towpath over the original route, retained as an arm to serve Brinklow. The depth of the 'new' cutting is considerable. It was the work of fledgling engineers Cubitt and Vignoles, both of whom were to make their reputations during the railway era.

At intervals, other sections of the original route join and leave the canal beneath the spans of elegant cast-iron bridges made by the Horseley Iron Works Company of Tipton whose structures proliferate on the BCN. These reedy old arms are, alas, no longer remotely navigable; a shame, they would have made delightful mooring backwaters of considerably more charm than the massive lagoons which have appeared all over the system. Their towpaths have vanished as well, rendering them unexplorable even on foot, though here and there an ancient bridge remains stranded surreally in the midst of some field or other.

At Newbold those with an enthusiasm for such things can discover one of the bricked up portals of the original tunnel at the edge of St Botolph's churchyard. This change of route explains why the "Boat Inn" seems to have nothing to do with the canal whereas it once fronted on to it. The Newbold Arm was kept profitably in water longer than most because it supplied the water troughs on the adjoining railway used by express steam trains to fill their tenders without stopping.

Map labels:

6

31 "Brinklow Arches"

32 Brinklow Arm

Brinklow

34

35 36 37 38 39 41 42 43

motte & bailey

P

Footpath to Easenhall

Former course of Oxford Canal Fennis Field Arm)

sewage plant

B4112 from Paitlon

T.F.Yates 48

44 45

Trent Valley Railway London - 86 miles

old tunnel

Former course of Oxford Canal (Newbold Arm)

NEWBOLD TUNNEL 250 yards

50 51

Rugby - 2 mls

River Avon

8

N

Newbold-on-Avon

With its church, canal wharf, and access to the infant River Avon, Newbold is a pleasant enough suburb of Rugby - useful for the replenishment of stores and perhaps some morale-boosting refreshment at one or other of the two pubs.

Adjacent to Newbold Tunnel, THE BOAT (Tel: 01788 576995) and BARLEY MOW (Tel: 01788 544174) compete for canal trade. There is also a fish & chip shop called LARRY'S - Tel: 01788 544109.. Alternatively, build up an appetite by walking across the fields from Bridge 37 to Easenhall. It'll take perhaps twenty minutes but the GOLDEN LION (Tel: 01788 832265) is a country inn (offering accommodation) which makes it well worthwhile.

Large ALLDAYS store incorporating newagency, post office and cash machine plus a 'high class' butcher's shop.

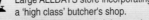
BUSES - frequent weekday service to/from Rugby town centre and Hillmorton, the latter destination being useful for one-way towpath walks. Tel: 0870 608 2 608.

Horseley Fields for ever - reflected glory Brinklow

21

THE saving in distance achieved by the 19th century improvements to the Oxford Canal is nowhere more apparent than in the vicinity of Rugby. In order to keep to the 300ft contour and minimise earthworks, the original route went wandering off a couple of miles to the north, looking for a convenient point to cross the River Swift. Then, having returned to the outskirts of Rugby via Brownsover, it set off again, this time to cross the River Avon near Clifton-on-Dunsmore. Paid by the mile, the contractors must have laughed all the way to the bank.

The outskirts of Rugby are not especially pretty, but neither are they dull. Retail parks, ring roads, industrial units, housing estates and all the other accumulated junk of modern day life are paraded for the canal traveller's contempt. Cubitt's new route involved a sequence of aqueducts and embankments across the wide valleys of the Swift and Avon which form a confluence just to the south. It makes for a fascinating journey to this day, conifers masking the proximity of

factories and shops, and there is barely a dull moment as the entrances and exits of the old loops are passed, and you try to do a Sherlock Holmes on the topography of the original canal. A footpath leads enticingly along the old Brownsover Arm. There are lost railways to decipher as well. The Midland, London & North Western and Great Central all converged on Rugby, all crossed the canal, and all fell foul of Beeching. The Stamford and Peterborough line left Rugby on a high, curving viaduct which still looms poignantly over the local golf course.

By road, Rugby and Hillmorton are inseparable. The canal, though, takes its time in travelling between the two, dallying in the fields before a widening, fringed by reed beds, heralds the first of three duplicated locks carrying the canal up past the Oxford Canal Company's dignified workshops, framed by Bridge 70. British Waterways have developed a complex of small business units here, and there's a cafe/bistro too.

Hillmorton's canalscape has a backdrop of wireless masts - a dozen of the tallest being 820ft high - of necessity lit red at night to ward off low-flying aircraft. Rugby Radio Station dates from 1926 and was used to operate the first trans-Atlantic radio telephone link between London and New York. Nowadays the station transmits telecommunications all over the world and also broadcasts time signals on behalf of the Royal Observatory with an accuracy of one second in three thousand years.

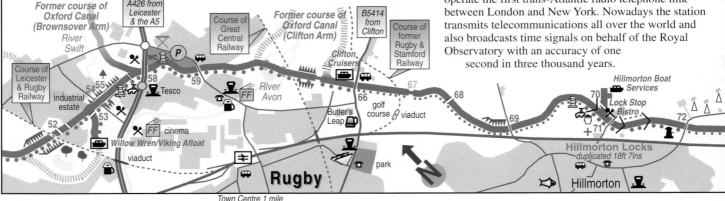

Rugby

The disappointing fact that the centre of Rugby is such a trek from the canal is no excuse for not taking the trouble to visit this interesting and occasionally not unhandsome market town. Rugby's reputation is inextricably linked with its famous public school. Founded in 1567, it wasn't until its best known headmaster, Dr Arnold, arrived on the scene in 1828 that the glory years ensued. Ever since, Rugby has held its place among the top schools in the country, and a steady stream of former pupils have gone on to make their mark on the world. Ironically, it was a boy with possibly less than average intellect who made the greatest gesture of all when, one day in 1823, to alleviate the boredom of a football match, he picked up the ball and ran with it, thereby founding the game of 'rugby'. A plaque in the close adjacent to the school commemorates William Webb Ellis's defiant gesture, whilst nearby stands a statue to Thomas Hughes, former pupil and author of *Tom Brown's Schooldays*. Rugby School's past roll-call is particularly rich in such literary figures, and includes Matthew Arnold (son of the headmaster), 'Lewis Carroll', Walter Savage Landor and Rupert Brooke.

HARVESTER INN - canalside Bridge 58. Plus Holiday Express hotel. Tel: 01788 569466.

BUTLER'S LEAP - 5 minutes walk south-west of Bridge 66. Brewers Fayre family pub. Tel: 01788 577650.

LOCK STOP CAFE & BADSEY'S BISTRO - canalside at Hillmorton. Tel: 01788 553562. Breakfasts, lunches and dinners beside the canal.

ASK - High Street. Stylish Italian chain. Tel: 01788 553220.

SUMMERSAULT - High Street, town centre.

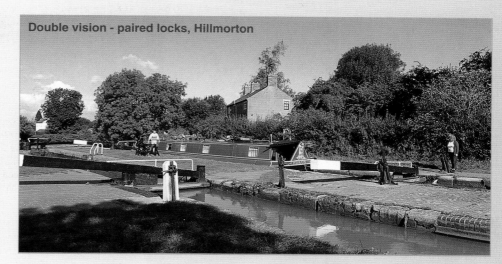

Double vision - paired locks, Hillmorton

Award winning wholefood restaurant and coffee house housed in shop also dealing in crafts and clothing. Tel: 01788 543223.

LA CASA LOCO - Little Church Street. Mexican, Texan and Cajun cuisine. Tel: 01788 565756.

LA MARGHERITA - Church Street. Mediterranean restaurant. Tel: 01788 550289.

All facilities are to be found in the town centre just over a mile south of Bridge 59 (from where there are frequent local buses). Rugby is a comprehensive shopping centre without being overpowering, and in addition to the standard chain stores there are a fair number of long established local retailers. Outdoor markets are held on Mondays, Fridays and Saturdays.

TOURIST INFORMATION - Rugby Visitor Centre, Lawrence Sheriff Street. Tel: 01788 534970.

RUGBY ART GALLERY & MUSEUM - Little Elborow Street. Rugby's latest cultural attraction, featuring modern British art, the Tripontium Collection of Roman artifacts and social history objects relating to the town. Tel: 01788 533201.

RUGBY SCHOOL MUSEUM - Little Church Street. Tel: 01788 556109. Museum open Mon-Sat with guided tours at 2.30pm.

WEBB ELLIS RUGBY FOOTBALL MUSEUM - St Matthews Street. Place of pilgrimage for lovers of the oval ball game. Open Mon-Sat. Tel: 01788 567777.

BUSES - services throughout the area - Tel: 0870 608 2 608. Frequent local services into the town centre from stops close to bridges 59 and 66.

TRAINS - station half a mile south of Bridge 59. Tel: 08457 484950.

Hillmorton Top Locks

Hillmorton Railway Bridges

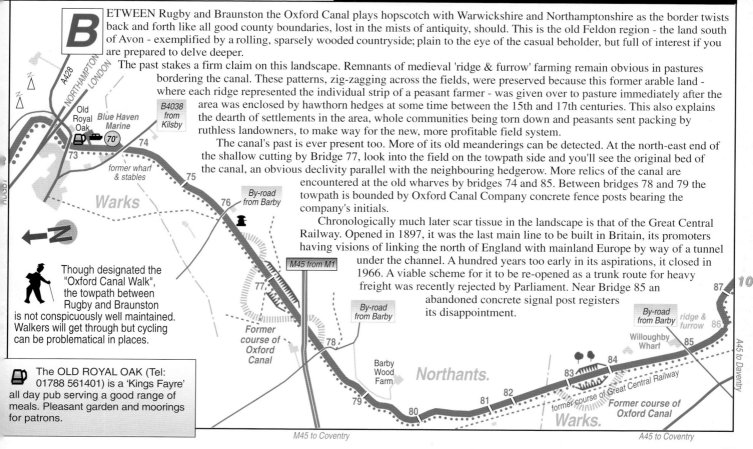

BETWEEN Rugby and Braunston the Oxford Canal plays hopscotch with Warwickshire and Northamptonshire as the border twists back and forth like all good county boundaries, lost in the mists of antiquity, should. This is the old Feldon region - the land south of Avon - exemplified by a rolling, sparsely wooded countryside; plain to the eye of the casual beholder, but full of interest if you are prepared to delve deeper.

The past stakes a firm claim on this landscape. Remnants of medieval 'ridge & furrow' farming remain obvious in pastures bordering the canal. These patterns, zig-zagging across the fields, were preserved because this former arable land - where each ridge represented the individual strip of a peasant farmer - was given over to pasture immediately after the area was enclosed by hawthorn hedges at some time between the 15th and 17th centuries. This also explains the dearth of settlements in the area, whole communities being torn down and peasants sent packing by ruthless landowners, to make way for the new, more profitable field system.

The canal's past is ever present too. More of its old meanderings can be detected. At the north-east end of the shallow cutting by Bridge 77, look into the field on the towpath side and you'll see the original bed of the canal, an obvious declivity parallel with the neighbouring hedgerow. More relics of the canal are encountered at the old wharves by bridges 74 and 85. Between bridges 78 and 79 the towpath is bounded by Oxford Canal Company concrete fence posts bearing the company's initials.

Chronologically much later scar tissue in the landscape is that of the Great Central Railway. Opened in 1897, it was the last main line to be built in Britain, its promoters having visions of linking the north of England with mainland Europe by way of a tunnel under the channel. A hundred years too early in its aspirations, it closed in 1966. A viable scheme for it to be re-opened as a trunk route for heavy freight was recently rejected by Parliament. Near Bridge 85 an abandoned concrete signal post registers its disappointment.

Though designated the "Oxford Canal Walk", the towpath between Rugby and Braunston is not conspicuously well maintained. Walkers will get through but cycling can be problematical in places.

The OLD ROYAL OAK (Tel: 01788 561401) is a 'Kings Fayre' all day pub serving a good range of meals. Pleasant garden and moorings for patrons.

Map labels:
A428 NORTHAMPTON LONDON
Old Royal Oak
Blue Haven Marine
70'
B4038 from Kilsby
73
74
former wharf & stables
75
Warks
76
By-road from Barby
M45 from M1
77
Former course of Oxford Canal
By-road from Barby
78
Barby Wood Farm
Northants.
79
80
81
82
83
84
former course of Great Central Railway
Willoughby Wharf
85
86
87
10
By-road from Barby
ridge & furrow
A45 to Daventry
Former course of Oxford Canal
Warks.
M45 to Coventry
A45 to Coventry

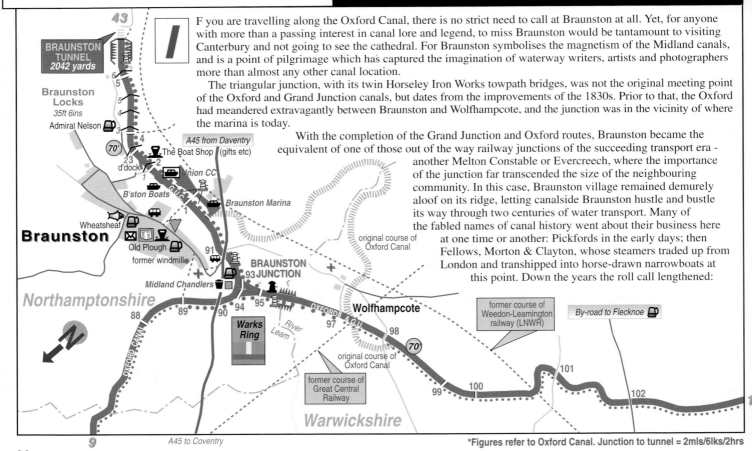

IF you are travelling along the Oxford Canal, there is no strict need to call at Braunston at all. Yet, for anyone with more than a passing interest in canal lore and legend, to miss Braunston would be tantamount to visiting Canterbury and not going to see the cathedral. For Braunston symbolises the magnetism of the Midland canals, and is a point of pilgrimage which has captured the imagination of waterway writers, artists and photographers more than almost any other canal location.

The triangular junction, with its twin Horseley Iron Works towpath bridges, was not the original meeting point of the Oxford and Grand Junction canals, but dates from the improvements of the 1830s. Prior to that, the Oxford had meandered extravagantly between Braunston and Wolfhampcote, and the junction was in the vicinity of where the marina is today.

With the completion of the Grand Junction and Oxford routes, Braunston became the equivalent of one of those out of the way railway junctions of the succeeding transport era - another Melton Constable or Evercreech, where the importance of the junction far transcended the size of the neighbouring community. In this case, Braunston village remained demurely aloof on its ridge, letting canalside Braunston hustle and bustle its way through two centuries of water transport. Many of the fabled names of canal history went about their business here at one time or another: Pickfords in the early days; then Fellows, Morton & Clayton, whose steamers traded up from London and transhipped into horse-drawn narrowboats at this point. Down the years the roll call lengthened:

*Figures refer to Oxford Canal. Junction to tunnel = 2mls/6lks/2hrs

Nursers, boatbuilders, and painters of arguably the most sublime 'Roses & Castles' ever seen on the system; Samuel Barlow, the coal carriers whose boats were always in the most pristine condition; and, towards the end, Willow Wren and Blue Line, who kept canal carrying defiantly afloat into the era of the juggernaut.

But the working boats have gone, and with them, inevitably, something of Braunston's old magic. Nevertheless, this is still a flourishing canal centre, home to a hire fleet and a massive marina based on former reservoirs, as well as numerous canal-based industries from boatbuilders to suppliers of traditional boater's wear. Wander along the towpath and you'll see new boats being built, old ones restored, and a regular stream of traffic up and down the locks, and it only takes the aroma of a charcoal stove, the beat of a Bolinder, or the rattle of the ratchets in the twilight of an autumn afternoon for the old days to be evoked, making you glad you came.

Regrettably, the former 'Stop House' has recently ceased serving as British Waterways' area office. Institutionally prone to change, they have decamped to a business park in Milton Keynes. Six wide beam locks carry the Grand Union up to the mouth of Braunston Tunnel. Water and energy can be saved by working through them in company. Passage in under an hour is eminently possible given sufficient enthusiasm. Braunston Tunnel takes about twenty minutes to negotiate. What happens at the other end is detailed on Map 43.

The five mile section between Braunston and Napton is interesting scenically and historically. It is a thoroughly remote length of canal; the countryside falling flatly away to the north-west, but climbing abruptly to a notable ridge in the opposite direction. There are ghosts and echoes everywhere: reedy old loops; abandoned railways; lost villages; and, at Wolfhampcote, a 'friendless church'.

When the Grand Union Canal was formed in 1929, there remained a gap between its former Grand Junction (London-Braunston) and Warwick & Napton constituents which belonged to the Oxford Canal. Knowing a good thing when they saw it, the Oxford company kindly allowed the Grand Union to pick up the tab for a programme of dredging and concrete banking, at the same time continuing to extract tolls from them until Nationalisation. A phenomenon relating to this 'joint' length is that boats travelling between the Midlands and the South, via either the Oxford or the Grand Union, pass each other going in the opposite direction; shades of the Great Western and Southern railways at Exeter.

Braunston

Village Braunston straddles its ridge, four hundred feet up on the slopes of the Northamptonshire uplands. Enclosed fields, still bearing the pattern of ridge & furrow, distil the spirit of the Middle Ages. Sauntering along the High Street from the village green to the tall spired church, one encounters a mixture of stone and brick buildings, including a sail-less and now residential windmill and a 17th century manor house.

At the foot of a long hill the A45 crosses the canal. This was the Chester turnpike road which became part of Telford's route from London to Holyhead. There was a tollhouse here at the foot of a winding and precipitous descent from Daventry. During the Second World War a considerable number of evacuees were billeted in the village which, at that time, had only just received the benefits of electricity. Now, handsome modern flats overlook the marina, and Braunston must be as busy and as populated as never before, though it contrives to evoke a timeless air which has much to commend it.

THE MILL HOUSE - canalside Bridge 91. Family pub and carvery offering accommodation and a children's garden.Tel: 01788 890450.
THE OLD PLOUGH - High Street. One of two village locals, this one serves Ansell's beers and fine meals. Tel: 01788 890000.
THE WHEATSHEAF - village centre. Tel: 01788 890748.
ADMIRAL NELSON - canalside Bridge 4. Popular, refurbished canalside inn. Restaurant and bar meals, attractive garden. Tel: 01788 890075.
Fish & chips in the village open Wed-Sat evenings and Fri & Sat lunchtimes - Tel: 01788 890258.

Facilities include a general store and post office (who advertise that they are happy to deliver to your boat - Tel: 01788 890334), a butcher, and a Christian bookshop and tea room. Down by the canal, by the bottom lock, THE BOAT SHOP opens from 8am-8pm throughout the summer season and deals in just about everything from gifts to groceries.

BUSES - Geoff Amos Coaches to/from Rugby and Banbury. Tel: 01327 260522. Mon-Sat service, useful for towpath walks.

Lower Shuckburgh

10
103
104
105
107
108

Napton Marina

109 Oxford Canal to Banbury, Oxford & The Thames

Warks Ring

17 **NAPTON JUNCTION**

Napton Reservoirs

Calcutt Spinney

N

Napton

Hilltop village lying 'off the map' to the south of Bridge 109 and Napton Marina. About quarter of an hour's walk to the centre. Facilities include three pubs and a well stocked post office stores. Useful bus links with Leamington Spa for towpath walkers. Tel: 0870 608 2 608.

Calcutt Locks
16ft 0ins
1
2
3

Calcutt Boats

Ventnor Farm Marina

course of Weedon & Leamington railway

18

19

Stockton

old quarries

site of Nelson's Cement works

20 Gibraltar Wharf

A T Napton Junction the Oxford Canal sets off on its long and winding road to the Thames. Known to working boatmen as 'Wigram's Turn', a name still occasionally heard on the lips of enthusiasts, a new marina has exorcised much of its remote charm . A 1930s concrete bridge spans the entrance and exit of the Grand Union route, formerly the Warwick & Napton Canal. Interestingly it is numbered 17. Where are 1 to 16? They were in the Grand Union's imagination. When they acquired the rights to the route from Braunston to Birmingham in 1929 they re-numbered the sequence of bridges from Braunston northwards, including those on the Oxford Canal as far as Napton which never actually carried the GUC numbers allocated.

East of Napton the shared section of the Oxford and Grand Union routes pursues its lonely course, passing the small settlement of Lower Shuckburgh with its picturesque Victorian church. A footpath climbs through parkland inhabited by fallow deer to the site of the medieval village of Upper Shuckburgh. The name is said to mean 'a hill haunted by goblins.' Certainly Beacon Hill, rising to 678 feet, has its spirits. A 17th century member of the Shuckburgh family is said to have been accosted by King Charles I whilst hunting on the hill. The King, on his way to the Battle of Edgehill, demanded to know how an English gentleman could spare time for hunting when his King was fighting for his crown.

North of the junction the landscape is conspicuously flat, a characteristic which belies the presence of a trio of locks at Calcutt. The original Warwick & Napton locks were narrowbeam. Those in use today date from the Grand Union's modernisation scheme of the Thirties. If you are travelling northwards they could be the first of their kind that you have encountered, and may seem disconcertingly large.

BOATERS have to flex their muscles as the Grand Union descends into (or climbs out of) the valley of the Avon. There are flights at Stockton and Bascote and isolated locks elsewhere. A number of the locks are overlooked by pretty tile-hung cottages built when the canal was modernised in the 1930s. Plenty of work, then, but charming countryside provides a perfect antidote.

STOCKTON LOCKS are set in a belt of blue lias limestone in which the fossils of gigantic reptiles have been found. In the commercial heyday of the canal several lime, cement, brick and tile works flourished in the neighbourhood, providing considerable traffic. Vegetation hides the sites of most of these works now, though a ruined chimney clothed in ivy stands by the tail of Lock 5. Above Lock 12,

arms extended in both directions to serve a number of works. Kayes Arm remains in water and is occupied by a residential community of narrowboat dwellers. Kayes had their own fleet of narrowboats, some of which were built by Nursers at Braunston. These were later taken over by the Rugby Portland Cement Co.

An embankment carries the canal over the River Itchen and past the attractive village of Long Itchington. Nearby the trackbed of the old Leamington-Weedon branch line crosses the canal. West of here a sense of loneliness settles on the landscape. The four locks at BASCOTE include a 'staircase' pair. Welsh Road Lock recalls the far off days when the adjacent lane was a drover's road, along which cattle were driven on the long trek from Wales to the fattening fields of East Anglia.

Long Itchington

The half mile walk up from the canal is amply rewarded by this charming village set beside the little River Itchen, a tributary of the Warwickshire Avon. At the edge of the village is Tudor House where Elizabeth I is reputed to have stayed. A large green then opens out before you, with seats by a pond. Further into the quiet heart of the village stands the church, best viewed from the bridge carrying the lane to

Bascote over the river. The spire is missing, hit by lightening during a service one day in 1762.

Four canalside pubs and another three in the village spoils you for choice. THE BOAT (Tel: 01926 812349) by Bridge 21 does Hook Norton beers and offers food and accommodation. The BLUE LIAS (Tel: 01926 812249) by Bridge 23 gains its name from the local stone and boasts a very popular canalside garden. Overlooking each other by

Bridge 25 are the CUTTLE INN (Tel: 01926 812314 - which does breakfasts and B&B) and the TWO BOATS (Tel: 01926 812640). In the village the DUCK ON THE POND is a gastro-pub specialising in fine food - Tel: 01926 816876.

In the village there's a newsagent and a CO-OP 'late shop' with a post office counter and a cash machine.

BUSES - services 63 & 64 link Rugby with Leamington via Long Itchington - Tel: 0870 608 2 608.

AT Radford Bottom Lock travellers from Napton reach the lowest pound in the course of the Grand Union between Braunston and Birmingham. Conversely, those travelling in the opposite direction commence a 23-lock climb out of the valley of the Avon. East of Leamington the countryside is pleasant, if unspectacular. Reeds encroach upon the channel, emphasising the remote quality of the canal. Signs of habitation are few and far between. Apart from a cluster of canal cottages at Fosse Wharf, canal users are pretty much left to their own devices - which, of course, is exactly as it should be.

Bridge 32 carries the Roman Fosse Way. This ancient road, linking Exeter with Lincoln, was of immense importance to the Romans. In AD46 it was very much a frontier, marking the Roman advance across Britain from the south-east. Just along the Fosse Way to the south are the premises of TEE Publishing who specialise in model engineering subjects and who also have a sizeable stock of secondhand transport books - Tel: 01926 614101. The old Rugby & Leamington railway, another forgotten transport route, crosses the canal by way of a handsome viaduct at Radford. Sections of it have been converted by Sustrans for use as a cycle route.

Canalside LEAMINGTON has often had a bad press. The industrial squalor of the canal was at odds with writers' preconceived images of how a waterway flowing through a Regency spa town should look. But the gas works (once famously served by Thomas Clayton tankers) is long gone, the towpath is neatly nebulous, and nowadays plenty of boaters moor here happily overnight, grateful to rest between the long flights of locks that face them in either direction. In any case, by Bridge 40 - which offers the most convenient access - there is

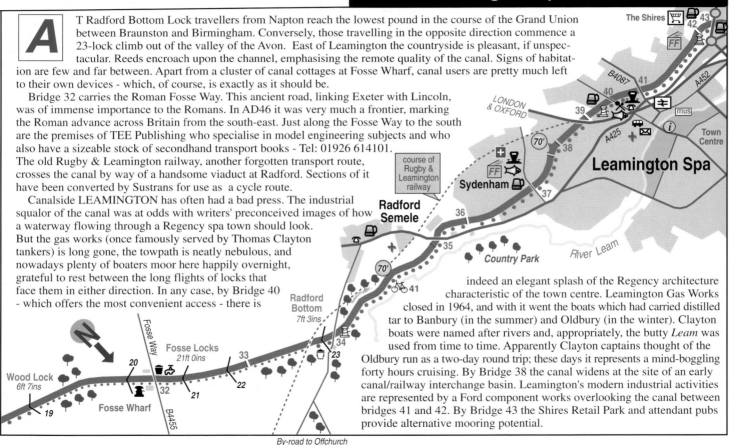

indeed an elegant splash of the Regency architecture characteristic of the town centre. Leamington Gas Works closed in 1964, and with it went the boats which had carried distilled tar to Banbury (in the summer) and Oldbury (in the winter). Clayton boats were named after rivers and, appropriately, the butty *Leam* was used from time to time. Apparently Clayton captains thought of the Oldbury run as a two-day round trip; these days it represents a mind-boggling forty hours cruising. By Bridge 38 the canal widens at the site of an early canal/railway interchange basin. Leamington's modern industrial activities are represented by a Ford component works overlooking the canal between bridges 41 and 42. By Bridge 43 the Shires Retail Park and attendant pubs provide alternative mooring potential.

Royal Leamington Spa

'Leafy' Leamington Spa still resonates with the atmosphere of its Regency heyday, though nowadays it's apparently for the quality and variety of its shops that people flock here, rather than the medicinal qualities of its waters.

THE GRAND UNION RESTAURANT - canalside Bridge 40. Long established and highly regarded restaurant specialising in single seating, set menu dinners. Bookings on 01926 421323.

LOCK DOCK & BARREL - canalside Bridge 40. Handy local with wide menu. Tel: 01926 430333.

PICCOLINO'S - Spencer Street. Tel: 01926 422988. Italian restaurant.

CAFE HUDSON - Royal Pump Rooms. Tel: 01926 742750. Open daily 9am-5pm. Cafe/bistro style catering in classically ambient surroundings within easy reach of canal.

THE MOORINGS and THE TILLER PIN are 'all day', family orientated pubs either side of Bridge 43. McDonalds and Deep Pan Pizza restaurant/takeaways also close to Bridge 43.

Shopping, rather than taking the waters, is what brings folk to Leamington now, and the emphasis is on upmarket retailing, as evinced by Rackhams department store. Most high street chain stores occupy the prestigious ROYAL PRIORS shopping mall opened by the Queen in 1988, 150 years after Queen Victoria had granted the town its 'royal' prefix. THE SHIRES out of town retail development offers a Sainsbury's superstore within easy reach of Bridge 43 for boaters. Small SOMERFIELD supermarket adjacent to Bridge 40 and good butchers (ALF JONES) as well.

TOURIST INFORMATION - Royal Pump Rooms, The Parade. Tel: 01926 742762.

ART GALLERY & MUSEUM - Royal Pump Rooms. Admission free, closed Mondays. Tel: 01926 742718.

BUSES - Services throughout the area. Tel: 0870 608 2 608.
TRAINS - good services to/from Birmingham, Oxford & London etc. Local trains call at Warwick, Hatton & Lapworth, again ideal for towpath walking. Tel: 08457 484950.

Warwick

Warwick's proximity to Stratford-on-Avon guarantees a steady stream of tourists. But, in any case, this is a handsome and historic county town in its own right, and one with a wealth of interesting buildings: the celebrated castle - painted by Canaletto and said, by Sir Walter Scott, to be "the most noble sight in England" - and the stately parish church (a beacon for those engaged on the seemingly never-ending flight of locks at Hatton) being but two examples. Warwick's centre is a mile away from the canal at most points, but 'Warwickshire Ring' travellers will be well enured to this phenomenon by now. When you get there, Warwick is compact enough to reconnoitre in an hour or two, but you will want much longer to do it justice. Part of the town easily missed by visitors from the canal lies around the bridge over the Avon. Here are Mill Street and Bridge End, not to mention the most dramatic view of the castle on its rocky promontory above the Avon.

CAPE OF GOOD HOPE - canalside at Warwick Locks. Well known and attractive former boatmen's pub, food and local beers usually available. Tel: 01926 498138.

THE ZETLAND ARMS - Church Street, town centre. Convivial town pub with a secret back garden. Food lunchtimes and early evenings. Tel: 01926 491974.

CATALAN - Jury Street. Stylish new Mediterannean restaurant. Tel: 01926 498930.

All facilities, market on Saturdays. Town centre is 15 minutes walk from bridges 46,49, 50 or 51. Frequent buses to/from The Cape. Wide range of shops in centre with emphasis on gifts and antiques; some good bookshops too. Useful Shell garage at Bridge 52, Hatton with payphone, frozen food, take-away microwave food, milk, bread and newspapers.

TOURIST INFORMATION - Jury Street. Tel: 01926 492212.

WARWICK CASTLE - Castle Hill. Open daily, admission charge. Tel: 0870 442 2000. They call this "the finest medieval castle in England"; owned by Madame Tussauds, highlights include: a tableau of waxwork figures depicting a 'Royal Weekend Party of 1898', dungeons and torture chamber; rampart walk; gardens and woodlands.

LORD LEYCESTER HOSPITAL - High Street. Open Tue-Sun. Tel: 01926 492797. Admission charge. Founded in 1571 as a house of rest for poor bretheren. Now a delightful place to visit. Coffees, light lunches and teas in the Bretheren's Kitchen during the season.

DOLL MUSEUM - Castle Street. Open daily Easter to October. Admission charge. Tel: 01926 495546.

WARWICKSHIRE MUSEUM - Market Place. Open daily ex Mons and Winter Suns. Tel: 01926 412500. Displays of local history.

BUSES - Stagecoach services throughout the area. Tel: 0870 608 2 608.

TRAINS - local services to/from Leamington and Birmingham Snow Hill. Tel: 08457 484950.

QUITE where Leamington ends and Warwick begins, is difficult to tell, for the suburbs of these adjoining towns merged in to a seamless common outskirts long ago. Bridges 44 and 46 parenthesise a brief rural interlude incorporating two notable canal structures. One of these is an aqueduct of brick construction, with elegant iron railings, straddling the old Great Western Railway. The other is a sturdy, stone aqueduct of three arches, spanning the River Avon. Its setting doesn't do it justice.

But if you can picture how it must have once looked, before the water-meadows were occupied by housing, something of the grandeur of this unsung aqueduct might be imagined. Steps have recently been provided to facilitate access between the towpath and the riverbank which is now part of the Leamington and Warwick "Waterside Walk".

In recent years there was a scheme to link the canal and river here by way of a lift as part of the scheme to bring navigation to the Upper Avon between Stratford and Warwick. An alternative proposal suggests that the Leam could be made navigable through Leamington to join the Grand Union near Radford Semele.

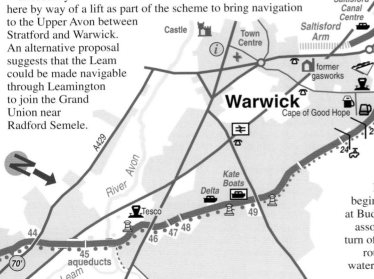

Warwick may be famed for the pretty face it shows the world, but the canal traveller sees nothing but its backside; though, as bottoms go, we've seen worse. By Bridge 46 there was an early power station, known to the canal fraternity as 'Warwick Light'. Here too were the Emscote corn mills, their site now occupied by flats.

In working boat days the stretch between bridges 46 and 49 was littered with wharves. A boatbuilding yard and a hire base retain some sense of the activity which must have prevailed.

Depending on your direction of travel, the 'Leamington Pound' ends or begins at the "Cape of Good Hope". More hails and farewells are to be said at Budbrooke Junction where the old Warwick & Napton Canal met its close associate, the Warwick & Birmingham. The two canals were opened at the turn of the 18th century and together provided Birmingham with a more direct route to London than had hitherto existed. But competition from existing waterways was fierce, and the advent of the railways had both companies in financial straits by the mid-1800s. Eventually they were incorporated within the Grand Union in 1929, and in due course the route established itself as the premier London-Birmingham inland waterway. The actual terminus of the Warwick & Birmingham Canal lay at the end of the Saltisford Arm, closer to the town centre than you can get by boat today. Part of the arm, however, has been restored to provide useful boating facilities.

HATTON LOCKS may not grace the record books as Britain's biggest flight numerically - that accolade goes to Tardebigge on the Worcester & Birmingham Canal - but few of its rivals confront the approaching boater with such an intimidating aspect. In its central, most concentrated section, it has the look of an aquatic ski slope, an appearance emphasised by the slalom like verticals of the encased paddle mechanisms. The twenty-one chambers, spread over just two miles, have a combined rise of almost a hundred and fifty feet. If the flight is visibly daunting, it is physically no less of a challenge; with heavy mit-red gates at the head and tail of each chamber, and paddle gear which offers few short cuts in operation. The wise boater waits for company.

Along with the other locks between Napton and Tyseley, on the outskirts of Birmingham, a new Hatton flight of wide-beam dimen-sions was built by the Grand Union company in the 1930s. The old narrow chambers were retained in the interim so that traffic was not interrupted. Their remains can still be seen, and it is interesting to note

that the old flight was numbered in the opposite direction; No.1 being the top lock. Hatton Locks were opened ceremoniously by the Duke of Kent on 30th October 1934.

The modernisation scheme cost a million pounds, half of which took the form of a government grant to alleviate the relatively high unemployment prevalent at the time. Significantly, the adjoining Great Western Railway took the offer of similar Whitehall largesse to quadruple their line north of Lapworth. As part of the canal modernisation scheme, the Grand Union envisaged a fleet of 100 ton capacity wide-beam barges plying with cargoes between the South-east and the Midlands. Unfortunately, the improvement works petered out before the channel and certain overbridges had been widened sufficiently to cater for the use of such craft. Instead, the Grand Union Canal Carrying Company was formed, which quickly acquired a sizeable fleet of 'pairs' of motor and butty narrow-boats. This came into its own during the Second World War when trade on the Grand Union increased considerably, one noticeable facet of operation being the employment of women as boat crews, an activity recorded in several books, notably *Maiden's Trip* by Emma Smith and *Idle Women* by Susan Woolfit. Approaching the Hatton 21 before dawn one morning, Emma Smith wrote that 'their full horror was veiled to us in semi-obscurity'!

Dog rounds the Cape of Good Hope

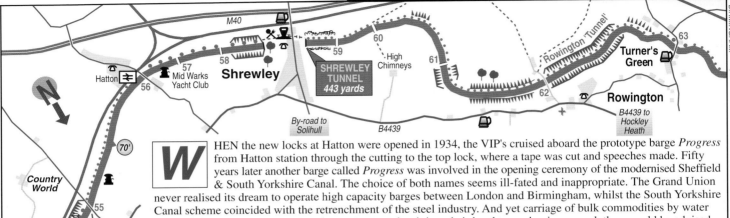

WHEN the new locks at Hatton were opened in 1934, the VIP's cruised aboard the prototype barge *Progress* from Hatton station through the cutting to the top lock, where a tape was cut and speeches made. Fifty years later another barge called *Progress* was involved in the opening ceremony of the modernised Sheffield & South Yorkshire Canal. The choice of both names seems ill-fated and inappropriate. The Grand Union never realised its dream to operate high capacity barges between London and Birmingham, whilst the South Yorkshire Canal scheme coincided with the retrenchment of the steel industry. And yet carriage of bulk commodities by water transport ought to be viable. Next time someone takes it into their head to modernise a canal, they would be advised to name the VIP vessel *Politician*, then, paradoxically their scheme might make some progress.

British Waterways have established a Heritage Training Unit in the former maintenance yard by Lock 42 and the excellent cafe/shop (Tel: 01926 409432) adjoining the top lock is their's also. North-west of Hatton the canal traverses deliciously quiet countryside, part of the old Warwickshire region of Arden, which has so many associations with William Shakespeare. At Shrewley, dusky, echoing cuttings lead to one of those little curiosities which make canal exploration so rewarding. Here the canal builders were forced to tunnel beneath the village, and in doing so provided a bore wide enough for oncoming narrowboats to pass inside. There was, however, no room for a towpath, so the boat horses were led over the hilltop and across the village street, passing through their own short tunnel in the process. These days it makes for an entertaining walk, and the chances are you'll beat the boat.

Hatton

A former asylum - developed, ironically, into stylish housing - dominates the view to the east of the locks. Half a mile south of Bridge 55 lies COUNTRY WORLD, a craft centre, shopping village and rare breeds farm. Cafe & restaurant. Open daily from 10am to 5.30pm Tel: 01926 843411.

Shrewley

Oblivious of the boats passing below, Shrewley straddles its quiet street offering a Post Office stores (containing a small cafe - Tel: 01926 842310) together with a well-appointed country pub called the DURHAM OX - Tel: 01926 842283.

Turner's Green

TOM O' THE WOOD (Tel: 01564 782252) is a pleasant country pub, adjacent to Bridge 63, which derives its curious name from one of three windmills which long ago stood in the vicinity. A lane leads under the railway to the Stratford Canal.

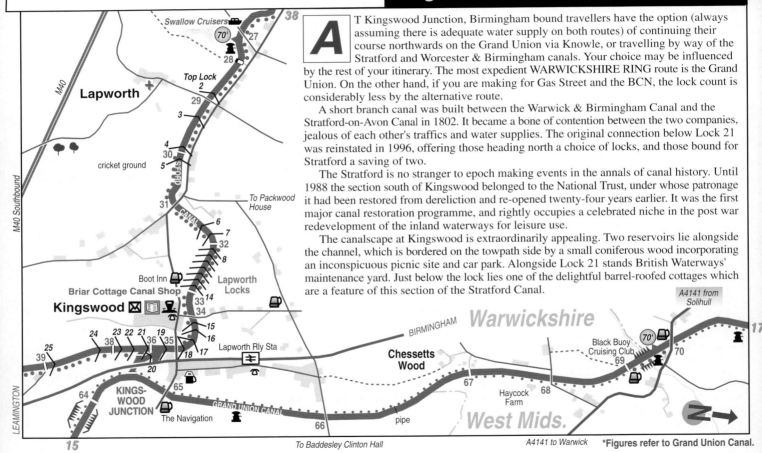

A T Kingswood Junction, Birmingham bound travellers have the option (always assuming there is adequate water supply on both routes) of continuing their course northwards on the Grand Union via Knowle, or travelling by way of the Stratford and Worcester & Birmingham canals. Your choice may be influenced by the rest of your itinerary. The most expedient WARWICKSHIRE RING route is the Grand Union. On the other hand, if you are making for Gas Street and the BCN, the lock count is considerably less by the alternative route.

A short branch canal was built between the Warwick & Birmingham Canal and the Stratford-on-Avon Canal in 1802. It became a bone of contention between the two companies, jealous of each other's traffics and water supplies. The original connection below Lock 21 was reinstated in 1996, offering those heading north a choice of locks, and those bound for Stratford a saving of two.

The Stratford is no stranger to epoch making events in the annals of canal history. Until 1988 the section south of Kingswood belonged to the National Trust, under whose patronage it had been restored from dereliction and re-opened twenty-four years earlier. It was the first major canal restoration programme, and rightly occupies a celebrated niche in the post war redevelopment of the inland waterways for leisure use.

The canalscape at Kingswood is extraordinarily appealing. Two reservoirs lie alongside the channel, which is bordered on the towpath side by a small coniferous wood incorporating an inconspicuous picnic site and car park. Alongside Lock 21 stands British Waterways' maintenance yard. Just below the lock lies one of the delightful barrel-roofed cottages which are a feature of this section of the Stratford Canal.

*Figures refer to Grand Union Canal.

Leaving Kingswood for Birmingham via the Stratford route you are apt, initially at any rate, to regret your choice, for there are nineteen locks to negotiate before the summit is reached and the long pound to King's Norton and Birmingham itself stretches invitingly ahead. The top lock is numbered '2' because the guillotine stop lock at King's Norton was considered No.1. Take a breather by Bridge 33 and visit Briar Cottage Canal Shop or "The Boot", an adjacent public house. Bridges 32 and 33 are examples of the deceptively fragile cantilever design indigenous to the Stratford: cast iron arches sprouting from brick abutments, the central gap being left to accommodate the towing line in horse boat days. Last time we did Kingswood Junction to the top in under three hours, chased from the rear by an enthusiastic Avon Ringer who seemed genuinely overawed to be in the presence of such internationally famous travel guide writers - "Good to have met you Mr Nicholson," he waxed lyrically rushing off to join the rest of his crew.

A winding-hole by Bridge 27 marks the temporary southern terminus of the canal between 1796 and 1800, a hiatus brought about by lack of capital. It actually took twenty-two years to build the twenty-five mile route between King's Norton and Stratford-on-Avon, which must be some sort of record. The summit cost as much as the budget for the whole canal. The engineer was Josiah Clowes, a shadowy figure associated with a number of late 18th century waterway structures, notably Sapperton and Dudley tunnels. In any case, he died (possibly of ennui) before Hockley Heath was reached, and two other engineers were involved in the canal's dilatory progress down to the Avon. Bridges 26 and 28 introduce variety in that they are lifting structures; the former of Llangollen pattern, the latter reminiscent of those found on the Oxford Canal. You will need a windlass to operate both bridges.

Meanwhile, back at Kingswood, the Grand Union plots its lonely course to and from Knowle, briefly becoming the county boundary between Warwickshire and the West Midlands in the process, and slipping through farmland between two National Trust properties worth visiting if time is on your side. The towpath changes sides by Bridge 67.

Kingswood & Lapworth

Twin villages in North Warwickshire's prosperous commuter belt which probably explains why the area is particularly well-endowed with quality pubs.

THE NAVIGATION - canalside (Grand Union) Bridge 65. Tel: 01564 783337. THE BOOT - adjacent Bridge 33 (Stratford Canal). Gastro-pub. Tel: 01564 782464.

BLACK BOY - canalside Bridge 69 (Grand Union). Isolated former boatman's pub brought comfortably up to date. Nice canalside garden with children's play zone. Tel: 01564 772655.

HERON'S NEST - canalside (Grand Union) Bridge 70.Tel: 01564 771177. Another country pub with a good waterside garden.

Wine merchant in the vicinity of Bridge 65 (GU). Post office stores by Bridge 34 (SC).

BADDESLEY CLINTON HALL and PACKWOOD HOUSE are National Trust properties within easy reach of either canal. The former is a romantic medieval manor house hidden in Arden woodland, the latter a Tudor building with a celebrated formal yew garden said to represent the Sermon on the Mount. NT gift shops at both houses; restaurant at former only. Contact 01564 783294 or 782024 for full details of opening times etc.

TRAINS - local trains to/from Warwick, Leamington & Birmingham. Tel: 08457 484950.

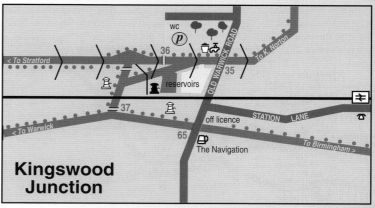

Kingswood
Junction

THE working boatmen knew Catherine-de-Barnes more intimately than most, and were in the habit of calling her 'Kate', though they would probably not have wasted precious time and money mooring here. These days, though, Catherine's gentle, country girl good nature provides pleasure boaters with reassuringly secure overnight moorings, before facing the wicked squire of the West Midlands.

North of Catherine-de-Barnes the Grand Union Canal traverses the sprawling suburbs of Solihull, passing within a hubcap of the Rover motor car plant. And yet the canal's progress is surprisingly secluded. Keeping itself to itself, it negotiates wooded cuttings inhabited by squirrels, kingfishers and town foxes, and the only sign of the teeming conurbation around you is the occasional deposit of unwanted household rubbish, clinging to the cutting side like some nasty stain on a green garment.

South of Catherine de Barnes the landscape was immortalised by Edith Holden in *The Country Diary of an Edwardian Lady.* This personal record of nature sightings, compiled in 1906, was only intended for private use. But it was discovered by her great-niece in 1976 and subsequently published with huge success. The canal comes in for mention several times, and it appears that Edith Holden was in the habit of collecting wild flowers from the hedgerows along the towpath.

Between bridges 76 and 77 a lofty embankment carries the summit section of the canal across the little River Blythe, a tributary of the Tame. We are in watershed country. Ditches here drain into brooks which, arbitrarily it seems, find their way eventually to the Trent or the Severn; the North Sea or the Atlantic. When the Grand Union company rebuilt the KNOWLE flight in the Thirties, they managed to reduce it from six locks to five. The lie of the land emphasises the dramatic aspect of the closely spaced flight, so that you get the feeling that you are looking through a telephoto lens. Such is the proximity of the chambers that large side ponds were provided to equate water levels.

38

Knowle

A prosperous suburb of Solihull lying approximately ten minutes walking time away from bridges 71-3. There are echoes of the village it would once have been before the spread of urbanisation. Admire the fine Perpendicular church and Chester House, a 15th century timber framed building now housing the local library. There are plenty of banks plus some pleasant shops in the High Street, like ERIC LYONS, the butchers, who offer take-away meals in foil containers for heating up at home (or on your boat). Off High Street there's a small precinct with a supermarket. For refreshments try the OLIPHANTS TEA ROOM or LOCH FYNE SEAFOOD RESTAURANT (Tel: 01564 732750); and there are Chinese, Italian and Indian restaurants too.

Catherine de Barnes

Misleadingly mellifluous community bedevilled by aircraft noise. THE BOAT (Bridge 78 - Tel: 0121 705 0474) is a comfortably furnished all day pub offering a wide choice of food. Across the road stands LONGFELLOWS 'English' restaurant - Tel: 0121 705 0547. The post office stores has a cash facility. Nearby there's a small art gallery. Buses run regularly to Solihull and Coventry.

Small Heath poplars rusticate Birmingham approaches

40

E XCHANGING Warwickshire for the West Midlands - or vice versa - anticipation is keenly felt: southwards, you are escaping from the city's clutches, sensing unspoilt countryside waiting for you out beyond the suburbs; northwards, housing gives way to industry as you are sucked into the entrails of the Second City.

One of the problems facing the builders of the Warwick & Birmingham Canal was the provision of an adequate water supply to the eleven mile summit between Knowle and Camp Hill, Birmingham. Olton Reservoir goes some way to resolving this, though the summit often feels shallow and the seemingly insoluble hazard of rubbish floating in the canal remains a nuisance to boaters and anglers an eyesore, to passers by on the towpath .

The nearer Birmingham one proceeds, the more frequent the occurrence of wharves and basins built to serve factories attracted to the transport potential of the canal. Between bridges 87 and 88 stood Tyseley Wharf, notable for its travelling cranes which coped manfully with some of the heavier commodities bound for Birmingham. A sad concrete canopy and sealed sliding doors bear witness to busier times. At Small Heath the Ackers Trust occupy the basin once used by the famous Birmingham Small Arms concern, manufacturers of weapons and motorcycles. Near Bridge 91 the basin

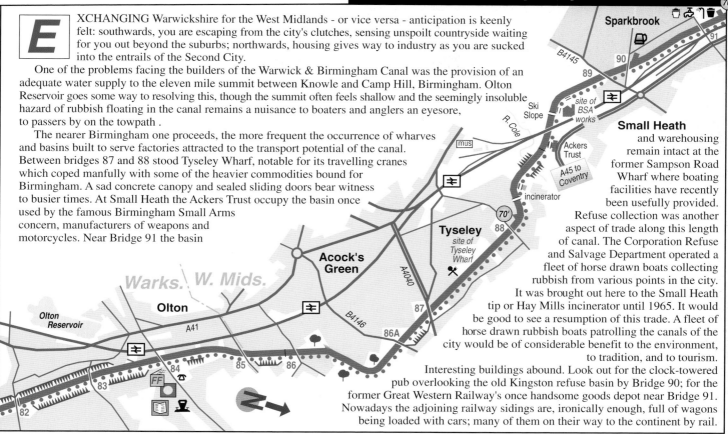

Small Heath and warehousing remain intact at the former Sampson Road Wharf where boating facilities have recently been usefully provided. Refuse collection was another aspect of trade along this length of canal. The Corporation Refuse and Salvage Department operated a fleet of horse drawn boats collecting rubbish from various points in the city. It was brought out here to the Small Heath tip or Hay Mills incinerator until 1965. It would be good to see a resumption of this trade. A fleet of horse drawn rubbish boats patrolling the canals of the city would be of considerable benefit to the environment, to tradition, and to tourism.

Interesting buildings abound. Look out for the clock-towered pub overlooking the old Kingston refuse basin by Bridge 90; for the former Great Western Railway's once handsome goods depot near Bridge 91. Nowadays the adjoining railway sidings are, ironically enough, full of wagons being loaded with cars; many of them on their way to the continent by rail.

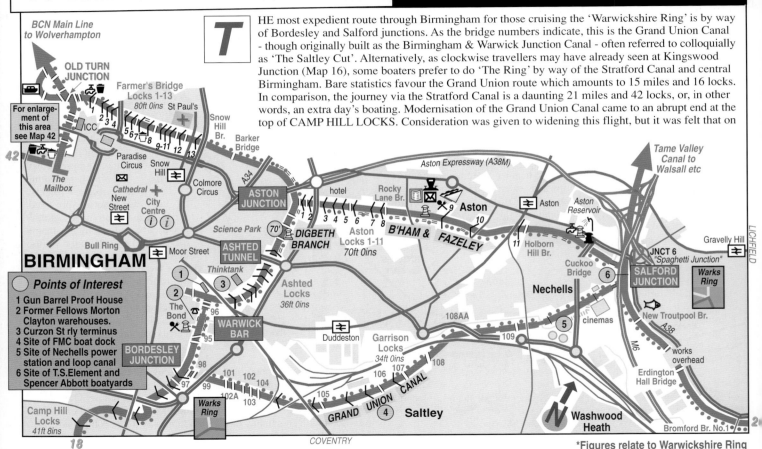

THE most expedient route through Birmingham for those cruising the 'Warwickshire Ring' is by way of Bordesley and Salford junctions. As the bridge numbers indicate, this is the Grand Union Canal - though originally built as the Birmingham & Warwick Junction Canal - often referred to colloquially as 'The Saltley Cut'. Alternatively, as clockwise travellers may have already seen at Kingswood Junction (Map 16), some boaters prefer to do 'The Ring' by way of the Stratford Canal and central Birmingham. Bare statistics favour the Grand Union route which amounts to 15 miles and 16 locks. In comparison, the journey via the Stratford Canal is a daunting 21 miles and 42 locks, or, in other words, an extra day's boating. Modernisation of the Grand Union Canal came to an abrupt end at the top of CAMP HILL LOCKS. Consideration was given to widening this flight, but it was felt that on

BCN Main Line to Wolverhampton

OLD TURN JUNCTION

For enlargement of this area see Map 42

42

Farmer's Bridge Locks 1-13 80ft 0ins St Paul's

ICC

Snow Hill Br.

Barker Bridge

Paradise Circus

Snow Hill

Colmore Circus

The Mailbox

Cathedral New Street

City Centre

Bull Ring

BIRMINGHAM

Moor Street

ASTON JUNCTION

Science Park 70'

hotel

Aston Expressway (A38M)

Rocky Lane Br.

Aston

1 2 3 4 5 6 7 8 9

Aston 10

B'HAM & FAZELEY

11 Holborn Hill Br.

Aston Reservoir

Aston

Tame Valley Canal to Walsall etc

Gravelly Hill

LICHFIELD

JNCT 6 "Spaghetti Junction"

SALFORD JUNCTION

Warks Ring

DIGBETH BRANCH

Aston Locks 1-11 70ft 0ins

ASHTED TUNNEL

Thinktank

1

3

2

The Bond

96

95

98

WARWICK BAR

BORDESLEY JUNCTION

97

101

99

102

104

102A

103

105

Warks Ring

18

Points of Interest
1 Gun Barrel Proof House
2 Former Fellows Morton Clayton warehouses.
3 Curzon St rly terminus
4 Site of FMC boat dock
5 Site of Nechells power station and loop canal
6 Site of T.S.Element and Spencer Abbott boatyards

Ashted Locks 36ft 0ins

Duddeston

Garrison Locks 34ft 0ins

106

107

108

GRAND UNION CANAL

4 Saltley

Cuckoo Bridge

Nechells

108AA

109

5

cinemas

New Troutpool Br.

M6

works overhead

Erdington Hall Bridge

Camp Hill Locks 41ft 8ins

N

Washwood Heath

Bromford Br. No.1

COVENTRY

*Figures relate to Warwickshire Ring

a cost-benefit basis there was little to be gained from upgrading the canal any further towards the city centre. Most cargoes would be continuing their journey by road in any case, so there was no point in adding more time-consuming canal mileage to the equation. Possibly this view was not endorsed by Fellows, Morton & Clayton, whose wharves were located at the very end of the Grand Union Canal between Bordesley Junction and Warwick Bar. Before the creation of the Grand Union's own carrying fleet, they were the principal traders between London and Birmingham, and one would have felt they wielded enough clout to get the job finished. In 1935 they built their own prestigious new warehouse at Warwick Bar but, by all accounts, it never fulfilled its potential, and was later sold to the HP Sauce company. It still stands beside the canal, radiating misplaced confidence. Along its road frontage on Fazeley Street, FMC's name is displayed in a flourish of embossed tiles. One of FMC's older warehouses has been transformed into a graphic arts centre called 'The Bond' and, by prior arrangement (Tel: 0121 766 7400) it is possible to moor here overnight protected by the firm's infra-red security beam.

CAMP HILL LOCKS seem to fill very quickly. The towpath edges have been attractively planted with wildflowers: poppies, cornflowers and ox-eye daisies. The third lock down has been rebuilt in recent years and the canal re-aligned to make way for a road widening scheme. The abutments of the new road bridge have been thoughtfully decorated by a narrowboat in brick relief. Imposingly Gothic, but sadly neglected, Holy Trinity church overlooks the middle of the flight. On summer Sundays the steam-hauled 'Shakespeare Express' presents a stirring sight as it puffs across the canal between locks 53 and 54.

From BORDESLEY JUNCTION the main line of the Grand Union reaches over the River Rea to terminate at Warwick Bar, whilst the 'Saltley Cut' passes beneath a cast iron roving bridge and heads for Salford Junction. If you are heading to or from the 'Saltley Cut', why not spare half an hour to explore the length up to Warwick Bar? It is full of interest for those of an industrial archaeological bent: a railway viaduct which never carried trains; those FMC warehouses we've already mentioned; an arched loading bay once used as a banana warehouse; and a junction with the Digbeth Branch of the BCN overlooked by the handsome premises of the Gun Barrel Proof House. The lock gates at Warwick Bar have recently been cosmetically reinstated against firm intentions to restore other lost features of the canal in its working heyday.

The Saltley Cut

The working boatmen had a name for the canal route from Birmingham through Fazeley to the North Warwickshire coalfield; they called it 'The Bottom Road'. It was bottom by name and bottom by nature. For after the comparative luxury of being able to work their paired narrowboats together 'breasted-up', through the modernised locks on the Grand Union, on the Bottom Road they had to fall back on the time-honoured practice of bow-hauling by hand unmotorised butty boats through each narrowbeam chamber. Furthermore, the Saltley Cut with its GARRISON LOCKS were notoriously revolting, even to the less than refined sensibilities of the average boatman and his family. And it's only comparatively recently, with the development of "Heartlands" and the creation of Britain's first 'urban village' in the vicinity of bridges 102/3, that much of the grime has been swept clean. Heavens above, there is even a designer outlet by Bridge 99 now - the old boatmen must be turning in their graves. Between Bordesley Junction and the top lock of the Garrison flight, a succession of brick overbridges span the canal as in some dream of diminishing perspective.

Garrison Locks are criss-crossed by railway lines and hemmed in by factory walls. By Bridge 106 stood Park Wharf where Fellows, Morton & Clayton had a boat dock. Some of their most famous boats were built here, like the steamer *President*, now fully restored and often to be seen at boat rallies and museum events. On the towpath side stood the Midland Railway's Saltley engine sheds. They still stable diesels in the sidings, but wouldn't it be nice to cheat chronology for a moment and glimpse the Edwardian splendour of the boats and the locomotives which paraded here in the days of steam?

The canal journeys through the heart of "Heartlands" into an area which once relied heavily upon canal transport. Gas works and electricity generating plants demanded a constant supply of coal brought in by 'Joey-boats' from the collieries of Cannock and North Warwickshire. Chemical by-products were taken away in Thomas Clayton tanker boats. 'Saltley Sidings', now occupied by inscrutable industrial units, was a hectic transhipment point between boats and trains. The once gigantic, but now vanished, Nechells power station was served by its own loop canal. Here tugs would bring in 'trains' of up to four coal-carrying boats to be speedily unloaded by electric grabs. All this was a matter of forty or fifty years ago, but the canal's role is fundamentally different now and largely cosmetic. NECHELLS STOP LOCK no longer troubles boaters, being chained permanently open. A lock-keeper lives here in a modern brick house alongside the chamber, as isolated from near neighbours as any Scottish crofter.

SALFORD JUNCTION is overshadowed in two respects: metaphorically by the proximity of 'Spaghetti Junction', the infamous road interchange; and quite literally by an elevated section of the M6 motorway. Here, in an earlier - some would say more civilised - era another transport junction was formed by the opening of the Birmingham & Warwick Junction and Tame Valley canals in 1844. The Birmingham & Fazeley had already been in existence for half a century, winding its way innocently eastwards beside the watermeadows of the River Tame. New Troutpool Bridge recalls the idyllic, pastoral landscape of the past, putting two fingers up at the twentieth century environment we have created for ourselves; you are unlikely to find trout in the polluted Tame now.

The Birmingham & Fazeley Canal

The route between Salford Junction and Farmer's Bridge is considered more fully in *Pearson's Canal Companion to the Stourport Ring*, but a brief outline is included here for the benefit of users making their way to and from central Birmingham, or travelling the Stratford Canal alternative to the 'Warwickshire Ring'.

To reach the centre of Birmingham, the Birmingham & Fazeley Canal has to climb 150 feet from Salford Junction. It accomplishes this by way of two lock flights: the Aston 'Eleven' and the Farmer's Bridge ' Old Thirteen'. Both flights have witnessed considerable redevelopment in recent years, and are indicative of how Birmingham's 19th century industrial inheritance has been transformed into a 21st century environment of business villages and retail parks. If the Worcester & Birmingham Canal's entrance to and exit from Birmingham is all dreamy and sylvan (Map 42), then this one reflects the business end of things. Yes, this is the Birmingham we know and mistrust, but, seen from the canal's perspective, it might just

lead to a grudging regard. Highlights include the passage of a huge vault under Snow hill Station, a succession of side bridges which once gave access to the Corporation Wharves, and the handsome Barker Bridge dating from 1842.

The two sets of locks are separated by ASTON JUNCTION where the branch canal from Digbeth and Warwick Bar makes an entrance. The DIGBETH BRANCH is a delight, brimful with incident and activity. It has half a dozen locks and a tunnel. Its upper end is overlooked by the high-tech premises of Aston Science Park, the lower by such illustrious 19th century edifices as the London & Birmingham Railway's Curzon Street station and (as already noted from the opposite end) the Gun Barrel Proof House. Also close at hand is Birmingham's new 'Thinktank' visitor centre devoted to science and engineering.

All these canals have been subject to the Birmingham Inner City Partnership's rolling programme of towpath improvements and environmental refurbishment, and are thus in good condition and pleasurable to explore on foot or afloat. When we last passed by, boats - and come to that walkers too - were conspicuous by their absence, but the immaculately-surfaced towpath was being well pounded by runners fast and slow, pleased to escape the fumes of the city's traffic-clogged streets.

City Centre Canals

The pivotal point of Birmingham's dense network of canals lies at OLD TURN JUNCTION. Overlooked by the National Indoor Arena - venue for prestigious sporting events such as Davis Cup tennis and championship athletics - and the Sea Life Centre, there is an unexpected sense of harmony between the 18th century canal and its ultra-modern environment. A water bus plies regularly between Gas Street and Cambrian Wharf offering non-boat-based visitors a taste of the excitement to be had from navigating these waters. Moor here overnight (see the enlargement accompanying Map 42 for mooring points) and you sense that you are part of the throbbing heart of a city that never sleeps. Redevelopment brings fresh impetus each time you visit. What hope for the past when the present is so unsure of itself ? Cling to your narrowboat, the only lodestar in a perilous sea of uncertainty.

Second City Canals
Left: Bordesley Junction
Right top: Ashted Locks
Right Lower: Farmers Bridge Flight

45

Birmingham

Canal boating holidays come low enough in the kudos stakes, and Birmingham as a destination lower still. But any sympathy your friends can muster will be wasted. Let them bake on some beach. There is more character in Birmingham's big toe than the whole of 'The Med' put together. The city centre is only a brief stroll from the visitor moorings radiating from Farmer's Bridge Junction, and its sophisticated character and traffic-free thoroughfares may surprise those with preconceived notions of an ungainly, uncouth city where everyone speaks through their nose and has something to do with the motor trade. But cars have lost their pole position in 'Brummagem's' scheme of things and the city continues to recover from its crass submission to traffic which ruined it a generation ago. Centenary, Chamberlain and Victoria squares set the tone for the canal traveller's perambulation of the city. The first revitalised with the opening of the Convention Centre in 1991, the other two dominated by imposing Victoriana, including the Art Gallery and the Town Hall. There are deeper oases of calm and character to be discovered too. Churches like St Philip's Cathedral and St Paul's (the 'Jeweller's Church' - most easily reached from the bridge between locks 11 and 12), the redeveloped Bull Ring, and the quiet backwaters of the Jewellery Quarter. These are the bits of Birmingham you should make it your business to see.

Pubs, restaurants and wine bars gather around the canal between Farmer's Bridge and Gas Street like wasps on a cream bun, drawing inspiration from the verisimilitude of the setting and bearing suitably utilitarian names like THE WHARF, THE BRASSHOUSE, THE MERCHANT STORES, THE MALT HOUSE, JAMES BRINDLEY and THE GLASS WORKS, but not - in our opinion - providing the kind of ambience that most conservative canal folk are likely to warm to after a hard day's boating. These are the sort of places which many of you will have taken to the water to escape from. Significantly, the more fashionable establishments now seem to be focused on the Mailbox development where you'll find the likes of ZIZZI and BAR ESTRILO. Our own favourites include LE PETIT BLANC overlooking Oozells Square - Tel: 0121 633 7333. Two pubs in the vicinity worth noting are: THE PRINCE OF WALES, which provides the authenticity of a traditional city centre ale house; and the FLAPPER & FIRKIN at Cambrian Wharf, an interesting re-vamp of 'The Longboat' by Carlsberg-Tetley's now increasingly familiar 'Firkin' chain. Finally, the CANAL CAFE (Tel: 0121 236 3495) at Gas Street Basin is a quaint and homely alternative.

The Bull ring Shopping Centre - a painful lesson in the excesses of concrete architecture dating from the 1960s - has been redeveloped and 'sexed-up' with a new name - Bullring! The landmark Rotunda has escaped by the skin of its Grade II listed teeth, so that now it rubs shoulders with the likes of Kaplicky's shimmering Selfridges store. Two department stores and thirty-two shops should keep the distaff side happily engaged long enough for a cup-tie at St Andrews or Villa Park, and possibly the replay too. THE MAILBOX hosts several designer outlets for the style conscious as well as a useful Tesco Express for groceries.

TOURIST INFORMATION - City Arcade (off Corporation St) Tel: 0121-643 2514. Branch desks at Library and ICC.

INTERNATIONAL CONVENTION CENTRE - Broad Street. Tel: 0121-200 2000. Even if you are not a delegate, worth visiting to admire its confident new architecture, or perhaps to enjoy a concert in the splendid SYMPHONY HALL whose Box Office is on 0121-212 3333.

THINK TANK - Curzon Street. Tel: 0121 202 2222. Birmingham's new museum of 'science & discovery'. Four floors of interactive education and fun. Canallers are most likely to relate to the ground floor exhibits of industrial archaeological significance.

NATIONAL SEA LIFE CENTRE - Brindley Place. Open daily from 10am. Admission charge. Tel: 0121 633 4700. Jaws meets the BCN!

WATERBUS - operates half-hourly between 10.30 and 17.30 calling at the Mailbox, Gas Street, the ICC and Cambrian Wharf.

MUSEUM & ART GALLERY - Chamberlain Square. Open daily, admission free. Recently boosted by opening of Gas Hall extension. Rivals Manchester in the richness of its PreRaphaelite collection. Tel: 0121 303 2834.

MUSEUM OF THE JEWELLERY QUARTER - Vyse Street (Hockley). Open Mon-Sat. Quarter of an hour's walk from Farmer's Bridge but well signposted. Open Mon-Sat. Tel: 0121-554 3598. Housed in former jewellery factory. Shop & refreshments.

GUIDE FRIDAY - open-top bus tours of the city and suburbs. We highly recommend this enjoyable method of exploring the city, feeling it's an ideal introduction. The guides are invariably well-informed and amusing and you can get on and off at various attractions around the route. Tel: 01789 294466. The main departure point is Victoria Square.

Local bus & train hotline: 0121 200 2700.
All other train companies: 08457 484950.

46

MINWORTH used to mark the frontier between open country and the West Midlands conurbation, but the building of a high tech business park on the towpath side between Minworth Green and Wigginshill Road bridges has blurred the once distinct boundary. Corn fields remain defiantly agricultural on the opposite bank, but the more cynical may feel that it is only a matter of time before the prices for building land outweigh the marginal profits of the annual harvest.

If, then, you want to avoid overnight mooring in a built-up area, you would be advised to tie up no further west than "The Kingsley" steak bar by Wigginshill Road Bridge. Not that the stretch of canal between Bromford and Minworth is uninteresting. Reference to three twentieth century maps revealed a steady cycle of change. In 1916 the tyre makers Dunlop built a huge works on a 400 acre greenfield site which became known as Fort Dunlop. To transport the workforce to and from this new plant, the company operated a small fleet of passenger carrying narrowboats between Aston and Bromford until the neighbouring Tyburn Road was laid with tram tracks. Apparently the two and a half mile, lock-free journey took around half an hour and each boat could seat a hundred passengers.

In 1938 the fields east of Fort Dunlop were occupied by one of the 'shadow' munitions factories as Britain armed for war. During the next seven years over eleven thousand Spitfires were built at the plant. The works was handily placed for test flights, for across the Chester Road stood Castle Bromwich Aerodrome which had hosted Birmingham's very first flying demonstration in 1911. After the Second World War the aerodrome was run down and replaced, in the early Sixties, by the sprawling estate of Castle Vale: five thousand homes in blocks of flats rising to sixteen floors. Social problems? What social problems?

In his book *No.1*, former canal boat captain, Tom Foxon, wrote in detail of his experiences on the Birmingham & Fazeley in the mid 1950s. At that time substantial tonnages of coal were still being carried by canal from the collieries of North Warwickshire to the factory furnaces of Birmingham aboard 'Joey boats', boatman's parlance for narrowboats used for short-haul work and not designed for living aboard. The men who worked these largely horse-drawn boats knew this canal as the 'Old Cut' and in his book Tom describes the working practices of the era, commenting wryly that this was the most depressing route experienced in his boating career. You'll just have to take it from us that matters have improved since those days - well relatively! Near Minworth Green, a roving bridge marks the site of a dock used to unload ash for use in the filter beds of the adjoining sewage plant.

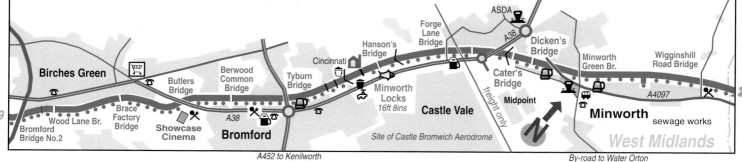

Bromford (Map 20)

There are many useful facilities strung out along the A38 as it runs parallel to the canal - useful, that is, in daylight hours, for despite the provision of mooring rings outside the Showcase Cinema complex, and the temptation to moor up for a movie, wisdom counsels against stopping overnight hereabouts. Hunger can be assuaged at the Kentucky Fried Chicken and Burger King drive-ins by Berwood Common Bridge or the old Aerodrome Cafe (in business since 1932 and offering anything from a bacon bap to excellent fish & chips) beside the middle of the three Minworth Locks.

Minworth (Map 20)

A border-post suburb between the rural and the urban, Minworth is known chiefly for the huge sewage works which once boasted an internal narrow-gauge railway system, remains of which can be seen on the road to Water Orton, worth walking to see the magnificent, 6-arch packhorse bridge which has spanned the Tame since the 16th century.

THE (SPICE) BOAT - small pub near Dicken's Bridge advertising the excellence of its Indian cooking. Tel: 0121 240 9696.
HARE & HOUNDS - all day family pub with Wacky Warehouse backing on to Minworth Green Bridge. Tel: 0121 351 1712.
THE KINGSLEY - canalside by Wigginshill Road Bridge. Modern pub/steak bar on the county boundary where urbanisation and country collide. Good moorings by firm towpath.
SPAR shop adjacent to Minworth Green Bridge.
ASDA supermarket across A38 from Dicken's Bridge.

Curdworth (Map 21)

The village street is reached by crossing the busy A4079. Curdworth is one of several Warwickshire villages purporting to be at the centre of England. It is indisputably one of the oldest settlements in this part of the world, deriving its name from Crida, first King of Mercia. Facilities include a post office stores (EC Tue & Sun) and two pubs, one of which, THE WHITE HORSE (Tel: 01675 470227) belongs to the admirable Vintage Inns group. Standing close to the canal by Curdworth Bridge, it's an all-day, family welcoming pub offering a good range of food.

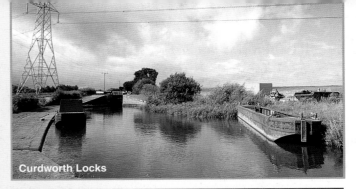
Curdworth Locks

Bodymoor Heath (Map 21)

Two good places to eat and drink are to be found towards the foot of the Curdworth flight: THE DOG & DOUBLET (Tel: 01827 872374) a largely unspoilt Georgian pub with attractive wood interiors and the MARSTON FARM HOTEL (Tel: 01827 872133) where boaters are actively encouraged to tarry.

Fazeley (Map 22)

Now by-passed by the A5, Fazeley seems somewhat less frenetic than in the past, and there are useful facilities in what, because of its junction status, has always been a popular overnight mooring point.

IVORY TUSK - village centre. Tel: 01827 285777. Indian restaurant/take-away.
PENINSULAR - village centre. Tel: 01827 288151. Chinese restaurant.
FORTUNE GARDEN - village centre. Chinese take-away. Tel: 01827 287808.
Plus a couple of pubs and a fish & chip shop.
There is a TESCO Express (with cash machine) pharmacy and post office in the centre of Fazeley. A footpath leads from Bonehill Road Bridge under the new A5 to a retail park featuring ASDA and Sainsbury supermarkets and a McDonalds.
DRAYTON MANOR - open daily Mar-Oct. Entrance charge plus ride prices. 250 acre family theme park. Access from canal by Drayton Footbridge. Tel: 01827 287979.

21 BIRMINGHAM & FAZELEY CANAL

Curdworth 4mls/11lks/3hrs

WHO loves the Birmingham & Fazeley? It's not the most charismatic of canals, though it certainly provides a useful link between the canals of the east and west midlands, and is a constituent of the popular Black Country and Warwickshire 'rings'. Here, spending five miles or so in the company of the county of Warwickshire, it traverses a largely agricultural landscape interspersed with gravel pits. The M42 motorway runs parallel to the canal and the Birmingham Northern Toll Road crosses it, its construction necessitating repositioning of the Top Lock and the demolition of the lock-keeper's house at Dunton Wharf. The canal cottages along this length are numbered in the BCN sequence, a reminder that the B&F merged with the

Birmingham Canal Navigations in 1794. Not far north from Dunton Wharf, along the A446 is the Belfry Hotel and its famous golf course. At Bodymoor Heath, the illustrious Birmingham football club, Aston Villa, have their training ground.

The bottom lock of the Curdworth flight is overlooked by a quartet of canal cottages. Life must be pleasant here if, as one supposes, the inhabitants find the isolation conducive. Skeins of geese rise into the wide skies from flooded gravel workings. But for the distant clatter of machinery it could be some remote East Anglian marsh. Gravel has been extracted from the valley of the Tame since the 1930s. Originally by dredger, later by dragline. Nowadays conveyor belts carry the minerals to screening and washing plants where they are sorted into varying types of aggregates. The landscape might have been irrevocably scarred by such activities were it not for the imaginative creation of KINGSBURY WATER PARK out of the abandoned gravel workings. Moorings are available above the bottom lock and it's but a short walk to the park's Visitor Centre (Tel: 01827 872660). A four mile circular walk incorporating the canal towpath and the popular craft centre (Tel: 01827 283095) at nearby Middleton Hall is promoted by British Waterways.

Kingsbury Water Park provides an antidote to the B&F's less than exciting towpath offering "30 lakes in 600 landscaped acres of the Tame Valley." Four leaflets available from the Visitor Centre outline walks on a seasonal basis. Whilst a more general "Find your way Around" leaflet depicts all the park's extensive network of paths.

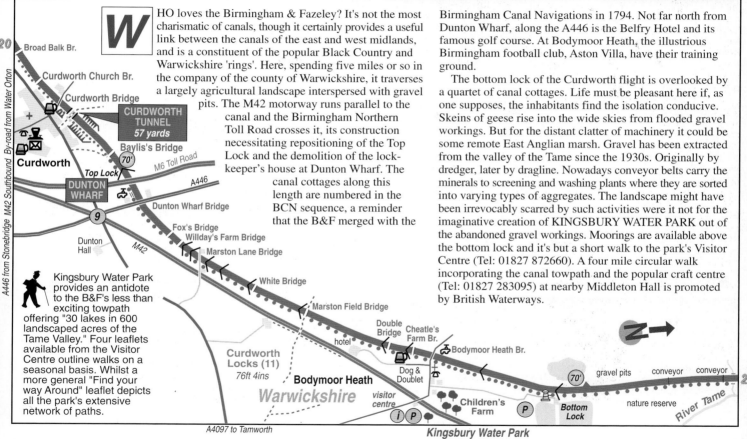

49

FAZELEY JUNCTION isn't anywhere near as pretty as Fradley, but it exudes a certain grubby grandeur, exemplified by the handsome junction house and the big mills which might have escaped from Oldham or Rochdale. The Birmingham & Fazeley reached here in 1789 and the following year Sir Robert Peel (father of the Prime Minister) opened a mill for cotton spinning and calico printing. It was powered by the waters of the Bourne Brook which joins the Tame nearby. A second mill, of five towering storeys, was erected in 1883 for the weaving of haberdashery and upholstery. Both mills remain more or less intact for the entertainment of the industrial archaeologist.

South of Fazeley the canal negotiates an area devoted to gravel extraction. From Fisher's Mill Bridge a footpath leads to Middleton Hall and its Craft Centre, though there are no formal moorings and no signpost encourages canallers to make a detour. Drayton Manor Park is similarly self-effacing as far as the canal is concerned. Close to its entrance stands one of the 'little wonders' of the inland waterways, the exotic Drayton footbridge, where two Gothic towers encase spiral staircases and support an otherwise pretty ordinary open iron span; a delightful functional folly: have your camera ready.

British Waterways regional offices overlook the canal at PEEL'S WHARF, along with adjoining housing, the sale of which presumably paid for the palatial accommodation. More new housing has materialised on the opposite bank, whilst a new dual-carriageway section of the A5 has effectively vanquished the former peace and quiet of the broadwater by Bonehill Bridge. If we are not more careful canalside redevelopment will eventually erase the very atmosphere that the canal system is prized for. There are glimpses to the north of Tamworth Castle and the imposing parish church of St Editha, before the canal escapes the clutches of the retail parks and loses itself in and amongst the cabbage fields - which it is often called upon to irrigate - before reaching Hopwas. East of Fazeley Junction the Coventry Canal completes our coverage of the Warwickshire Ring.

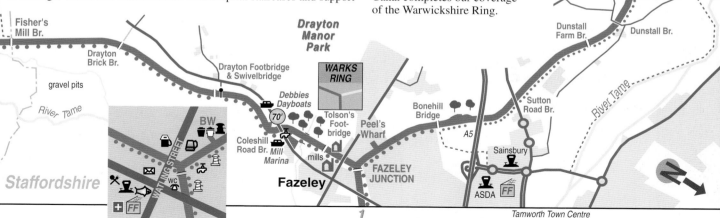

Connecting

FAZELEY - NOTTINGHAM

Canals

NOT generally thought of as a beautiful canal, the Coventry nevertheless becomes almost picturesque in its wandering between Fazeley and Huddlesford; particularly as it ghosts through the brackeny woodlands of Hopwas, where red flags warn of military manoeuvres. Glibly we call this the Coventry Canal, but actually - and by now the presence of nameplates and not numbers on the bridges should have quickened your suspicions - the canal between Fazeley and Whittington was built by the Birmingham & Fazeley company. The Coventry Canal received its Act of Parliament in 1768, but seventeen years later it was nowhere near completion; primarily through a shortage of capital, but also, historians suspect, because some of the directors had interests in the Warwickshire coalfield and were worried by the thought that their through route, were it to be finished, would boost trade from the North Staffordshire pits at the expense of their own. In frustration the Trent & Mersey and Birmingham & Fazeley companies undertook to jointly build the canal between Fazeley and Fradley. The two met at Whittington in 1790, at a point graced with a plaque provided by the local branch of the I.W.A. commemorating the bicentenary of the joining.

So pleasant scenery and canal history mingle as you negotiate the lower valley of the Tame; passing Fisherwick, where the houses face the canal in Dutch fashion, rather than turning their backs on it as is more often the case in England; and arcing past polytunnels to Whittington, where one of the canalside gardens sports its own decorative lock.

Huddlesford 'Junction' has been something of a misnomer since the Wyrley & Essington Canal was closed between here and Ogley (near Brownhills) in the Fifties; the Lichfield & Hatherton

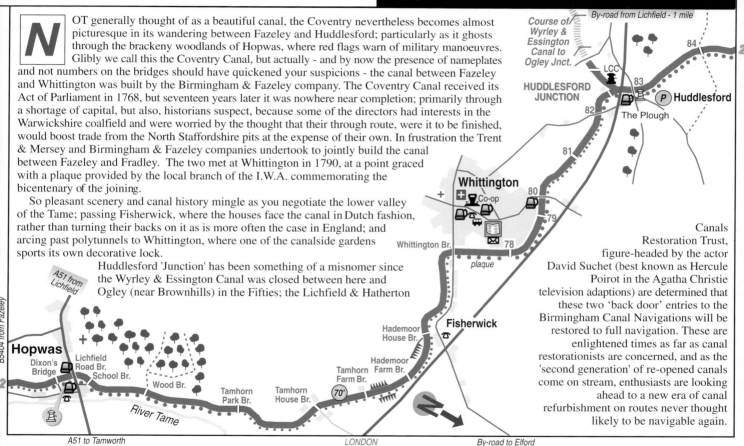

Canals Restoration Trust, figure-headed by the actor David Suchet (best known as Hercule Poirot in the Agatha Christie television adaptions) are determined that these two 'back door' entries to the Birmingham Canal Navigations will be restored to full navigation. These are enlightened times as far as canal restorationists are concerned, and as the 'second generation' of re-opened canals come on stream, enthusiasts are looking ahead to a new era of canal refurbishment on routes never thought likely to be navigable again.

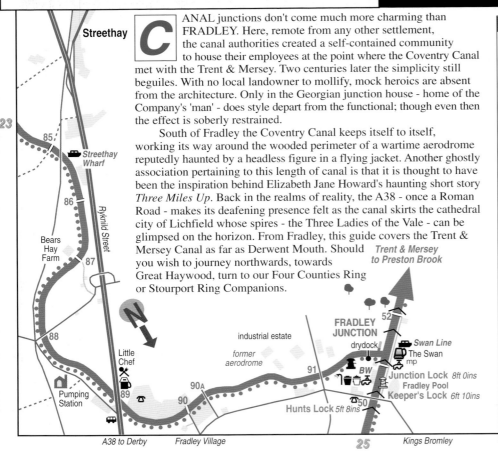

CANAL junctions don't come much more charming than FRADLEY. Here, remote from any other settlement, the canal authorities created a self-contained community to house their employees at the point where the Coventry Canal met with the Trent & Mersey. Two centuries later the simplicity still beguiles. With no local landowner to mollify, mock heroics are absent from the architecture. Only in the Georgian junction house - home of the Company's 'man' - does style depart from the functional; though even then the effect is soberly restrained.

South of Fradley the Coventry Canal keeps itself to itself, working its way around the wooded perimeter of a wartime aerodrome reputedly haunted by a headless figure in a flying jacket. Another ghostly association pertaining to this length of canal is that it is thought to have been the inspiration behind Elizabeth Jane Howard's haunting short story *Three Miles Up*. Back in the realms of reality, the A38 - once a Roman Road - makes its deafening presence felt as the canal skirts the cathedral city of Lichfield whose spires - the Three Ladies of the Vale - can be glimpsed on the horizon. From Fradley, this guide covers the Trent & Mersey Canal as far as Derwent Mouth. Should you wish to journey northwards, towards Great Haywood, turn to our Four Counties Ring or Stourport Ring Companions.

Summary of Facilities

TAME OTTER - canalside at Lichfield Road Bridge, Hopwas - Map 23. This attractively renovated pub, with an entertaining pun to its new name, revived our crew's flagging spirits one freezing Sunday afternoon. Very good food, families welcomed. Tel: 01827 53361.

RED LION - canalside at Lichfield Road. Tel: 01827 62514

THE SWAN - canalside Bridge 80, Whittington - Map 23. Friendly atmosphere, children welcome, garden, food daily except Sundays. Tel: 01827 432269.

BELL INN - Main Street, Whittington. Tel: 01827 432372.

DOG INN - Main Street Whittington. Tel: 01827 432252. Accommodation. Chinese take-away - Tel: 01827 433397.

THE PLOUGH - canalside Bridge 83, Huddlesford - Map 23. Another much revamped pub in the modern mould. Excellent for food, families welcome. Nice little garden where you can trainspot as well as boat watch. Tel: 01543 432369.

LITTLE CHEF - adjacent Bridge 89, Ryknild Street. Useful refuelling point for energy-sapped boaters.

THE SWAN - canalside, Fradley Junction. This well known boatmen's pub plays a leading role in the social life of Fradley Junction. Popular with motorists and boaters alike. Food usually available, families welcome early evening. Tel: 01283 790330.

Shops are few and far between on the section from Fazeley to Fradley. Whittington has the best choice: a Co-op 'late shop', post office/newsagents and pharmacy. If you have access to a bicycle, Lichfield is easily reached from Huddlesford Junction by bicycle. The garage beside the Little Chef at Bridge 89 sells bread and milk and other basic items of that ilk.

BUSES - services between Whittington and Lichfield. Buses also run along the A38 to/from Lichfield and Burton-on-Trent. Tel: 0870 608 2 608.

TRAINS - Lichfield Trent Valley railway station is accessible by footpath from Bridge 84 (approx 15 minutes walking time). Tel: 08457 484950. London, the North and Birmingham.

BETWEEN Fradley Junction and Alrewas the Trent & Mersey Canal crosses former common land, the flat nature of the fields engendering a distinct, and not unwelcome feeling of emptiness. Sometimes it behoves us all to lie fallow, like a proportion of these fields, though no one likes to be set aside!

The canal curves endearingly through the picturesque village of ALREWAS, long ago a centre for basket weaving. With four pubs, two take-aways and plenty of shops, this is a popular place to moor awhile. Cameos to savour include a cricket ground, a quaint bowling club, and a little patch of land in the shadow of the church perennially grazed by a donkey.

Below Alrewas Lock the canal merges with the River Trent, making this its highest navigable reach. Remember this if and when you reach Derwent Mouth (Map 31) For a brief, but exhilarating moment it is good to feel the quixotic power of a river beneath your keel before the river plunges unnervingly over a sizeable weir. A dreamlike sequence of metal footbridges carry the towpath over a succession of reedy backwaters. Somehow there is a Thames-like quality about the whole scene, you might be in Goring or Pangbourne, all very photogenic.

> *ⓘ* NATIONAL MEMORIAL ARBORETUM - Croxton Road (approximately 1 mile south of Bridge 49A - beware busy roads). Tel: 01283 792333. Developing attraction incorporated in the new National Forest as a tribute to those affected by wars throughout the 20th century. Fifty thousand trees have been planted on a 150 acre site beside the River Tame. Two minute silence, reveille and last post enacted daily at 11am.

Alrewas

A fundamentally pretty village not entirely compromised by the grafting on of new housing. Sadly the animal feeds mill has ceased to function commercially, though one envies its new domestic occupants. Pronounced 'Ol-re-wuss', the name is derived from the presence of alder trees in the vicinity which were used in basket making.

🍺 THE CROWN - Post Office Road. Tel: 01283 790328. Lively local.
   GEORGE & DRAGON - Main Street. Tel: 01283 791476. WILLIAM IV - near Bridge 46. Tel: 01283 790206.
THE OLD BOAT- beside Bagnall Lock. Tel: 01283 791468.
ALREWAS CANTONESE - Tel: 01283 790027.
ALREWAS FRYER - Tel: 01283 790432. Fish & chips.

🛒 The village has a couple of admirable shops. BARKERS (up along the main street towards the A38) dates back to 1924 and has an unexpectedly ambitious selecton of wines and fine foods, whilst COATES the butcher has a wide choice of game. Also: an off licence, chemist, newsagent and Co-op store open late Mon-Sat.

🚌 BUSES - Regular services to/from Burton and Lichfield (well worth considering as an excursion ashore). Tel: 0870 608 2 608.

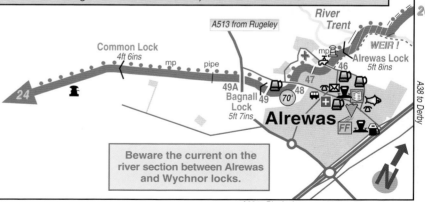

Beware the current on the river section between Alrewas and Wychnor locks.

The Trent makes an entrance at Alrewas

KEEPING company with the Roman's Ryknield Street, the canal traverses the broad, flat valley of the Trent; a landscape of gravel pits and distant villages backed by low-lying hills. Between Alrewas and WYCHNOR the canal suddenly assumes a quite different character as it negotiates a marshy, almost ethereal stretch of countryside, criss-crossed by drainage channels, or 'sitches', which thread their way through meadowlands to meet the Trent. It is a sudden, yet subtle, scene change. The domesticity of Alrewas village and the cacophony of the A38 are briefly forgotten, as the waterway puts you tantalisingly in touch with a past inhabited by eel-catchers, reed-cutters and sluice-keepers.

Wychnor was the scene of a tradition, similar to the more famous one at Dunmow in Essex, whereby any man who could swear not to have wished to exchange his wife for another woman, at any time during the first year of his marriage, was entitled to a flitch of bacon from the Lord of the Manor. It may - or may not - surprise you to learn that the flitch was never successfully claimed. Wychnor Church, reached from Bridge

45, dates back to the thirteenth century although the tower is a much later addition.

All along the A38 corridor business parks are burgeoning. Virgin Trains 'Voyager' fleet is maintained at the Central Rivers Depot. The massive distribution centre for Argos dominates the landscape unequivocally . Depressing to see, however, that it isn't linked to the railway, let alone the canal. BARTON TURNS wharves were provided for the villages of Barton and Walton, each a mile or so from the canal on opposite sides of the Trent. Good moorings are available here along with water and rubbish disposal facilities in a charming setting overlooked by an imposing Georgian wharf house. Fifteen minutes walk away, Barton-under-Needwood itself is a useful source of supplies and refreshment. When the bridge across the river to Walton was damaged by floods in the 1940s, it was replaced by a 'temporary' Bailey bridge - it's still in use! A large new marina offers moorings and boating facilities to the north of Barton Turns.

TATENHILL LOCK lies in a deceptively remote setting. The former lock-keeper's house is now a private dwelling. A path runs from Bridge 35 between old gravel workings in the direction of the village of Tatenhill, tucked demurely away between folds of the Needwood Hills. The Forest of Needwood was once one of the largest royal hunting grounds; little woodland now remains, although trees are returning with the establishment of the new National Forest.

THE brewery town of Burton-on-Trent presides over the Trent & Mersey Canal's change of gauge: east of Dallow Lane the locks will be widebeam. When the canal opened in 1770, it brought a rapid decline in the use of the River Trent, which had itself been made navigable up to Burton at the beginning of the 18th century. To serve wharves established on the riverbank, however, a branch canal was built from Shobnall to Bond End. When the Birmingham & Derby Junction Railway was opened a drawbridge was provided to carry the line over this Bond End Canal. In 1846 a southbound train plunged into the canal because the bridge had been opened for the passage of a boat in the mistaken belief that no train was due!

Bridge 34 at BRANSTON is a popular mooring point for boaters attracted by the canalside pub. Beyond the towpath hedge the adjoining flooded-out gravel workings have been transformed into a 'water park'. Between Branston and Shobnall the canals runs at the foot of an escarpment marking the edge of what was once the forest of Needwood. The half-timbered house on the hill is Sinai Park which belonged to the Benedictine monastery founded in the town in 1004. The main part of the abbey lay beside the river, but Sinai Park was used variously as a hunting lodge, summer house and blood-letting sanatorium.

It is at SHOBNALL that the canal traveller becomes most aware of Burton-on-Trent's stock in trade. West of the canal stands Marston's brewery, to the east the Coors Maltings. Visitors are quick to remark upon the aroma of hops in the vicinity, though locals are largely inured to the aromatic tang of the town. A common misapprehension is that Burton derives its excellence in brewing from Trent water. In fact the water used for brewing lies on beds of gypsum rock beneath the town and is pumped to the surface. The predominance of such stone made Burton a centre for the production of alabaster ornaments in the middle ages.

One of the once numerous branch railways, linking the main lines with Burton's breweries and other industries, paralleled the canal on its way through the town. Nowadays it's used as a public footpath and cycleway. In its heyday, Burton's 'internal' railway system was so dense that there were 32 level crossings in the town. The railways captured the bulk of beer transport from the canal, but at the end of the 18th century large volumes of ale were being exported via Hull to northern Europe, the Baltic and Russia, and via Liverpool to India and South America.

Until the late 1970s the basin at HORNINGLOW was overlooked by a salt warehouse, part of which actually spanned the canal, so that boats heading east appeared to vanish into a 'tunnel'.

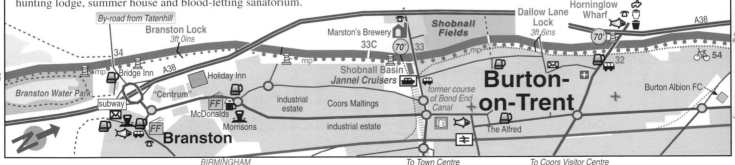

58

Barton under Needwood *(Map 26)*

Mellifluously named but much enlarged village with good shopping facilities and several pubs approachable via footpath or B5016. Bar meals available at the BARTON TURNS (Tel: 01283 712142), canalside by Bridge 38.

Branston *(Map 27)*

Once a village, and the unlikely birthplace of a well known pickle relish, now a much-expanded suburb useful for its facilities.
BRIDGE INN - canalside Bridge 34. Tel: 01283 564177. Characterful former boatman's pub where draught "Pedigree" is still served straight from the barrel. Good choice of meals and a pleasant canalside garden.
Through the underpass, Branston also boasts a fish & chip shop, a Chinese take-away and two other pubs.
Use the subway beneath the road interchange to reach the shops, five minutes walk from Bridge 34.

Burton-on-Trent *(Map 27)*

It is difficult to write dispassionately about the town on one's doorstep. Affection collides with contempt; and there are casualties. But with a courteous nod in the mellower directions of Tadcaster, Hook Norton and Southwold, this is the definitive brewery town, albeit one rendered increasingly anodyne as merger succeeds merger. At the turn of the century there were over twenty breweries in the town. Rationalisation has reduced this to just two mainstream concerns, Coors and Marstons, plus three micro-breweries: the Burton Bridge, Old Cottage and Tower. So "Beertown-on-Trent" still reverberates to its stock in trade, though for anyone who knew it prior to the contraction of the brewing industry and the closure of its quaint network of interconnecting railway lines, the place is an 'Indian Pale' shadow of its former self. The bulk of Burton's brewing infrastructure has been a regrettable casualty of Progress. Compare the realistic model in the Coors Visitor Centre with the present's ersatz reality, and you too will mourn the loss of so many maltings and brewing plants, quite literally 'gone for a Burton' as they used to say of downed pilots during World War II. Nowadays the most pleasant aspects of the town are to be had from the riverside. Perhaps it was always so, for this was where the monks chose to erect their long vanished abbey.

THE ALBION - third of a mile to north of Shobnall Basin. A Marston's pub with a large garden and a good range of meals. Tel: 01283 568197.
BILL BREWER - Centrum, Branston. Tom Cobleigh family pub. Tel: 01283 542321.
THE MILL HOUSE - canalside Bridge 29A, Map 19. All day family pub. Tel: 01283 535133.
BURTON BRIDGE INN - mile south of Horninglow Wharf. Worth the long trek to sample the town's doyen micro-brewery. Unspoilt atmosphere, lunches Mon-Sat. Tel: 01283 536596.
OLD COTTAGE TAVERN - Byrkley Street. Tel: 01283 511615. Eponymous brewery tap for one of Burton's micro-brewers. Food (ex Mons) and B&B.
DIAL BAR RESTAURANT - Station Street. Tel: 01283 544644. About as stylish as Burton gets!

The town centre is 15-20 eye-opening minutes walk from the canal, though buses operate from both Horninglow and Shobnall basins. Closer at hand there are shops along the length of Waterloo Street easily reached from Dallow Lane and Shobnall. Market days Thur-Sat.
MORRISONS supermarket is nearest the canal (along with McDONALDS) at Branston.

TOURIST INFORMATION - Coors Visitor Centre, Horninglow Street. Tel: 01283 508111.
COORS VISITOR CENTRE - Horninglow Street (10 mins walk from Horninglow Wharf) Tel: 01283 542031. Formerly known as the Bass Museum before that august brand was taken over by American brewers. Open daily, admission charge. Fascinating displays of the development of Burton brewing. Shire horse and rail and road transport exhibits. Mock-up of Horninglow Wharf in its heyday. Excellent catering facilities - ideal for lunch.
CLAYMILLS PUMPING STATION - 5 minutes walk from Bridge 29, Map 28. Open Thursday to Saturday for static viewing - special steaming days. Tel: 01283 509929. Four beam engines and five boilers in a Grade II listed sewage pumping station dating from 1885.
BUSES - local services throughout the Trent Valley. Tel: 0870 608 2 608.
TRAINS - regular local service to/from Birmingham, Derby & Nottingham. Bi-hourly Virgin 'inter-city' services. Tel: 08457 484950.

Repton & Willington *(Map 28)*

A useful watering hole with a trio of cosy pubs, Chinese takeaway, Co-op store, post office and railway station, Willington's real significance lies in its proximity to the ancient settlement of Repton on the far bank of the Trent. Pinpointed by the slender spire of St Wystans, Repton is a worthwhile fifteen minute walk from the canal. The church is of Saxon origin, Repton having been the capital of Mercia in the 9th century until laid waste by marauding Danes. Nowadays the village is best known for its public school. Several good inns and a pleasant farmhouse tearoom can offer refreshment prior to the walk back.

EAST of Burton, the Trent & Mersey doesn't exactly flaunt its freshly acquired widebeam status. True, the bridge-holes are more buxom, but it is not until Stenson Lock is reached, that the true gauge of the canal manifests itself. Barge wide vessels traded upwards from Nottingham to Horninglow until the railways took a grip of the trade in beer; thereafter, even narrowboat traffic dwindled between Fradley and Shardlow. One of the last regular consignments was of cardboard for the manufacture of cigarette papers by Players at Nottingham.

Bridge 31 carries a link road occupying the trackbed of the North Staffordshire Railway's Burton to Tutbury branchline, haunt of a push & pull shuttle known as "The Jinnie". Beyond Stretton the course of the line has become a footpath and nature reserve. Rubber making is a lesser-known facet of the brewery town's economy, though the canalside Pirelli plant has shed much of its workforce in recent times.

Passing over the border between Staffordshire and Derbyshire, marked by an old mill race, the canal crosses the Dove upon a low-slung aqueduct designed by Brindley and refurbished in 2003. Beloved of Izaak Walton,

the River Dove is virtually at journey's end here, being less than a mile from its lonely confluence with the Trent at Newton Solney; all a far cry from the glories of Dovedale and the Peak District. An adjacent road bridge, reputedly built by the monks of Burton Abbey, compensates for the aqueduct's plain appearance. On sultry summer days, in spite of dangerous whirlpools, local youths swim in this reach of the Dove.

An imposing Georgian wharf house overlooks Bridge 26 and the site of Egginton's old village wharf. Otherwise the canal is largely featureless as it makes its way through the Trent Valley, as if handcuffed by the portly escorts of a busy dual-carriageway and a main line railway. A pleasant ridge dominates the southern horizon, leading to the stiletto-fine spire of Repton church.

WILLINGTON, a commuter village dominated by a lugubriously derelict power station, sets its stall out to attract canal visitors. The site of an old rail/canal transhipment wharf has been landscaped and a car park provided for motorists - full of sleeping reps more often than not.

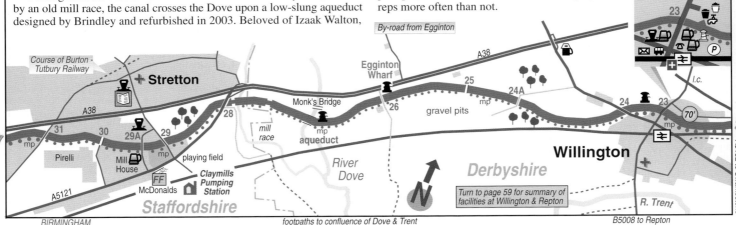

Turn to page 59 for summary of facilities at Willington & Repton

ARGUABLY at its most prosaic, the Trent & Mersey makes its way between Willington and Swarkestone with the world-weary demeanour of a man who has walked the same dog around the same municipal park twice a day for a dozen years. Intermittent trains break the monotony, but if your adrenalin doesn't flow at the thought of a General Motors Class 66 thrumming by with a payload of slack from what's left of the Nottinghamshire coalfield, then it's time to go below and make the bacon sandwiches. King Coal may be dead - or at least dying - long live King Toyota, now the backbone of the Derbyshire economy. The company's huge plant, masked by the brow of a hill, occupies much of the site of Derby's long lost municipal airport alongside the A38 beyond the village of Findern.

STENSON is well known in boating circles for its large mooring basin, deep wide-beam lock, and a trip boat called *The Bubble*.

Between Stenson and Swarkestone the canal slinks furtively through fields given over to vegetable growing. The feeling that one is a long way from anywhere is misleading. Derby lies just over the rim of the northern horizon. Even closer is the busy A50 trunk road, which serves as a link between the M1 and M6 motorways. But then canals have a knack of conjuring a stimulating sense of isolation in the most unpromising of circumstances. Near Bridge 16, a moving little memorial commemorates the tragic death of a teenage girl in 1978.

From Bridge 18, footpaths lead over arable fields to the forgotten Trentside village of Twyford. Once there was a ferry here and the posts which held the chain still stand. Old photographs show the ferry: flat-decked, fine-bowed and fairly wide of beam, being worked across with the aid of a fixed chain and the river's residual current. A man and boy are occupied with the machinations of the chain whilst two long-skirted ladies - one in a straw boater - hold the reins of a horse and trap. Perhaps they were on their way to Repton for groceries. Frozen for posterity, they represent a pace of life obliterated by the development of road transport; and so, on your archaic boat, do you ...

By-road from Findern

sewage plant

DERBY

Midland Canal Centre

By-road from Derby

"Stenson Bubble"

20

19

mp

Stenson Lock No.6
12ft 4ins

18

Arleston Farm

Ragley Boat Stop

21

mp

22

mp

Merry Bower Farm

17

Barrow Hill

16

mp

30

l.c.

CHEW

Willington Power Station (disused)

N

Twyford Green (Nat Res)

Trent Growers

River Trent

Twyford
site of ferry

Barrow-on-Trent

A5132

A5132

N EVER more than half a mile away from the Trent, and often closer, the canal travels through mellow countryside, much of which is given over to market-gardening.

Evidence of occupation by the Beaker People sixteen hundred years before the birth of Christ suggests that man's influence on Swarkestone goes a long way back. Swarkestone Bridge is of relatively modern origin, dating back only to the 12th century. It is generally regarded as the longest stone-built bridge in Britain. In 1347 the scale of tolls quoted charges of a ha'penny for a cask of sturgeons. In 1745 this was the furthest south that Bonnie Prince Charlie's army got in their attempt to capture the throne of England. Just twenty-five years later the Trent & Mersey was being dug, and soon afterwards Swarkestone became the site of a junction with the Derby Canal, including a branch down to the river which only survived until around 1800.

The Derby Canal, overlooked by nationalisation in 1947, was acrimoniously abandoned in 1964, though trade had ceased twenty years earlier. The company who owned the canal were well aware that more money could be made from property deals than from running a public waterway. The old junction house remains intact, used, like the one at Huddlesford on the Coventry Canal, by a local boat club. The Derby Canal's towpath has been resurfaced as part of National Cycle Route 6 and there are ambitious plans to restore at least part of the canal (which linked with the Erewash Canal at Sandiacre) to navigable standard.

By Weston Cliffs the canal glides through tumbling woodland. While construction of the canal was proceeding eastwards, a wharf was erected here for the transfer of goods from barge to riverboat. Later it was used for the transhipment of gypsum bound from Aston to King's Mills, whereupon, after being ground, the resultant plaster was despatched back

---

Map labels:

Course of Derby Canal & Derby Cycle Route

A514 from Derby

Course of Derby & Ashby Railway

Swarkestone Stop 15

S.B.C.

70'

14

Swarkestone Lock No.5 10ft 11ins

13

Cuttle Bridge

mp

Course of former link with Trent

A5132 from Willington

29

Swarkestone

The Stand Hall

12 mp

6

Swarkestone Bridge

Swarkestone Sailing Club

Stanton by Bridge

River Trent

N

A514 to Swadlincote

Course of Derby & Ashby Railway

viaduct

viaduct

Weston Cliffs

site of Bridging School

70'

11

site of Military Railway depot

Tarasivka

Derby Cycle Route (Melbourne 1 mile)

10 mp

former wharf

9

Derbyshire

site of lock

By-road from Aston-on-Trent

Weston Grange

mp

Cooper's Arms

Weston-on-Trent

Old Plough

8

Weston Lock No.4 10ft 11ins

mp

7

3

River Trent

site of ferry

King's Mills

Leics.

By-road to Castle Donington

up the canal for consignment via Swarkestone and the Derby Canal to a building merchant in Derby. In these days of the ubiquitous lorry, the labour-intensiveness of previous eras of transport is astonishing.

During the Second World War this dreamy riparian landscape was rudely awakened by the construction of an army camp at Weston Cliffs. It was built to house the army's railway engineers who operated the Melbourne and Ashby line as a military railway during the Second World War. The army camp also provided accommodation for soldiers attached to a Bridging School opened across the river at King's Newton. As part of their training they built a now vanished suspension bridge across the river to facilitate access between the camp and the school. The enigmatic remains of a steam crane used by the bridge-makers remains by the handsome cast-iron railway viaduct which now carries Cycle Route 6 across the Trent near Bridge 11. The trackbed of that line has been imaginatively resurfaced to create a traffic-free link between Derby and the handsome old market town of Melbourne.

Hardly had the railway engineers marched away, before the camp was commandeered to house Ukrainian refugees. Several hundred arrived here to escape oppression in their homeland in 1944. Weston Rectory, visible on its low hilltop to the north of the canal, was used as a home for the centre's elderly residents, whilst parts of the camp were used by Ukrainian youth groups. A number of Ukrainian children were accommodated here following the Chernobyl nuclear disaster. The camp is known as Tarasivka and includes a tiny wooden chapel and a memorial to those who gave their lives for freedom in the Ukraine.

The lane from Bridge 8, by Weston Lock, provides easy access to Weston village in one direction. In the other it offers a peaceful walk down to the site of an old lock opposite King's Mills, a popular bathing spot until demolition of a weir in 1957 rendered such activities dangerous. Rummage in the undergrowth and you may discern the remains of the old lock. In the past there was a ferry here too, providing access to the mills on the Leicestershire bank of the Trent - sadly it is no more.

Stenson (Map 29)

A well known canal centre with barn-conversion pub called THE BUBBLE (Tel: 01283 703113). Teas and gifts from the lock house and trip boat. Walk down to Twyford and work up an appetite.

Between bridges 17 and 18 RAGLEY BOAT STOP (Tel: 01332 703919) is a family pub converted from an old farm house. Customer moorings are provided on the opposite side to the towpath and water and electricity are laid on for boating patrons at the foot of a long lawn.

Swarkestone (Map 30)

Trent-side village featuring the CREWE & HARPUR (Tel: 01332 700641), a refurbished country inn and restaurant, but no shopping facilities other than a garage on the A514. There are glimpses from the canal of The Stand, a small 17th century pavilion surmounted by a picturesque pair of ogee domes which is thought to have been used to accommmodate spectators as a grand-stand for viewing bull-baiting. There was once a great mansion here belonging to the Harpurs, who decamped to Calke after the civil War.

Weston-on-Trent (Map 30)

Potentially confusing, this is the *second* Weston-on-Trent that the Trent & Mersey encounters on its travels - the other one being south of Stone. This Weston no longer has a shop but there are two pubs a worthwhile ten minutes stroll up from the canal at Weston Lock. COOPERS ARMS - Weston Hall. Charming pub housed in 17th century mansion used by Cromwell as a temporary barracks. During the First World War an escaped German prisoner hid here briefly before eventually making his way back to his homeland. Bass beers and a wide choice of food. Tel: 01332 690002. OLD PLOUGH - traditional village centre pub with a restaurant. Tel: 01332 700331.

Shardlow (Map 31)

Attractive Georgian village much quieter now that the new A50 has siphoned off the heavy traffic that used to plague its main street. Shardlow Hall was built in 1684 by Leonard Forsbrook from profits made on the river trade. Small but interesting Heritage Centre on London Road. No shops!

CLOCK WAREHOUSE - adjacent lock. Mansfield Brewery's vast and imposing warehouse refurbishment popular with families. Lots of good canal archive pictures adorn the walls. Tel: 01332 792844.
LADY IN GREY - Bridge 2. Long-established restaurant ideal for rewarding tired and morale-sapped crews. Tel: 01332 792331.
Other pubs and Indian and Chinese restaurants nearby.
Buses run to Loughborough (calling at East Midlands Airport) and Derby - Tel: 0870 608 2 608.

NAVIGATION from the Trent to the Mersey must have seemed like a proclamation for travel from the earth to the moon, but this was how the fledgling canal company advertised its purpose back in 1780. The words adorn the largest warehouse at SHARDLOW, the company's 'inland port', once known waggishly as "Rural Rotterdam". And Shardlow, unlike its counterpart Preston Brook, at the other end of the Trent & Mersey, has been fortunate enough to retain the greater part of its historic infrastructure. Pride of place goes to the handsome Clock Warehouse, now a popular pub, alongside Shardlow Lock. Like many of Shardlow's warehouses, it owes its survival to F.E. Stevens, a local animal feeds merchant, whose occupation of this, and several other canalside buildings, secured a use for them in the century which passed between the cessation of the local canal trade and a new era of refurbishment for leisure and commercial use.

Although it is Shardlow which appears on the distinctive Trent & Mersey mileposts, the actual junction with the Trent Navigation is at Derwent Mouth, approximately one and a half miles east of the village. It's a short journey, as easily accomplished on foot as afloat. Unfortunately, the imposing concrete horse-bridge, emblazoned with the initials of the Trent Navigation and dated 1932, which carried the towpath across the Trent opposite its confluence with the Derwent, had been demolished on the occasion of our last research trip. Official notices promised a replacement! The Derwent looks alluring, but has not been navigable since the late eighteenth century.

Downstream the Trent sweeps haughtily towards Nottingham, an eye-opener for boaters passing through Derwent Mouth Lock and away from the cosy world of the canals. You pass beneath a pipeline which brings water supplies down from the Peak District to slake the thirst of Leicester folk, and you pass beneath the M1 motorway on which the traffic often seems to be moving more slowly than you. And the river, long bereft of commercial trade, can cock a sagacious snook at its concrete replacement and say 'I told you so'.

As the Trent tumbles over a weir and passes beneath Harrington Bridge, a canalised cut brings you to Sawley Bridge Marina and its extensive facilities. East of here Sawley Locks are duplicated, automated and manned.

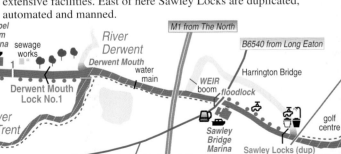

Locking down into Shardlow

BETWEEN the canalised 'cuts' of Cranfleet and Beeston the boater voyages upon the mighty River Trent, a watercourse not to be toyed with, especially when the current is running fast as is increasingly the case given the downpours associated with global warming. Red, yellow and green marker boards at the exits from the lock-cuts indicate when it is safe to proceed on to the river. Red - obviously - suggests you stay put, yellow urges caution, and green means that it is safe to go and that the river is in one of its gentler moods.

The Midland Main Line railway spans Cranfleet Cut under the shadow of Ratcliffe Power Station. Near here used to be the busy junction station known simply as Trent. Another long-abandoned transport facility was a ferry at Thrumpton.

From the boater's perspective, the river's high banks preclude much assimilation of the landscape, and one must focus instead on the waterside

chalets and shanties, ranging from the sublime to the faintly ridiculous. Walkers and cyclists, on the other hand, are well catered for by a river path that is adequate at worst and excellent in the vicinity of Attenborough's watery nature reserve, a valuable leisure facility based on former gravel workings. Briefly, the Trent marks the boundary between Derbyshire to the North and Nottinghamshire to the south. Its tributary, the River Erewash, outfalls via the gravel flashes. King Charles is said to have crossed the Trent at Barton-in-Fabis in 1646 on his way to surrender to the Scots. On the southern horizon stands Gotham Hill and the village of Gotham, pronouced 'goat ham' and known once for the Merrie Tales of its Mad Men rather than Batman and Robin.

Map labels

- NOTTINGHAM
- Access from A6005
- By-road from Long Eaton
- picnic site
- River Erewash
- Derbys.
- Attenborough
- Nature Reserve
- P
- River Erewash
- Beeston Sailing Club
- Erewash Canal to Langley Mill
- DERBY
- Trent Lock
- flood gate
- Cranfleet Lock 7ft 9ins
- gravel pits
- Nottinghamshire
- Barton Island
- site of ferry
- Cranfleet Cut
- LEICESTER from Leicester
- WEIR
- boom
- Un-navigable R.Trent
- tunnels
- site of ferry
- power station
- Thrumpton
- Barton-in-Fabis
- By-roads to A453
- N

33

BEESTON CUT was dug towards the end of the 18th century to by-pass a tricky section of the Trent. Beeston Marina offers useful facilities including a chandlery that stocks a moderate range of groceries, a cafe and a licensed club-house. The cut acts as a defensive moat between Boots sprawling industrial estate and the acres of sports fields which separate it from the unnavigable Trent. You sense a good deal of industrial activity going on around you, but high banks of bindweed mask the bulk of this, so it comes as something of a relief to reach LENTON CHAIN and the Nottingham Canal. The Nottingham, from here northwards to its junction with the Erewash and Cromford canals at Langley Mill, was formally abandoned in 1937, though it had scarcely carried any traffic since the General Strike. Happily, from Lenton to the Trent, the Nottingham Canal is still very much in use and it forms

a pleasant approach to the city centre. Nottingham Castle Marina and a large, waterside Sainsburys supermarket coincide with popular visitor moorings but we would encourage you to explore the full length of the canal through the centre of the city to Meadow Lane Lock as long as there hasn't been a significant fall of rain which might prevent access on to the river, a necessary manoeuvre in order to turn most craft. As you proceed, Nottingham opens up its arms in a welcoming embrace.

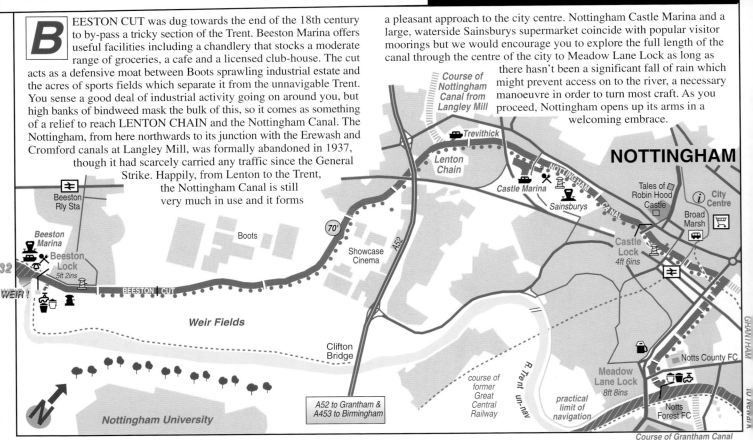

Course of Nottingham Canal from Langley Mill

Trevithick

Lenton Chain

Castle Marina

Sainsburys

NOTTINGHAM

Tales of Robin Hood

Castle

i City Centre

Broad Marsh

Castle Lock
4ft 6ins

Beeston Rly Sta

Beeston Marina

Beeston Lock
5ft 2ins

WEIR !

BEESTON CUT

Boots

Showcase Cinema

70'

A52

Weir Fields

Clifton Bridge

A52 to Grantham & A453 to Birmingham

Nottingham University

course of former Great Central Railway

R. Trent un-nav

practical limit of navigation

Meadow Lane Lock
8ft 8ins

Notts County FC

Notts Forest FC

Course of Grantham Canal

GRANTHAM

32

ROSE OF YORK

The
ASHBY DE LA ZOUCH
Canal

THE first time we boated up the Ashby Canal we were breaking ice. The next time our dog got sunstroke. But the Ashby itself is not a waterway of such extremes, its chief characteristic being of uneventful solitude, a long lock-less reverie of water lily, yellow iris, dog rose and dandelion. It leaves the Coventry Canal at MARSTON JUNCTION on the southern outskirts of Nuneaton, furtively negotiating the narrows of a long forgotten stop lock. From the outset its course is serpentine and river-like, an illusion strengthened by lush banks of vegetation. Metal mileposts measure the distance between Marston and Moira, a total of thirty miles, though only twenty-two are currently navigable. It goes on its way past drowsy hamlets with names like something out of a poem by Edward Thomas: Marston Jabbett, Burton Hastings and the lost village of Stretton Baskerville, swept away by the field enclosures of the 16th century. Ironically, the fields are losing these hedges now, as farming becomes ever more mechanised, and when there is a wind (clench-fisted from the Urals) it can play the devil with passing boats.

The West Coast Main Line crosses the canal by Bridge 4, and then there are a couple of B roads before the canal reaches Watling Street, the boundary between Warwickshire and Leicestershire. Good moorings and a water point are available by Bridge15. When we first visited the Lime Kilns public house in 1980 it seemed caught in a 1930s time warp, one of a dwindling number of classic canal pubs where you sensed that the captains of coal boats were still made welcome, however invisibly so. Within a few years the pub had changed hands and refurbishment ensued.

The Ashby Canal, opened in 1804 to widebeam dimensions, never reached the Leicestershire market town lampooned in the American Second World War ditty *Ashby de-la Zouch by the Sea*. Neither did it become the through route to the Trent once envisaged. Instead it ran for thirty miles from Marston to a little colliery community called Moira on the

border of South Derbyshire. The canal thrived as an outlet for the pits, quarries and potteries of the area. Moira coal was held in high esteem by the important London market; one reason why working boatmen always referred to this as the 'Moira Cut'. A trip up the canal also meant the opportunity for the boatman and his family to obtain some of the locally produced pottery ware. Measham teapots, with their distinctive brown glaze and relief ornamentation, found a home in many a narrowboat cabin, and would often be individualised with the owner's or his boat's name. Perversely, the coal mines which brought prosperity to the canal, caused, through subsidence, successive shortenings back from the original terminus: to Donisthorpe in 1944, Measham in 1957 and Snarestone in 1967.

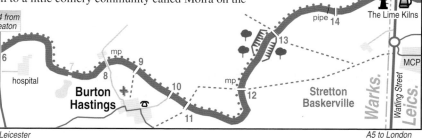

71

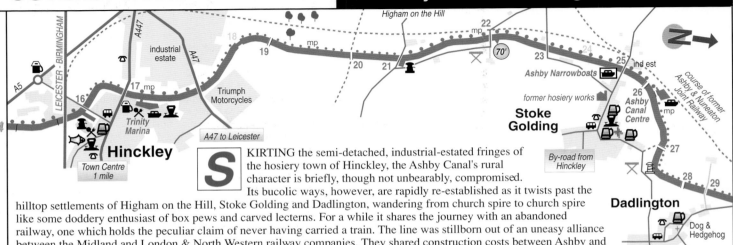

Higham on the Hill

Ashby Narrowboats

former hosiery works

Stoke
Golding

Ashby
Canal
Centre

By-road from
Hinckley

Dadlington

Dog &
Hedgehog

industrial
estate

Triumph
Motorcycles

A47 to Leicester

Trinity Marina

Hinckley

Town Centre
1 mile

S KIRTING the semi-detached, industrial-estated fringes of the hosiery town of Hinckley, the Ashby Canal's rural character is briefly, though not unbearably, compromised.

Its bucolic ways, however, are rapidly re-established as it twists past the hilltop settlements of Higham on the Hill, Stoke Golding and Dadlington, wandering from church spire to church spire like some doddery enthusiast of box pews and carved lecterns. For a while it shares the journey with an abandoned railway, one which holds the peculiar claim of never having carried a train. The line was stillborn out of an uneasy alliance between the Midland and London & North Western railway companies. They shared construction costs between Ashby and Nuneaton, and this loop was built between Stoke Golding and Hinckley at the same time. The purpose of the main line was exactly that of the Ashby Canal - to carry coal. Most of this coal was heading for London and the south-east, and the loop line had no part to play in this traffic. It was dismantled in 1900, never used; though its course across the fields is as discernible today as many a line in use until the Beeching era. If such things fill you, like us, with a strangely unconsolable sadness, you might care to take a peep at Stoke Golding's old station by Bridge 25. Typical of the architectural style of the joint line, it has been engulfed by a small industrial estate.

Despite the Ashby Canal appearing to do its level best to avoid Hinckley, the town relied on it for the supply of much of its coal throughout the 19th century. A wharf for the discharge of Moira coal stood by Bridge 17. Hinckley Urban District Council were responsible for monitoring the cleanliness and satisfactory sanitary standards of canal boats based on the Ashby Canal until as relatively recently as 1953. The luxuriously appointed pleasure craft berthed in the nearby marina are unlikely to cause such concerns. This is the modern face of canal boating, with a terraced restaurant overlooking a canal far busier now than ever in the days of the coal boats. New canalside housing adds weight to the scene change, together with a massive factory making Triumph motor cycles. One detail the authorities might care to focus on is the deteriorating state of the towpath. In previous editions we were able to praise improvements to what had always been a tricky rite of passage for would-be pedestrians. Frustratingly the powers that be seem to think that resurfaced towpaths need no maintenance, whereas every gardener knows the toll that nature can take on the ignored and neglected. Somewhere under the encroaching vegetation must lie a perfectly good hardcore. It would be nice to see it again.

Hinckley

The centre of this oddly introspective, and seemingly self-sufficient little hosiery town, lies quite a hike from the canal. A shame, because, on the Ashby Canal, one needs all the company of one's fellow men one can get. Hinckley's most famous son is Joseph Hansom, inventor of the horse-drawn predecessor to the taxi; shades of pea soup fogs and 221B Baker Street.

THE LIME KILNS - canalside Bridge 15. Friendly, modernised pub with nice canalside garden, offering a changing cycle of real ales together with food both sessions daily. Moorings for patrons. Families catered for. Tel: 01455 631158.
WATERGATE - stylish marina restaurant with terrace overlooking canal for eating al fresco on warm days. Cosy bar dispensing Everards also. Tel: 01455 896827.
SIMLA - Hinckley Wharf. Indian restaurant & take-away occupying former wharf house. Tel: 01455 633955.

Trinity Marina sells provisions and has a handy cash machine. The town centre is good for shopping but the less agile may prefer to get there by bus from stops near the canal. Midland Counties Publications offer a wide range of transport titles from their premises on Watling Drive near Bridge 15 - Tel: 01455 233747.

TOURIST INFORMATION - The Library. Tel: 01455 635106.
HINCKLEY & DISTRICT MUSEUM - Lower Bond Street, town centre. Open weekend afternoons, Easter to October. Fascinating local history displays in a 17th century thatched cottage once used by frame knitters. Tearoom & shop. Tel: 01455 251218.

BUSES - useful links along the Ashby Canal corridor with Stoke Golding and Market Bosworth. Tel: 0870 608 2 608.
TRAINS - cross country connections with Leicester, Nuneaton and Birmingham. Tel: 08457 484950.

Stoke Golding

A pleasant hilltop village typical of this part of the world. The quaint little hosiery works we used to admire on walks up from Bridge 25 has been converted into flats, but a smaller, more modern and architecturally less distinguished establishment continues the local tradition. A trio of pubs offers every excuse to pause here, perhaps the most convivial being the GEORGE & DRAGON, an old fashioned sort of country pub dispensing Bass and Marston's and providing meals (and take-aways) both sessions daily. Tel: 01455 213268. Of the other two, THE WHITE SWAN with Leicester-brewed Everards, whilst THREE HORSE SHOES offers Cantonese Cooking. Shopping facilities are limited to a small post office and a newsagent stocking a moderate range of provisions.

Dadlington

Another village perched on a hill. Sweet little, partially tile-hung church, but D's best known feature is the DOG & HEDGEHOG (Tel: 01455 212629) a characterful 18th century inn highly regarded for its food.

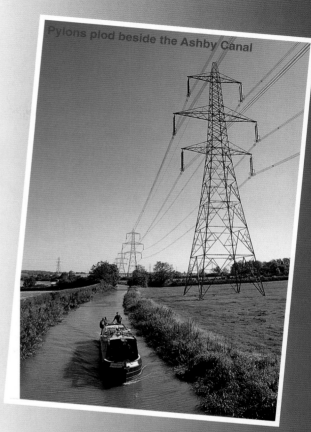

Pylons plod beside the Ashby Canal

73

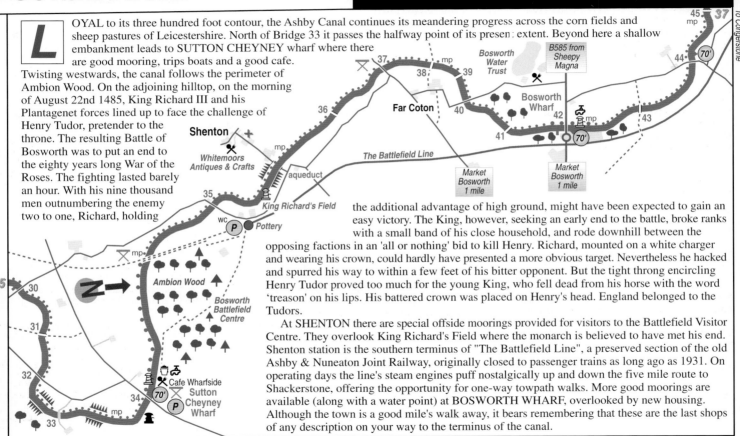

LOYAL to its three hundred foot contour, the Ashby Canal continues its meandering progress across the corn fields and sheep pastures of Leicestershire. North of Bridge 33 it passes the halfway point of its present extent. Beyond here a shallow embankment leads to SUTTON CHEYNEY wharf where there are good mooring, trips boats and a good cafe. Twisting westwards, the canal follows the perimeter of Ambion Wood. On the adjoining hilltop, on the morning of August 22nd 1485, King Richard III and his Plantagenet forces lined up to face the challenge of Henry Tudor, pretender to the throne. The resulting Battle of Bosworth was to put an end to the eighty years long War of the Roses. The fighting lasted barely an hour. With his nine thousand men outnumbering the enemy two to one, Richard, holding

the additional advantage of high ground, might have been expected to gain an easy victory. The King, however, seeking an early end to the battle, broke ranks with a small band of his close household, and rode downhill between the opposing factions in an 'all or nothing' bid to kill Henry. Richard, mounted on a white charger and wearing his crown, could hardly have presented a more obvious target. Nevertheless he hacked and spurred his way to within a few feet of his bitter opponent. But the tight throng encircling Henry Tudor proved too much for the young King, who fell dead from his horse with the word 'treason' on his lips. His battered crown was placed on Henry's head. England belonged to the Tudors.

At SHENTON there are special offside moorings provided for visitors to the Battlefield Visitor Centre. They overlook King Richard's Field where the monarch is believed to have met his end. Shenton station is the southern terminus of "The Battlefield Line", a preserved section of the old Ashby & Nuneaton Joint Railway, originally closed to passenger trains as long ago as 1931. On operating days the line's steam engines puff nostalgically up and down the five mile route to Shackerstone, offering the opportunity for one-way towpath walks. More good moorings are available (along with a water point) at BOSWORTH WHARF, overlooked by new housing. Although the town is a good mile's walk away, it bears remembering that these are the last shops of any description on your way to the terminus of the canal.

Sutton Cheyney (Map 36)

Sutton Cheyney Wharf attracts many visitors by virtue of the access it provides to Bosworth Battlefield, its boat trips and an excellent new cafe.

CAFE WHARFSIDE - purpose built new cafe offering coffees, light lunches and teas. Tel: 01455 292685. Refreshments also available locally at the Battlefield Centre - see below.

THE ASHBY TRIP - a variety of boat cruises available of differing duration, scheduled or charter. Tel: 01455 213838 www.ashbytrip.com

BOSWORTH BATTLEFIELD - access from the canal via footpath from Sutton Cheyney Wharf or special visitor moorings at King Richard's Field. Visitor centre open April to October - admission charge. Battlefield Trails open all year round, free access. Cafeteria and gift shop. Tel: 01455 290429.

Market Bosworth (Map 36)

Part of the perverse charm of the Ashby Canal lies in the distance between the waterway and neighbouring (and we use the term in its widest sense) communities. Here again it's a case of 'leg-it' or 'lump-it'. But Market Bosworth is well worth the effort involved in walking the country mile between the canal wharf and the market square. Dr Johnson taught at the grammar school for a brief period, but looked back on his time here "with the strongest aversion". Today's leg weary canal visitors are unlikely to feel the same way, for this is a charmingly unspoilt market town with a wealth of good architecture.

SOFTLEYS - Market Place. Attractive eating house serving lunches (Tue-Sat) and dinners (Mon-Sat) and offering accommodation. Tel: 01455 290464.

PEPPERCORN COTTAGE - Market Place.

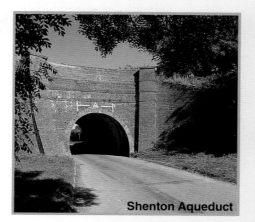
Shenton Aqueduct

Delicatessen with cafe/bistro. Tel: 01455 292406. VICTORIAN TEA PARLOUR - Wheatsheaf Courtyard. Tel: 01455 290190.

Several pubs to chose from, plus fish & chips and a Chinese take-away.

The last shops between this point and the canal's terminus. There's a little market on Wednesdays, though it must be a pale shadow of the rollicking junkets held here in the 15th century. There's an excellent butcher (LAMPARDS), a Co-op, some good antique shops and an HSBC Bank.

BOSWORTH WATER TRUST - west of Bosworth Wharf. Tel: 01455 291876. Fifty acre leisure park offering sailing, windsurfing, rowing boats, canoeing and fishing opportunities with equipment available for hire. Cafe and bar - Tel: 01455 292 685.

BUSES - hourly daily service to/from Leicester plus hourly Mon-Sat to/from Hinckley. Tel: 0870 608 2 608.

Shenton (Map 36)

Pretty hamlet centered on a 17th century hall. The railway station marks the southern extremity of the Battlefield Line and there's a pottery alongside. WHITEMOORS - antiques and crafts centre about ten minutes walk from the canal aqueduct. Licensed tea rooms where lunches are served daily. Tel: 01455 212250.

Shackerstone (Map 37)

Unspoilt Leicestershire village with handsome church and motte & bailey remains, known chiefly now for its connections with the Battlefield Line. No shops, but a pleasant enough pub called the RISING SUN (Tel: 01827 880215) where food is usually available. There's also a cafe open most days at the preserved station.

BATTLEFIELD LINE - stations at Shackerstone, Market Bosworth (no public access) and Shenton. Operates weekends throughout the season and some weekdays in high summer. Tel: 01827 880754. There's a delightful 'light railway' feel to this little steam line; Colonel Stephens would have approved! King Edward VII alighted at Shackerstone several times on his way to and from Gopsall Hall.

Snarestone (Map 37)

Another quiet, back o' beyond village, barely notable except for the canal tunnel passing beneath it. A convivial country pub, called THE GLOBE (Tel: 01530 270272) can be reached from the tunnel's southern portal where there are good moorings. The pub does food and welcomes families. Buses run to/from Ashby, Atherstone and Nuneaton - Tel: 0870 608 2 608.

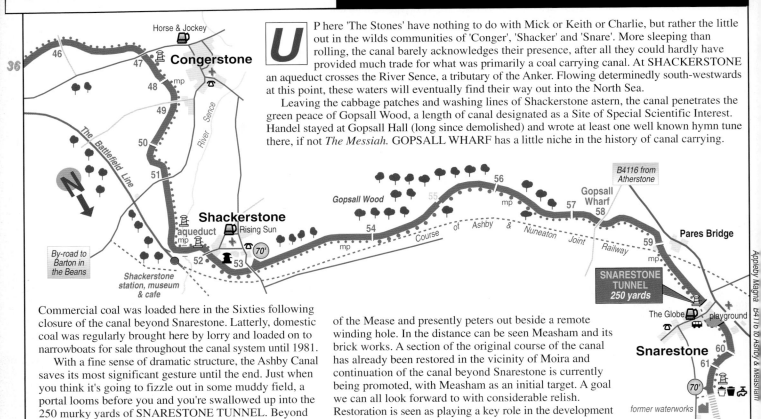

UP here 'The Stones' have nothing to do with Mick or Keith or Charlie, but rather the little out in the wilds communities of 'Conger', 'Shacker' and 'Snare'. More sleeping than rolling, the canal barely acknowledges their presence, after all they could hardly have provided much trade for what was primarily a coal carrying canal. At SHACKERSTONE an aqueduct crosses the River Sence, a tributary of the Anker. Flowing determinedly south-westwards at this point, these waters will eventually find their way out into the North Sea.

Leaving the cabbage patches and washing lines of Shackerstone astern, the canal penetrates the green peace of Gopsall Wood, a length of canal designated as a Site of Special Scientific Interest. Handel stayed at Gopsall Hall (long since demolished) and wrote at least one well known hymn tune there, if not *The Messiah*. GOPSALL WHARF has a little niche in the history of canal carrying.

Commercial coal was loaded here in the Sixties following closure of the canal beyond Snarestone. Latterly, domestic coal was regularly brought here by lorry and loaded on to narrowboats for sale throughout the canal system until 1981.

With a fine sense of dramatic structure, the Ashby Canal saves its most significant gesture until the end. Just when you think it's going to fizzle out in some muddy field, a portal looms before you and you're swallowed up into the 250 murky yards of SNARESTONE TUNNEL. Beyond here the canal proceeds around a hillside above the valley of the Mease and presently peters out beside a remote winding hole. In the distance can be seen Measham and its brick works. A section of the original course of the canal has already been restored in the vicinity of Moira and continuation of the canal beyond Snarestone is currently being promoted, with Measham as an initial target. A goal we can all look forward to with considerable relish. Restoration is seen as playing a key role in the development of the National Forest.

Course of Ashby Canal to Moira

Ashby Canal Scenes:
Upper left: Shenton
Lower left: Snarestone
Right: Ambion Wood

77

Connecting

KINGS NORTON & ALVECHURCH

Canals

NORTH of Hockley Heath the canal assumes a mantle of trees which border the summit section. Oak, alder, hazel and willow predominate, creating a soothing, sylvan quality which, however beautiful, is apt to become soporific after a while. When you do catch glimpses of the surrounding countryside, it reminds you of the Home Counties, exuding an air of affluence epitomised by large detached houses, and horsey people, trotting down dappled lanes on dappled steeds.

The winding hole by Bridge 22 marks the site of a wharf once linked by tramway to the limestone quarries of Tanworth-in-Arden. Originally a branch canal had been planned to cater for this traffic. Near Bridge 19 an extensive miniature railway stands close to the canal, though hidden by a cutting. Privately owned, it does however, open to the public on selected dates.

At Earlswood an embankment carries the canal over Spring Brook and a feeder enters the canal from a trio of reservoirs which lie to the south-west. These Earlswood Reservoirs are a popular amenity, attracting ramblers, anglers and bird watchers.

Even if you have more enthusiasm for machinery than wildlife, the reservoirs are still worth visiting to see the old engine house on Lady Lane, to which narrowboats carried coal up the feeder until 1936. Earlswood Motor Yacht Club members use the feeder now for moorings.

Like a dart player's waistline, Birmingham's southern suburbs keep on expanding and a new housing estate now borders the canal at Dickens Heath. Significantly architects are now keen to incorporate canals into their vision, whereas a generation ago ugly boundary fences would have been erected and the houses would have turned their backs to the water. A new footbridge encourages residents to stride out and enjoy the splendours of the towpath.

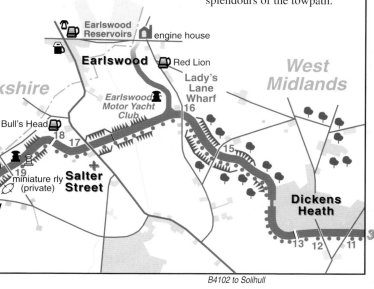

ALTHOUGH the map emphasises how built-up these south-western suburbs of Birmingham are, the canal seems oblivious to the proximity of so many houses and people, retaining an aloof quality, like a recluse in a crowd. The boater's steady progress is interrupted by having to throttle down past moored boats at the bottom of gardens. Another obstacle to progress is Shirley Drawbridge, not so much a local-lass, more a wind-lass operated lift bridge on a busyish by-road, necessitating the use of barriers accessed with a British Waterways' Yale key. Nearby the canal crosses the River Cole which finds its way via the Tame, Trent and Humber to the North Sea.

Shakespeare looks inscrutably down from the western portal of Brandwood Tunnel. Brandwood was built without a towpath, so horses were led over the top while boats were worked through by the simple expedient of boatmen pulling on a handrail set into the tunnel lining. The horse path still provides walkers with a right of way and also offers access to some useful suburban shops.

Between the tunnel and King's Norton Junction stands a swing bridge with a history, a *cause celebre* in the embryonic days of the Inland Waterways Association. It was originally a lift bridge and, during the Second World War the Great Western Railway, who owned the canal at that time, clamped down the platform following damage by a lorry. Commercial traffic had ceased on the canal, but the IWA maintained that a right of navigation still applied. The GWR claimed that they would be only too happy to jack up the bridge to permit boats to pass as required, little realising that the IWA intended to organise as many boat passages as would be necessary to have the bridge fully repaired. Several campaign cruises ensued, but it was not until Nationalisation that the present swing bridge was installed. Often erroneously referred to as Lifford Lane Bridge, Bridge 2 is in fact on Tunnel Lane.

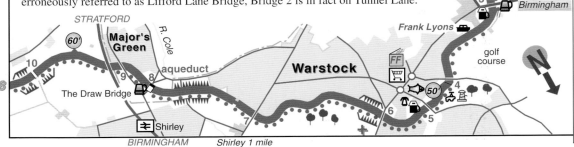

COVERAGE of the Worcester & Birmingham Canal in this Canal Companion begins at the north end of Tardebigge Tunnel. The whole length of the canal between Worcester & Birmingham is included in both our *Stourport Ring* and *Severn & Avon* guides. Lockless from Tardebigge to Birmingham, the canal curves away from the boatyard at Tardebigge Old Wharf and soon encounters Shortwood Tunnel. Walkers have to take to the old horse path across the top of the hill, and in doing so encounter a sizeable spoil tip presumably left over from construction of the canal.

Post-war Alvechurch then overspills up its hillside to fringe the canal, but barely deflects from its dreamy, lock-less progress above the valley of the Arrow. There are panoramic views eastwards across Weatheroak Hill, crossed by the Roman's Ryknild Street. Alvechurch Boat Centre's busy boatyard, with its attractive A shaped shop and office, is located by Bridge 60. Bridge 62 carries the Redditch-Birmingham commuter line over the canal.

A feeder comes in from Upper Bittell Reservoir beside an isolated canal employee's cottage near Bridge 66. The Lower Reservoir, rich in wildfowl, lies alongside the canal and is given a gorgeous wooded backdrop by the Lickey Hills. Only the Upper Reservoir feeds the canal. The lower was provided by the canal company to compensate millers in the vicinity whose water supplies from the River Arrow had been affected by the building of the canal.

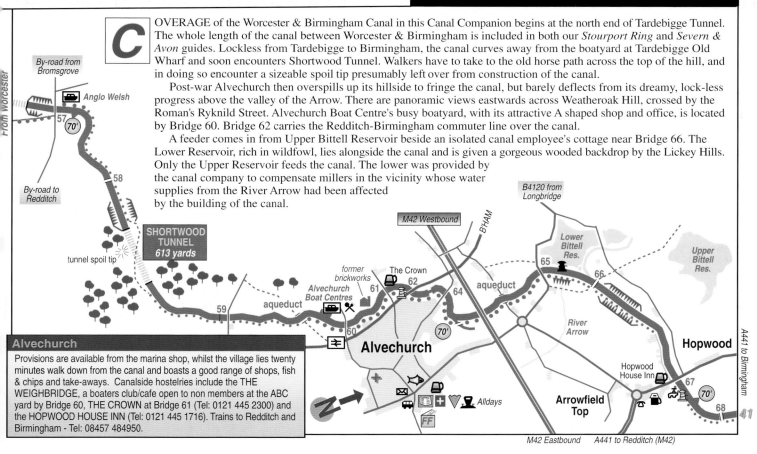

Alvechurch

Provisions are available from the marina shop, whilst the village lies twenty minutes walk down from the canal and boasts a good range of shops, fish & chips and take-aways. Canalside hostelries include the THE WEIGHBRIDGE, a boaters club/cafe open to non members at the ABC yard by Bridge 60, THE CROWN at Bridge 61 (Tel: 0121 445 2300) and the HOPWOOD HOUSE INN (Tel: 0121 445 1716). Trains to Redditch and Birmingham - Tel: 08457 484950.

A T King's Norton Junction those travelling the alternative 'Warwickshire Ring' route via central Birmingham turn from the Stratford-on-Avon Canal on to the Worcester & Birmingham Canal or vice versa. The Worcs & B'ham south of here is included in this Canal Companion primarily for boaters starting or ending their cruises at Alvechurch or Tardebigge (Map 40). Wast Hill Tunnel is currently the sixth longest navigable tunnel on the canal system. Theatrically it seems to separate the urban sprawl of the West Midlands from the charming countryside of north-east Worcestershire. It takes

Cadbury World

Bournville

Breedon Cross

Site of Mid Rly Basin

King's Norton

Junction House

72

73 74 75 76 77

Lifford

River Rea

69 70 71

WAST HILL TUNNEL 2726yrds

Hawkesley

A441

KING'S NORTON JUNCTION

2

40

Worcestershire | **West Midlands**

39

about half an hour to negotiate, and boats can pass inside. British Waterways have improved access from the tunnel portals to the outside world, but this is one Worcs & B'ham tunnel where the old horsepath over the top lacks its past charm; walkers must negotiate the depressing environs of a large Hawkesley housing estate before rejoining the canal. The correct route is not always apparent as we discovered on a 'magical mystery tour' of the estate's outer extremities. The trick is to follow the Barge Horse Walk pathway to its limit, then take the road around the periphery of the estate before turning into Wast Hills Lane, which leads back to the canal.

King's Norton Junction retains a handsome junction house and a lucid signpost, and the open swards of adjacent parkland, allied to the imposing spire of King's Norton church, create an illusion of rurality. But make no mistake, this is an uncompromisingly urban area and security factors have to be carefully weighed before you decide whether to moor for the night or leave a boat unattended here. North of the junction, the canal journeys through an urban landscape of factory walls and sundry industrial premises. BOURNVILLE railway station lies alongside the canal by Bridge 77. Moorings for Cadbury World (Tel: 0121-451 4159) are on the opposite side of the canal, access being by way of the adjoining road beneath the canal and railway. Bournville's garden village owes its existence to the altruism of Quakers Richard and George Cadbury who built a chocolate factory on a greenfield site in the vicinity in 1879. The name Bournville dates from that time: Bourn relating to a local watercourse, whilst the rather fanciful suffix of 'ville' was deemed to have desirable French overtones, more readily marketed than Foundry Lane Chocolate or some similar more realistic and accurate trade mark.

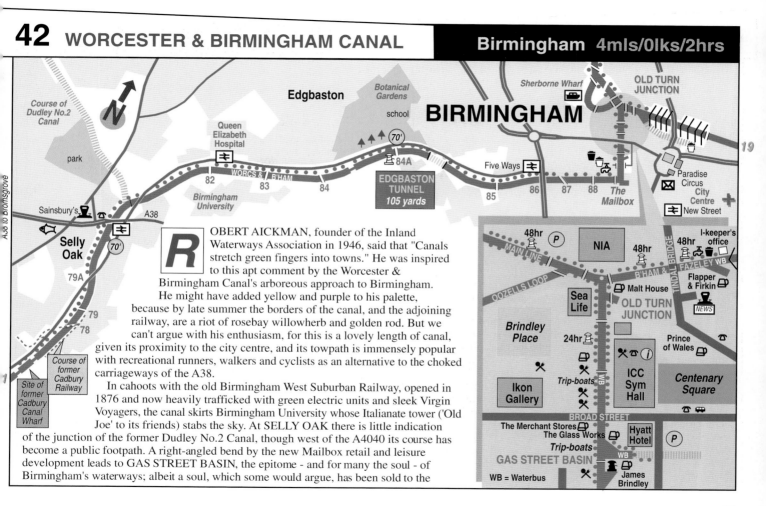

Course of Dudley No.2 Canal

park

A38 to Bromsgrove

Sainsbury's

Selly Oak

79A

79

78

Course of former Cadbury Railway

Site of former Cadbury Canal Wharf

Queen Elizabeth Hospital

Birmingham University

82

83

WORCS & B'HAM

84

84A

EDGBASTON TUNNEL
105 yards

Edgbaston

Botanical Gardens

school

70'

85

86

87

88

BIRMINGHAM

Sherborne Wharf

Five Ways

The Mailbox

OLD TURN JUNCTION

19

Paradise Circus

City Centre

New Street

l-keeper's office

48hr

48hr

48hr

24hr

MAIN LINE

OOZELLS LOOP

NIA

Malt House

Sea Life

Brindley Place

Ikon Gallery

Trip-boats

B'HAM & FAZELEY

TINDAL BRIDGE

WB

OLD TURN JUNCTION

ICC Sym Hall

BROAD STREET

The Merchant Stores
The Glass Works
Trip-boats

GAS STREET BASIN

WB = Waterbus

Hyatt Hotel

James Brindley

Flapper & Firkin

NEWS

Prince of Wales

Centenary Square

P

ROBERT AICKMAN, founder of the Inland Waterways Association in 1946, said that "Canals stretch green fingers into towns." He was inspired to this apt comment by the Worcester & Birmingham Canal's arboreous approach to Birmingham. He might have added yellow and purple to his palette, because by late summer the borders of the canal, and the adjoining railway, are a riot of rosebay willowherb and golden rod. But we can't argue with his enthusiasm, for this is a lovely length of canal, given its proximity to the city centre, and its towpath is immensely popular with recreational runners, walkers and cyclists as an alternative to the choked carriageways of the A38.

In cahoots with the old Birmingham West Suburban Railway, opened in 1876 and now heavily trafficked with green electric units and sleek Virgin Voyagers, the canal skirts Birmingham University whose Italianate tower ('Old Joe' to its friends) stabs the sky. At SELLY OAK there is little indication of the junction of the former Dudley No.2 Canal, though west of the A4040 its course has become a public footpath. A right-angled bend by the new Mailbox retail and leisure development leads to GAS STREET BASIN, the epitome - and for many the soul - of Birmingham's waterways; albeit a soul, which some would argue, has been sold to the

Gas Street

moneymakers and developers who have transformed this erstwhile enclave of the narrowboating fraternity out of all recognition. But for the rest of us, ambivalent or otherwise, the renaissance of central Birmingham's canals borders on the miraculous. It bears remembering, however, that the original terminal wharf of the Birmingham Canal lay to the east of Gas Street Basin, on a site now occupied by a skyscraper, the BCN's handsomely symmetrical offices on Suffolk Street having been demolished in 1928. Fifty years later demolition controversially took its toll of Gas Street as well, by which time the planners should have known better, and British Waterways have never been forgiven in some quarters for razing their rich heritage of 18th century waterside warehouses to the ground in a calculated move to sidestep a preservation order. For a time nothing was done to fill the void. Gas Street might have ceased to exist but for a community of residential boats which lent a splash of colour and humanity to a decaying canalscape. A decade elapsed before the developers' proposals were realised in bricks and mortar, and the biggest irony of all is that the new pubs and offices materialised themselves in a warehouse vernacular style remarkably similar to the bulldozed originals. The only post Seventies interloper unsympathetic to the original scale of Gas Street is the towering, shimmering, slippery, silvered edifice of the Hyatt Hotel. What do its sybaritic guests make of the little boats beneath their air-conditioned eyries? Do they see them as 'local colour', as archaic as the sampans of Hong Kong harbour?

Moving beneath Broad Street, the canal penetrates the piazzas of Brindley Place and the International Convention Centre. For once the hackneyed analogy with Venice seems almost apt. Culture and chronology collide as your narrowboat eases its way past tourists queueing to get into the National Sea Life Centre and concert-goers sipping cocktails in a Symphony Hall interval between Brahms and Beethoven. At OLD TURN JUNCTION, overlooked by the National Indoor Arena, you have a choice: turn right for the Birmingham & Fazeley Canal described on Map 19, or venture off to the left on to the characterful waters of the BCN Main Line as covered by our *Stourport Ring - Canal Companion*.

The GRAND UNION Canal

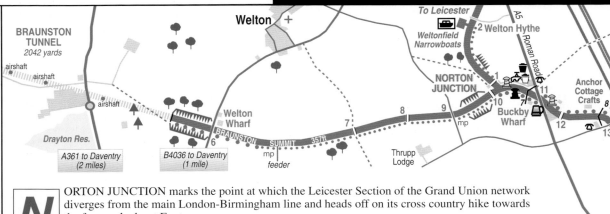

N ORTON JUNCTION marks the point at which the Leicester Section of the Grand Union network diverges from the main London-Birmingham line and heads off on its cross country hike towards the famous locks at Foxton.

The picturesque little toll house which overlooks the junction was the base, for many years, of the late Commander Fielding of the Salvation Army. In the Fifties he and his wife ran the mission boats *Salvo* and *Aster*, cruising around the canal system, ministering to the needs of the working boat families. In recent years the toll house has seen service as a holiday cottage.

West of Norton Junction the Braunston Summit (one of three between London and Birmingham) essays its short, partially subterranean course between the lock flights at Braunston and Buckby. The scenery hereabouts is typical of the Northamptonshire Uplands. To the south can be seen the spire of Daventry's parish church, to the north, Welton's tower.

Being only three miles long, the provision of an adequate water supply was (and remains) of paramount importance. Two reservoirs, Drayton and Daventry (great names for a couple of private detectives), go some way to meeting this need, whilst there are also pumps at the foot of each flight which help by returning water to the summit.

BRAUNSTON TUNNEL is over two thousand yards long. There is no towpath through it, but narrowboats can pass inside. Until the mid Thirties a steam tug service hauled unpowered boats through the tunnel. The brickwork was extensively repaired and replaced in 1979 and again between 1985-8, but somehow the soot from the tugs still clings to the older lining. Walkers on the increasingly popular Grand Union Walk make their way over the top of the tunnel by way of the old horse path, an enjoyable adventure in its own right.

South of Norton Junction lie BUCKBY LOCKS. Buckby is well known throughout the waterways as the home of

The old boat horse lane across the top of Braunston Tunnel

the 'Buckby Can'. These metal water carriers, adorned with 'rose & castles', were an essential piece of the boat families' inventory, because their boats were not equipped with water tanks and running water from the tap. Watling Street crosses the canal at Buckby Wharf and here the towpath changes sides. A pedestrian tunnel lengthens the odds of negotiating the A5 in one piece.

For a couple of miles the canal is in close proximity to the M1 motorway and correspondingly loses much of its inherent peace and quiet. The ghosts in this landscape must be severely disturbed, but ghosts there must be, for the Roman settlement of Bannaventa stood adjacent to what is now Whilton Marina, and the medieval village of Muscott lay adjacent to Bridge 18.

Summary of Facilities (Map 43)

There's only one pub remotely near the canal on Map 43 and that's the NEW INN (Tel: 01327 842540) by Buckby Top Lock.
Stroll up from Bridge 18 to the HEART OF THE SHIRES shopping village (open daily, ex Mons), a group of specialist shops (including a tea room and a deli) housed in what was a Victorian 'model' farm. Those all important holiday souvenirs may be purchased at ANCHOR COTTAGE CRAFTS (between bridges 12 and 13), WHILTON LOCKS POTTERY (Bridge 15), or at the WHILTON CHANDLERY (beside Whilton Marina), where provisions are also on sale.

TRAINS - useful staging post for towpath walkers at Long Buckby station 1 mile east of Bridge 13. Central Trains. Tel: 08457 484950.

WHEN Napoleon was busy acquiring as much of Europe as he could early in the 19th century, the Government got out a map of England and looked for somewhere safe to hide King George III. Their eye fell upon the tiny Northamptonshire village of Weedon Bec which, not entirely coincidentally, had just been linked to London with the completion of William Jessop's Grand Junction Canal. Here they built barracks and a Royal Pavilion. A canal arm led off the main line, entering the barracks through a portcullis. It was obviously intended that Weedon would be defended to the last. Happily, Bonaparte met his match elsewhere, and the King never needed to use his splendid pavilion. But the barracks remained in use for many years and, on occasions, troops were carried by canal boat from here to troublespots and ports of embarkation.

A 15 mile pound separates the lock flights at Buckby and Stoke Bruerne. To maintain this horizontality, the canal accommodates the undulations of the countryside: wrapping itself around the sinuous valley of the upper Nene, and crossing the river by way of a high embankment at Weedon.

As the canal curves round Nether Heyford there are views in the distance of Heygates flour mill on the Nene at Bugbrooke.

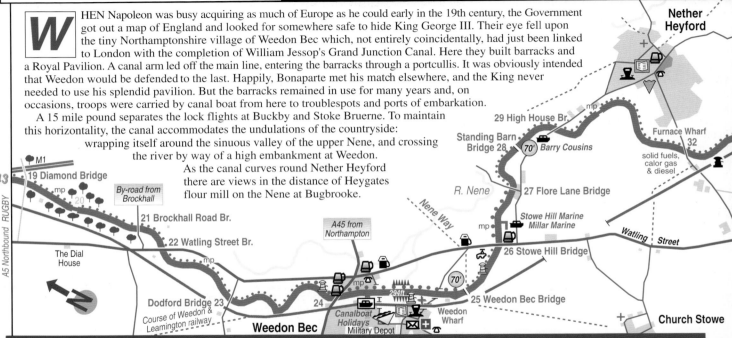

T HE landscape pitches and rolls like a sea swell. One doesn't think of the Grand Union as a pretty canal - it is too businesslike and muscular for that - but its remote journeying across the Shires has the reposeful quality of a Sunday stroll. At least that's how it feels for today's pleasure boaters, doubtless the working boatmen of the past were too preoccupied with 'getting 'em ahead' to pay homage to the countryside's charm. But if the neighbouring trains emphasise the modern urge to be elsewhere, the canal acclimatizes you kindly to each new view. The passengers in those sleek, silver Virgin Pendolinos may be alighting in Euston or Glasgow before you get to Gayton, but people who go to great lengths to save time usually end up by having to kill it.

'Banbury Lane' was once a drover's road, but its origins may go back to prehistoric times. In the heyday of the canal there was a wharf and tavern here. The buildings - three storeys with an attic - are typical of the architectural style of the Grand Junction company, and similar structures can be seen at many wharves along this section of the canal. As trade evaporated, most of the canal pubs lost their licences and were converted into private residences. As part of a scheme to eradicate level crossings on the upgraded West Coast Main Line railway, a new canal bridge has been added alongside the original bridge number 43.

At GAYTON JUNCTION the Northampton Arm branches off from the main line and commences its whirlwind descent to the Nene.

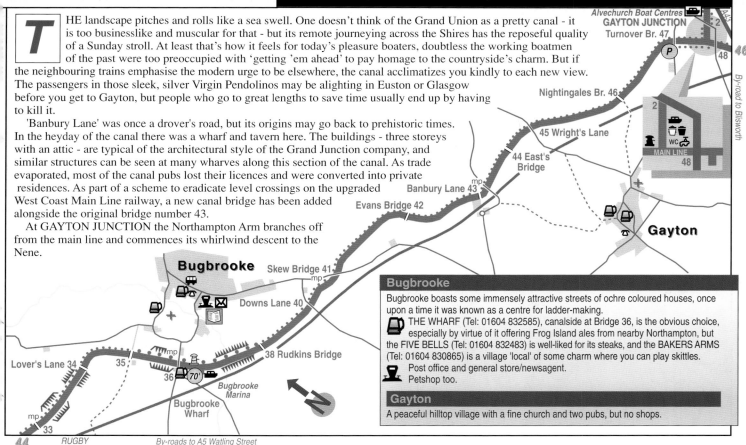

Bugbrooke

Bugbrooke boasts some immensely attractive streets of ochre coloured houses, once upon a time it was known as a centre for ladder-making.

THE WHARF (Tel: 01604 832585), canalside at Bridge 36, is the obvious choice, especially by virtue of it offering Frog Island ales from nearby Northampton, but the FIVE BELLS (Tel: 01604 832483) is well-liked for its steaks, and the BAKERS ARMS (Tel: 01604 830865) is a village 'local' of some charm where you can play skittles.

Post office and general store/newsagent.
Petshop too.

Gayton

A peaceful hilltop village with a fine church and two pubs, but no shops.

BLISWORTH and Stoke Bruerne are contrasting canalside communities separated by the second longest presently navigable tunnel in Britain. It takes around half an hour to pass through; time to reflect upon the tunnel's eventful history. By the time the rest of the Grand Junction Canal had opened between London and Braunston in 1800, Blisworth still wasn't finished, despite having been under construction for seven years. A temporary tramway over the top of the hill was built in its place - traces of which are still visible - and goods were laboriously shipped from boat to wagon and back again. Finally the tunnel was opened on 25th March 1805. A procession of boats journeyed through the tunnel from Blisworth, to be met at the Stoke Bruerne end by a crowd of several thousand onlookers. The procession continued down through the locks to a VIP banquet at Stony Stratford.

Blisworth Tunnel's dimensions permitted narrowboats to pass inside, but no towpath was provided. At the outset boats were poled through, rather in the manner of Oxford punts, but this practice was apparently abandoned in favour of the more traditional art of 'legging', though with, not surprisingly, a considerable number of fatalities. The canal company provided registered leggers who wore brass arm bands proclaiming their role. Later, as traffic increased, a steam tug service was provided, and although this was withdrawn as long ago as 1936, there is still a reek

and an aroma of soot and steam to be savoured within the tunnel's confines.

In the late Seventies, in common with many other impressive canal structures, BLISWORTH TUNNEL was feeling its age, and suffering from a backlog of indifferent maintenance. Its lining deteriorated to such an extent that it became necessary to close the tunnel for four years, effectively severing the canals of the Midlands from those of the South-East. Four million pounds were spent on re-lining the bore, and the tunnel re-opened, amidst much ceremony, and not a little relief amongst the boating fraternity, in August 1984.

The Grand Union skirts Blisworth, passing beneath the A43 and the West Coast Main Line in the process. This area was once riddled with iron stone quarries linked by tramway to loading stages along the canal bank, much of the stone being carried the comparatively short distance by boat to Hunsbury Hill Furnaces on the Northampton Arm. Blisworth railway station was the junction for the Stratford & Midland Junction Railway as well as the line from Blisworth to Peterborough which used to accompany much of the course of the River Nene.

Blisworth Mill, a handsome brick building once used as a depot by the Grand Union Canal Carrying Company, overlooks Bridge 51. Blisworth Tunnel's northern portal is built from blue brick. Half an hour after entering the tunnel you can compare this with the redbrick of the southern portal.

Where Blisworth dreams, Stoke Bruerne bristles, both

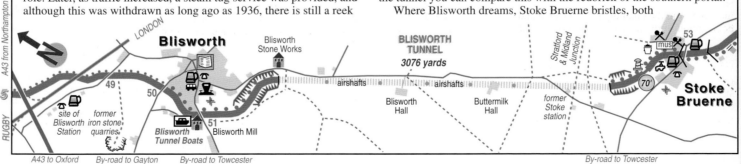

with boaters and tourists, the latter attracted here primarily by the village's famous Canal Museum. Steerers should handle their craft with consideration and courtesy, keeping a special eye open for the trip boats which ply between the winding hole and the top lock. As the cutting recedes, the canal narrows through the site of Rectory Bridge, then widens as it reaches the wharf and associated buildings which, taken as a whole, make Stoke Bruerne such an attractive canal location.

A three-storey, stone built mill dominates the wharf. Once it ground corn with machinery driven by steam, now it houses the celebrated museum, first opened to the inquisitive public as long ago as 1963. A basin for boats delivering coal to the mill lay behind where the tall poplar trees now stand, and all trace has vanished of the roving bridge which carried the towpath over the entrance to this dock. A row of stone cottages, originally provided for millworkers, but later used by canal employees, separates the mill from a brick house of Georgian style. The Georgian house was for many years a shop catering for the needs of boating families. But in the twilight years of commercial carrying it was the home of Stoke's favourite daughter, Sister Mary Ward, a lady of high ideals and humility, who took it upon herself to look after the boat people in sickness and in health until her retirement in 1962.

As trade expanded on the Grand Junction Canal, it became necessary to duplicate the locks. Here at Stoke it is interesting to discover that the top lock in use today is the duplicate chamber, the original being on the west side of the canal and used nowadays to accommodate a boat-weighing machine from the Glamorganshire Canal and a BCN 'station boat', both being amongst the museum's outdoor exhibits; similarly the narrowboat *Sculptor* which is usually moored outside the mill unless attending a boat rally elsewhere. Buildings on the west bank of the canal include the wharfinger's office and house, now occupied by canal author and water transport campaigner, David Blagrove. David's book, *Bread Upon the Waters*, paints a vivid description of life on the Grand Union Canal towards the end of commercial carrying in the 1960s. Another worthwhile read featuring Stoke Bruerne is John Thorpe's *Windlass in my Belt*. Brian Collings of the Guild of Waterway Artists, painter of our 'signwritten' covers for many years, and a consummate painter in oils of transport subjects also lives in Stoke Bruerne.

Blisworth

Church and chapel dominate the view from the canal, and there are some fine looking stone buildings, reminders of the village's significance as a centre of quarrying. The big redbrick mill beside the canal has found new residential life. On the road which runs across the hill in parallel to the tunnel's subterranean course, stands a handsome stone building bearing the inscription: "Blisworth Stone Works".

ROYAL OAK - up from Bridge 51. CAMRA recommended village 'local' offering bar and restaurant food. Hook Norton and guest beers. Pool, darts and skittles. Tel: 01604 848372.

General store and newsagent in main street of village.

BUSES - to/from Northampton, Towcester and Milton Keynes. Tel: 0870 608 2 608.

Stoke Bruerne

Against the odds, Stoke Bruerne transcends its popularity. In high season it attracts the sort of ice cream crowds which many a theme park would be proud of. Yet it contrives to retain its integrity, remaining a tight-knit community with a mildly obsessive interest in the welfare and activity of its canal.

THE BOAT INN - canalside above top lock. Expanded 'local' popular with visitors and villagers alike which has been run by the same family for four generations. Restaurant with view over canal to mill and museum. Bistro, breakfasts, provisions. Tel: 01604 862428.

THE NAVIGATION - canalside Bridge 53. Mansfield family pub with canal-themed interior. Tel: 01604 864988.

BRUERNE'S LOCK - canalside restaurant, sophisticated menu. Tel: 01604 863654.

OLD CHAPEL - rear of museum. Attractive tearooms, restaurant. Tel: 01604 863284.

THE CANAL MUSEUM - Housed in a corn mill which closed before the Great War, the museum opened in 1963, having developed from the personal collection of local lock-keeper, Jack James. The museum shop houses probably the best range of canal literature anywhere in the country. Out of doors a preserved narrowboat is usually on view together with other bits and pieces of canal history too bulky to find a home inside. Open daily 10am to 5pm in Summer. Closed all day Monday in Winter and shuts at 4pm. Tel: 01604 862229. Admission charge.

Hire Bases

ALVECHURCH BOAT CENTRES - Alvechurch, Worcs & B'ham Canal Map 40 and Gayton, Grand Union Canal Map 45. Tel: 0121 445 2909. *www.alvechurch.com*

ANGLO WELSH - Tardebigge, Worcs & B'ham Canal Map 40. Tel: 0117 924 1200. *www.anglowelsh.co.uk*

ASHBY BOAT CO - Stoke Golding, Ashby Canal Map 35. Tel: 01455 212671. *www.ashbyboats.co.uk*

BLISWORTH TUNNEL BOATS - Blisworth, Grand Union Canal Map 46. Tel: 01604 858868 *www.blisworthtunnel.co.uk*

CALCUTT BOATS - Grand Union Canal Map 11. Tel: 01926 812075. *www.calcuttboats.com*

CANAL BREAKS - Coventry Canal. Tel: 01926 864156.

CANALBOAT HOLIDAYS - Weedon, Grand Union Canal Map 44. Tel: 01327 340739. *www.canalboat-holidays.com*

CLIFTON CRUISERS - Rugby, Oxford Canal Map 8. Tel: 01788 543570. *www.cliftoncruisers.com*

CLUB LINE CRUISERS - Coventry, Coventry Canal Map 5A. Tel: 024 7625 8864.

COPT HEATH WHARF - Copt Heath, Grand Union Canal Map 17. Tel: 0121 704 4464. *www.coptheathwharf.co.uk*

JANNEL CRUISERS - Burton-on-Trent, Trent & Mersey Canal Map 27. Tel: 01283 542718. *www.jannel.co.uk*

KATE BOATS - Warwick, Grand Union Canal Map 14. Tel: 01926 492968. *www.kateboats.co.uk*

NAPTON NARROWBOATS - Napton, Oxford Canal Map 11. Tel:01926 813644. *www.napton-marina.co.uk*

ROSE NARROWBOATS - Brinklow, Oxford Canal Map 2. Tel: 01788 832449. *www.rose-narrowboats.co.uk*

SHERBORNE WHARF - Birmingham, BCN Maps 19 & 42. Tel: 0121 455 6163. *www.sherbornewharf.co.uk*

UNION CANAL CARRIERS - Braunston, Grand Union Map 10. Tel: 01788 890784. *www.unioncanalcarriers.co.uk*

VALLEY CRUISERS - Nuneaton, Coventry Canal Map 4. Tel: 024 76 393333. *www.valleycruisers.co.uk*

VIKING AFLOAT - Rugby, Oxford Canal Map 8. Tel: 01905 610660. *www.viking-afloat.com*

WELTONFIELD NARROWBOATS - Daventry, Grand Union Map 43. Tel: 01327 842282. *www.weltonfield.co.uk*

WILLOW WREN - Rugby, Oxford Canal Map 8. Tel: 01788 562183. *www.willowwren.co.uk*

Boatyards

ASHBY CANAL CENTRE - Stoke Golding, Ashby Canal Map 35. Tel: 01455 212636.

BARTON TURNS MARINA - Barton-under-Needwood, Trent & Mersey Canal Map 26. Tel: 01283 711666.

BEESTON MARINA - Beeston, River Trent Map 33. Tel: 0115 922 3168.

BOOT WHARF - Nuneaton, Coventry Canal Map 4. Tel: 02476 641762.

BRAUNSTON BOATS - Braunston, Grand Union Canal Map 10. Tel: 01788 891079.

BRAUNSTON MARINA - Grand Union Canal Map 10. Tel: 01788 891373.

BUGBROOKE MARINA - Bugbrooke, Grand Union Canal Map 45. Tel: 01604 832889.

DELTA MARINE SERVICES - Warwick, Grand Union Canal Map 14. Tel: 01926 499337.

FAZELEY MILL MARINA - Fazeley, B'ham & Fazeley Canal Map 22. Tel: 01827 261138

BARRY HAWKINS - Atherstone, Coventry Canal Map 3. Tel: 01827 711762.

KNOWLE HALL WHARF - Grand Union Canal Map 17. Tel: 01564 778210.

FRANK LYONS - Warstock, Stratford Canal Map 39. Tel: 0121 474 4977.

MIDLAND CANAL CENTRE - Stenson, Trent & Mersey Canal Map 29. Tel: 01283 701933.

NARROWCRAFT - Alvecote, Coventry Canal Map 1. Tel: 01827 898585.

NOTTINGHAM CASTLE MARINA - Nottingham, Nottingham Canal Map 33. Tel: 0115 941 2672.

SALTISFORD CANAL CENTRE - Warwick, Grand Union Canal Map 14. Tel: 01926 490006.

SAWLEY MARINA - Sawley, River Trent Map 31. Tel: 0115 973 4278.

SHARDLOW MARINA - Shardlow, Trent & Mersey Canal Map 31. Tel: 01332 792832.

STOWE HILL/MILLAR MARINE - Weedon, Grand Union Canal Map 44. Tel: 01327 341365.

STOCKTON TOP MARINA - Stockton, Grand Union Canal Map 12. Tel: 01926 492968.

STREETHAY WHARF - Lichfield, Coventry Canal Map 24. Tel: 01543 414808.

SWALLOW CRUISERS - Hockley Heath, Stratford Canal Map 16. Tel: 01564 783442.

SWAN LINE - Fradley Junction, Trent & Mersey Canal Map 24. Tel: 01283 790332.

TRINITY MARINA - Hinckley, Ashby Canal Map 35. Tel: 01455 896820.

WARWICKSHIRE FLYBOAT - Long Itchington, Grand Union Canal Map 12. Tel: 01926 812093.

WHILTON MARINA - Whilton, Grand Union Canal Map 43. Tel: 01327 842577.

VENTNOR FARM MARINA - Calcutt, Grand Union Canal Map 11. Tel: 01926 815023.

Wide open spaces - the beauty of the Braunston Summit

How To Use The Maps

There are forty-seven numbered maps whose layout is shown by the Route Planner inside the front cover. Maps 1 to 21 cover the "Warwickshire Ring" circuit commencing at Glascote, Tamworth and following the ring in a clockwise direction via Hawkesbury, Braunston, Kingswood and Fazeley. Maps 23 to 33 cover the route between Fazeley and Nottingham; Maps 34 to 37 cover the Ashby Canal; Maps 38 to 42 cover the alternative route of the Warwickshire ring via King's Norton and central Birmingham; and Maps 43 to 46 cover the Grand Union between Braunston and Stoke Bruerne. The maps are easily read in either direction. The simplest way of progressing from map to map is to proceed to the next map numbered from the edge of the map you are on. Figures quoted at the top of each map refer to distance per map, locks per map and average cruising time. An alternative indication of timings from centre to centre can be found on the Route Planner. Obviously, cruising times vary with the nature of your boat and the number of crew at your disposal, so quoted times should be taken only as an estimate. Neither do times quoted take into account any delays which might occur at lock flights in high season.

Using The Text

Each map is accompanied by a route commentary. Regular readers will already be familiar with our somewhat irreverent approach. But we 'tell it as we find it', in the belief that the users of this guide will find this attitude more valuable than a strict toeing of the navigation authority and tourist publicity line.

Towpath Walking

The simplest way to go canal exploring is on foot. It costs largely nothing and you are free to concentrate on the passing scene; something that boaters are not always at liberty to do. Both the Oxford and Grand Union canals are now recognised as long distance footpaths in their own right, which means that many of the waterways covered in this particular Canal Companion are accompanied by formally recognised paths, though conditions underfoot are not always commensurate with such status, and one is sometimes irritated towards the belief that more is spent on publicity than upkeep. For this reason the maps

set out to give some idea of the quality of the towpath on any given section of canal. More of an art than a science to be sure, but at least it reflects our personal experiences, and whilst it does vary from area to area, none of it should prove problematical for anyone inured to the vicissitudes of country walking. We recommend the use of public transport to facilitate 'one-way' itineraries but stress the advisability of checking up to date details on the telephone numbers quoted.

Cycling

At present it is necessary for cyclists wishing to use towpaths to acquire a free of charge permit from a British Waterways office - see opposite. BW sanction cycling only on dedicated lengths of towpath, though those so dedicated are not necessarily a guarantee of comfortable and pleasurable riding.

Boating

Boating on inland waterways is an established, though relatively small, facet of the UK holiday industry. There are over 20,000 privately owned boats registered on the canals, but in addition to these, numerous firms offer boats for hire. These range from small operators with half a dozen boats to sizeable fleets run by companies with several bases.

Most hire craft have all the creature comforts you are likely to expect. In the excitement of planning a boating holiday you may give scant thought to the contents of your hire boat, but at the end of a hard day's boating such matters take on more significance, and a well equipped, comfortable boat, large enough to accommodate your crew with something to spare, can make the difference between a good holiday and an indifferent one.

Traditionally, hire boats are booked out by the week or fortnight, though many firms now offer more flexible short breaks or extended weeks. All reputable hire firms give newcomers tuition in boat handling and lock working, and first-timers soon find themselves adapting to the pace of things 'on the cut'.

Navigational Advice

LOCKS are part of the charm of canal cruising, but they are potentially dangerous environments for children, pets and careless adults. Use of them should be methodical and unhurried, whilst special care should be exercised in rain, frost and snow when slippery hazards abound. We lack space for detailed instructions on lock operation: trusting that if you own your own boat you will, by definition, already be experienced in canal cruising; whilst first-time hire boaters should be given tuition in the operation of locks before they set out.

The locks included in this guide fall into two distinct types: narrow and wide. The wide locks are to be found on the Grand Union between Napton and Knowle (Maps 11 to 17), Braunston to Stoke Bruerne (Map 10 and Maps 43 to 46) and on the Trent & Mersey Canal etc between Stenson and Nottingham Maps 29 to 33. These locks can accept narrowbeam craft side by side and it helps save water (not to mention work-load) if they are shared with other boats travelling in the same direction. Turbulence can be a problem in these larger locks when going uphill, and you may find that a rope cast round one of the lockside bollards usually provided can reduce this. Another worthwhile tip in this situation if you are cruising alone, is to open the paddle on the same side as your boat first. This will help to keep your boat against the wall of the lock and prevent it crashing about in the chamber.

MOORING on the canals featured in this guide is per usual practice - ie on the towpath side, away from sharp bends, bridge-holes and narrows. An 'open' bollard symbol represents visitor mooring sites; either as designated specifically by British Waterways or, in some cases, as recommended by our personal experience. Of course, one of the great joys of canal boating has always been the ability to moor wherever (sensibly) you like. In recent years, however, it has become obvious, particularly in urban areas, that there are an increasing number of undesirable locations where mooring is not to be recommended for fear of vandalism, theft or abuse. It would be nice if local authorities would see their way to providing pleasant, secure, overnight facilities for passing boaters who, after all, bring the commerce of tourism in their wake. Pending such enlightenment, our maps include open bollard symbols indicating either British Waterways official 'visitor moorings' or locations considered suitable by us and our correspondents.

CLOSURES (or 'stoppages' in canal parlance) traditionally occur on the inland waterways between November and April, during which time most of the heavy maintenance work is undertaken. Occasionally, however, an emergency stoppage, or perhaps water restriction, may be imposed at short notice, closing part of the route you intend to use. Up to date details are usually available from hire bases. Alternatively, British Waterways provide a recorded message for private boaters. The number to ring is: 01923 201402. Stoppages are also listed on British Waterways' web site: *www.britishwaterways.co.uk*

British Waterways

Peel's Wharf, Lichfield Street, Fazeley, Tamworth B78 3QZ. Tel: 01827 252000.
Fradley Junction, Alrewas, Burton-on-Trent DE13 7DN. Tel: 01283 790236.
Albert House, Quay Place, Edward Street, Birmingham B1 2RA. Tel: 0121 200 7400.
Witan Gate House, 500-600 Witan Gate, Milton Keynes MK9 1BW. Tel: 01908 302500.
The Kiln, Mather Road, Newark NG24 1FB. Tel: 01636 704481.

British Waterways operate a central emergency telephone service on 0800 4799 947.

Societies

The Inland Waterways Association was founded in 1946 to campaign for retention of the canal system. Many routes now open to pleasure boaters may not have been so but for this organisation. Membership details may be obtained from: Inland Waterways Association, PO Box 114, Rickmansworth WD3 1ZY. Tel: 01923 711114. Fax: 01923 897000. *www.waterways.org.uk*

Acknowledgements

Much gratitude, as ever, to Brian Collings for the cover painting, Toby Bryant of CWS, and to Karen Tanguy for research support and for coming to the aid of the author's excreable spelling.

Mapping reproduced by permission of Ordnance Survey (based mapping) on behalf of The Controller of Her Majesty's Stationery Office, Crown copyright 100033032